아내들의 학교

아내들의 학교

박민정
소설

문학동네

차례

행복의
과학

역자의 원고가 도착한 날, 하나는 처음으로 기노시타가 만든 광고를 봤다. 그의 이름을 검색해본 적은 있었다. 엄마의 일기장에 한글과 한자로 빼곡하게 적혀 있던 이름, 기노시타 히로무木下廣務. 하나는 '목하광무'라고 읽히는 한자가 기노시타 히로무를 의미하는지 오랫동안 알지 못했다. 결국 구글 검색창에 글자를 넣어보고 알게 되었던 것이다. 물론 무라카미 하루키가 '촌상춘수'로, 야마다 에이미가 '산전영미'로, 와타나베 준이치가 '도변순일'로 쓰이기도 한다는 것을 그보다 먼저 알게 되었지만.

도서관 청구기호에는 일본 저자 이름이 음독으로 표기되어 있다는 것을 하나는 대학생 때 처음 알았다. 하나의 대학 선배들은 문학 전공자들답게 도스토옙스키를 '도선생'이라 부르듯 무라카미 하루키를 '춘수형'이라 불러대곤 했다. 그들만큼 먼 이름, 기노시타 히로무였다. 검색을 거듭한다면 그의 얼굴과 근황마저 알게 될 것 같다는 두려움에 당시 하나는 재빨리 인터넷 창을 닫았다.

그의 이름을 검색하면 'I love coke 1987'이 연관어로 떴다. 1987년 작 코카콜라 광고다. 일본 역대 최고의 광고라 불리는 작품이었다. 당시에는 확인하지 못했던 것이다. 하나도 기노시타가 유명한 CF 감독이라는 것을 어릴 적부터 들어 알고는 있었다. 누구도 하나에게 직접 말해준 적은 없었지만, 어른들의 이야기를 엿들어 알게 되었던 것이다. 외할아버지가 심란한 얼굴로 혀를 쯧쯧 차며 입에 올리던 '일본 양반'이 바로 그였으므로. 하나는 총 일곱 편에 달하는 코카콜라 광고 시리즈를 유튜브에서 전부 감상했다. 품이 큰 여름 정장을 입고 단발머리를 한 젊은 여자들, 이른바 OLoffice lady들이 생기 있는 얼굴로 콜라를 마신다. 콜라 병처럼 허리가 잘록한 여자가 수영복을 입고 물살을 헤치거나 분수대에서 솟구치는 물줄기에 얼굴을 파묻는다. 탄산이 터지는 소리를 노골적으로 넣은 것도 아닌데 모델의 얼굴에 바로 그것이 있다. 기모노를 입은 노인들, 고교 야구 선수들, 마루에 앉아 조부모의 사랑을 받는 어린아이…… 모두 행복해 보인다. 이런 시절이 실재했을까 싶을 정도로. 버블기의 일본이었다.

"최고다."

하나는 아이스바의 빈 막대를 쪽쪽 빨며 중얼거렸다. 동료 편집자인 수영에게 말하고 싶었다. 광고는 이렇게 만들어야 하는 것 아닌가요. 일본 니시노미야의 관서학원대학을 졸업한 수영은 박수를 치며 호응할 것이다. 자신의 추천이 틀리지 않았다고 생각할 것이다. 류보다 먼저 히로무를 알아야 한다고, 히로무의 코카콜라 광고에서 모든 것이 시작되었노라고, 비밀을 말해주듯 속삭이던 그녀였다. 하기야 애초에 『류의 이야기』 출간을 기획한 사람도 그녀였다. 수영은 『류의 이야기』가 일본에서 얼마나 엄청난 인기를 끌고 있는지, 중2병에서 정신을 차린 소년의 이야기가 오랜 불경기와 원전 폭발 사고에 절망한 일본인들에게 어떤 열광을 불러일으켰는지에 대해 앞장서 소개했다. 해마다 수차례 일본에 다녀오는 사장은 열도 전역의 서점에서 오랫동안 베스트셀러를 차지하고, 드러그스토어와 편의점에서도 팔고 있는 『류의 이야기』에 대해 금시초문이었다. 하나를 포함한 직원들은 언제나 비즈니스 여행을 다녀오는 척하는 사장의 주목적이 클럽과 스낵바라는 것을 알고 있었다. 이 책에 관해 가장 잘 알고 있는 사람은 수영이라고 할 수 있었다.

그러나 수영이 아닌 하나가 원고를 쥐고 있었다.

'竜のはなし—幸福の科学'.

역자가 원고 첫 장에 적어 보낸 원서의 제목이다. '류의 이야기—행복의 과학'. 저자 기노시타 류木下竜. 그는 '목하용'이었다.

"나는 옴의 후계에서 도망쳤다. 버블기 최고의 감독 기노시타 상의 손자, 류 군의 고백!"

수영은 일본어로 한 번, 스스로 번역한 한국어로 한 번 그것을 소리내어 읽었다. 일본판 띠지의 카피라고 했다. 수영은 일본에서 출간된 『류의 이야기』를 여러 권 소장하고 있었다. 류가 또래 청소년들에게 큰 인기를 끌었기 때문에 중쇄할 때마다 달라진 프로필 사진과 거듭 과감해진 카피를 담은 띠지도 알뜰하게 챙겨놓고 있었다. '옴의 후계'라는 자극적인 표현과 함께 기노시타 히로무와의 관계를 밝힌 카피는 가장 최근에 나온 버전이었다. 수영은 류가 좋아하는 아이돌이라도 되듯 지치지도 않고 틈만 나면 설명해주었다. 하나는 그녀의 설명을 꼼꼼히 메모했다.

키, 키, 키노코, 키, 키, 키노코, 도코노코 도코노코…… 오모챠노 챠챠챠, 오모챠노 챠챠챠, 챠챠챠 오모챠노 챠챠챠…… 뜻도 모르고 외던 노랫말이 다시 어디선가 들려오기 시작했다. 하나로서는 전부 거짓말 같았다.

하나의 엄마는 꽤 오랫동안 일제 아줌마였다.

"'쩨'가 먹히는 것도 옛날이야기지. 언제 적 일제야. 요즘은 일본 다녀온 사람들 선물 받는 것도 꺼린다더라. 나야 이럴 줄 모르고 그때 손뗐지만."

그녀는 2001년까지, 일본에서 사온 물건을 팔았다. 하나가 중학교에 입학한 해였다. 주요 고객이었던 사모님들이 약속이라도 한 듯 한 순간에 가난해졌다. 이민 가방을 끌고 그녀들을 만나러 종로에 갈 일이 없어졌다고 했다. 엄마가 오사카에 다녀올 때마다 사온 물건들, 화장품, 손가방, 식기, 부피가 작은 편의점 음식, 손수건, 스타킹 같은 잡다한 물건들을 방바닥에 펼쳐놓으면 하나도 마지못해 구경했다.

"사모님들이 이런 싸구려 물건들을 쓴다고?"

하나는 언제나 궁금했다.

"그래도 이런 건 일본에서만 팔아. 처녀 때부터 일제 좋아하던 양반들이니까 이 맛을 못 잊지."

지극히 사소한 부분에서 일제인 티가 났다. 물컵이든 커피잔이든, 밥그릇이든 젓가락이든 한국 제품보다 조금씩 작았다. 화장품에 딸려 있는 화장솜이나 티슈는 물론이고 빨대와 면봉 같은 값싼 일회용 제품도 일일이 소분해 밀봉했다. 뭐든 작고 깔끔했다. 습기에 강한 비닐로 만든 물병 가방, 음식을 간 볼 때 따로 사용하는 자그마한 접시…… 아직도 그런 물건들은 한국에 잘 없다. 청결과 절약을 강박적으로 중시하는 일본인들의 그런 습관이 한국에는 없다. 어릴 때 하나는 엄마가 일본에 가는 것도 싫었고 일본 물건을 사오는 것도 꼴 보기 싫었다. 그러나 이제 하나는 이해한다. 그녀가 순수한 마음으로 일제를 좋아했다는 것을.

그러나 간장 대신 쇼유를 쓰는 사모님들이 비싼 값에 물건을 사주지 않으니 수지가 맞지 않아 더는 일본에 갈 수 없었다는 말의 반은 거짓이다. 그해 무렵부터 엄마는 자유로워진 것이다. 그녀가 항상 '오토상'이라고 불렀던 기노시타 히로무로부터. 엄마의 일기도 그즈음 멈췄다. 하나는 한 번도 묻지 않았다. 기노시타가 살고 있는 곳이 오사카인가. 간사이 지방 어디쯤이었나. 그래서 물건 떼어온다는 핑계로 뻔질나게 오사카에 다녀왔던 거였나. 거기서 그를 만났나. 그렇다면 왜 한 번도 나를 데려가지 않았나. 그는 나의 오토상이기도 했는데.

그러나 그렇게 불러본 적은 없다.

하나가 두 살 때 엄마는 기노시타와 헤어졌다. 1989년이었다. 1988년 사진에 기노시타가 등장한다. 배냇저고리를 입은 하나의 요람을 흔들고 있다. 제 몸까지 흔들었는지 흐릿하게 뭉개진 채로 그는 사진에 찍혀 있다. 다른 사진은 없는 걸 보니 한국에서 사진을 남기는 일에 거부감을 가진 모양이었다. 하나는 당연히 그랬으리라고 생각했다. 그는 유명한 CF 감독이었고, 일본에 이미 아들과 아내를 둔 유부남이었으니까. 하나는 대개의 아이들과는 다르게, 양공주라는 말보다 왜공주라는 말을 먼저 배웠다. 어느 날 술에 잔뜩 취한 외할아버지가 엄마에게 컵을 던지며 이 왜공주 년아, 라고 했기 때문이다. 1989년에 증발해버린 오토상이 자신의 친부이며 그자와 기노시타 히로무가 같은 사람이라는 것도 하나는 뒤늦게 알았다. 엄마의 인생에 관한 정보를 천천히 조합하며 자랐지만, 하나는 그것이 자신의 인생과 관련된 거라 여기지 않았다. 기노시타 히로무는 엄마의 남자일 뿐이었다. 1991년 그가 광고계에서 잠정 은퇴한 뒤 이후 소식이 알려지지 않았다는 것도, 하나에게는 배다른 오빠에 해당하는 그의 아들 기노시타 미노루木下實의 아들 류가 작가로 인기를 끈다는 것도 모두 최근에 알게 되었다. 하나는 엄마의 성을 물려받아 '임하나'로 살고 있었다. 언젠가 상상해본 적은 있었다. 엄마와 내가 그의 호적에 입적했다면. 자신의 이름 '하나'가 일본어로는 '꽃'을 부르는 말이므로, '기노시타 하나木下花'로 살아가게 되었을까. 그런 상상을 하다보면 전부 장난 같아서 웃음이 나왔다.

그러나 이제 와서 그는 나를 버린 아버지였노라, 이야기해야 하나. 원고 안에서 어린 류도 중2병에서 탈출했다고 고백하는데. 하나는 얄궂은 운명에 흥미를 느낄 뿐이었다. 기노시타 감독의 외동아들의 외동아들이라면 류는 하나의 조카가 되는 셈이었다. 이룸서재에 입사한 지 일 년 만에 하나는 처음으로 책임편집을 맡았다. 그 책이 다름아닌 히로무의 손자 류가 쓴 것이었다. 하나는 수영에게 물었다.

"아직 스물두 살. 일본 나이로는 스무 살인데. 약관에 해외에 진출한 베스트셀러 저자란 말이죠?"

"대단해. 그자만이 할 수 있는 일을 한 거야."

수영은 천재의 피는 타고나는 것 같다며 류를 칭찬했다. 하나는 수영에게 미안했다. 수영에게 자문을 구할 일이 많았다. 수영은 하나의 사수였고, 하나가 입사할 무렵부터 『류의 이야기』를 기획했다. 표상문화학을 전공한 수영은 일본 각계의 사정에 정통했다. 『류의 이야기』는 그저 그런 자서전적 에세이가 아니다, 그는 아이돌이 아니다, 지금 왜 일본에서 『류의 이야기』가 주목받는지 여러 층위에서 분석할 필요가 있다, 힘주어 말하는 수영은 류에 관해서라면 자신을 전문가라 할 수 있을 정도라고 했다.

"내가 류 덕질만큼은 일본 중고교생 못지않게 했을 거야. 류 덕후잖아, 내가."

그녀가 농담할수록 하나의 죄책감은 커졌다. 사장은 번역 마감일을 한 달 앞두고 책임편집자를 수영에서 하나로 변경했다. 마치 뭔가를 알고 있는 것처럼. 하나는 평생 단 한 번도 자신이 일본인 아버지를 두었다는 사실을 밝힌 적 없었다. 사생아라는 사실 또한 물론이었다. 하나가 기노시타가家의 관계자라는 것을 그녀 가족 외엔 누구도 몰랐다. 기노시타 히로무가 한국에 뻔질나게 드나들던 시절 아파트에 소문이 났다고 했다. 단지에 일본 남자의 현지처가 산다는 말은 빠르게 퍼졌다. 단지 주민들은 하나를 업고 다니는 엄마를 대놓고 손가락질했다. 외인아파트에서처럼 살인이라도 날지 어떻게 알아? 단지에 드나드는 나이든 남자가 일본인이라는 사실을 알고 난 후 주민들은 엄마를 벌레 보듯 했다. 그때야 고급 아파트에서 홀몸으로 젖먹이를 키우는 여자는 언제나 관심의 대상이었고 그래서 그토록 소문이 빨리

퍼진 것이었겠지만. 지금 하나가 류의 방계가족이라는 사실이 드러날 길은 없었다.

"선배, 죄송해요."

"아무 이유도 없다고 생각해?"

수영은 모니터에서 얼굴을 돌리지 않은 채 소리 죽여 말했다.

"『류의 이야기』는 한국에서도 반드시 뜬다고. 사장이 그렇게 만들 거야. 자기 누나랑 판권 경쟁해서 처음으로 이긴 거거든. 자기도 이제부터 『류의 이야기』에 목숨걸 생각이나 해."

"누나네 회사에서도 그 책을 탐냈다는 건가요?"

"알 만한 사람은 다 알아. 그 책 노린 출판사가 한두 곳이 아니야. 아마 엄청난 마케팅을 할걸. 그런 물건을 자기한테 밀어준 거라고."

수영은 사실 그대로를 진술하듯 덤덤하게 말한 후 커터칼로 연필을 깎기 시작했다. 사무실에 널린 비품이 연필깎이였지만 수영은 언제나 커터칼로 연필을 깎았다. 수영에게는 종이책을 사랑하는 지극한 마음이 있었고 자신의 일을 귀하게 여기는 덕성스러운 태도가 있었다. 원고를 만지기 전 그녀는 가볍게 심호흡을 하고 언제나 가까운 곳에 놓아두는 커터칼을 들어 연필을 깎았다. 도토리를 까먹는 다람쥐를 보듯 하나는 그 모습을 뿌듯하게 바라봤다. 가만히 소리만 듣고 있어도 좋았다. 하나가 수영의 옆자리에 앉게 된 날, 그녀는 하나의 연필도 깎아주었다. 앞으로 이런 건 자기가 직접 해, 이젠 안 해줄 거야, 라는 말이 무슨 뜻인지 하나는 알았다. 그래도 가끔 아쉬웠다. 수영이 깎아준 연필은 특별했다. 교정지를 가르는 가벼운 느낌이 좋았다. 행간을 지나다니며 종이와 닿는 흑연의 촉감이 유독 부드럽게 느껴졌다.

비염 증세가 심한 수영이 수시로 코를 훌쩍이는 소리가 들렸다. 그녀는 종종 가슴이 답답해져 자기도 모르게 한숨이 나온다고 했다. 사람들이 오해해서 조심하려고 하는데 잘 안 돼. 수영은 때로 한숨을 내쉬다가도 민망한 듯 얼른 그만뒀다. 재채기를 크게 내지 않으려고 조심하는 소리까지 들려올 정도로 수영과 하나는 가깝게 앉아 있었다. 하나는 류의 원고를 검토하며 때로 수영의 눈치를 살폈다. 수영의 모니터 옆에 하나가 선물한 스투키 화분이 있었다. 수영은 가끔 일거리에서 눈을 떼고 스투키를 바라봤다. 그러다 하나를 돌아보며 미소를 짓곤 했다. 그녀가 『류의 이야기』를 얼마나 공들여 준비했는지 하나는 알고 있었다. 하지만 미안한 마음과는 별개로 류에 관한 이야기를 터놓고 나눌 사람은 수영밖에 없었다. 수영은 하루아침에 자기 것을 빼앗겼는데도 여느 때와 다름없이 덤덤하게 일하고 있었다. 하나로서는 짐작도 되지 않는 그런 경지에 오른 것 같았다.

하나는 학부 시절 국내에 몇 없는 분과인 비교문학을 전공했다. 수능시험을 보기 백 일 전까지 공부라곤 해본 적 없었다. 고등학교에 입학한 첫날 문제집을 펴놓고 공부하는 하나의 책상을 밟고 지나다니던 한 무리의 친구들을 사귀었기 때문이었다. 좋아하는 가수를 날마다 쫓아다니며 찍어온 사진을 편집하고 팬픽을 쓰고 관련된 상품을 만들어 파는 친구들이었다. 친구들은 자신들이 좋아하는 가수를 함께 좋아하지 않는데도 하나를 따돌리지 않았다. 오히려 하나가 마치 그 가수라도 되는 양 극진히 챙겨주었다. 넌 우리의 마지막 희망이야, 너까지 영업 성공하면 우리 목적 달성이야, 그런 말을 하곤 했지만 전부 농담일 뿐이었다. 하나는 친구들이 좋아서 관심도 없는 가수에 관한 정보를 날마다 수집했고, 친구들이 쓴 팬픽을 읽고 교정 교열을 해주었다. 책을 읽고 글을 쓰는 것을 좋아했던 하나가 섬세하게 고쳐준 친구들의 팬픽은 팬들 사이에서 걸작으로 회자되었고 상상하지도 못한 비싼 금액에 판권이 팔렸다. 하나는 친구들과 함께 콘서트장 주변을 배회하거나 번화가의 맛집을 찾아다니고 백화점을 구경하는 등 즐거운 시간을 보냈다. 내신 성적이 좋지 않아도 야단치는 사람은 없었다. 엄마는 성적표에 관심도 없었고 교사들은 수업시간에 소설을 읽는 하나를 오히려 칭찬해주었다. 넌 뭐가 돼도 될 거다, 어떻게 이렇게 어려운 작품을 읽고 있니, 그들은 말했다.

행복한 시절이었다. 그런 시간을 다시 보낼 수 있을까. 하나는 가끔 회상했다. 당시 입시 제도 덕에 하나는 백 일 동안 공부해서 1등급을 받은 두 과목의 성적만으로 원하는 대학 문과대학에 입학할 수 있었다. 비교문학을 전공하면 좋아하는 문학작품을 읽으며 자유롭게 공부할 수 있으리라 생각했던 것은 착각이었다. 선배들은 각종 소모임을 만들어 신입생들에게 가입을 강요했고 소모임의 방향성을 엄격하게 제한했다. 학과의 주류가 제시하는 방향에서 벗어나는 공부를 하면 아웃사이더 취급을 받았다. 영문과, 독문과, 불문과, 일문과, 역사학과, 사회학과의 협동학과 출신으로서 자기 정체성이 뚜렷한 학과가 되려면 신입생들부터 정신 차리고 열심히 공부해야 한다는 말을 입학한 날부터 귀에 못이 박히도록 들었다. 우린 식민지학과에서 벗어나야 해! 술자리에서 선배들은 독립투사인 양 결연하게 주장하곤 했다. 하나는 그들이 우스웠다. 하나의 첫 남자친구도 독립투사였다. 그런 말투를 다들 어디에서 배워온 걸까 하나는 생각했다.

"너는 제2외국어로 뭘 공부했냐."

"일본어요."

"역시 제국의 언어를 배웠군. 그러기에 너는 아직도 일문학에 관심 있느냐?"

"아뇨. 여학생은 일본어, 남학생은 중국어로 선택의 여지가 없었을 뿐인데요."

"이상한 학교군. 그래도 일본어를 읽고 쓸 줄 아니 일문학에 관심을 가져보는 게 어떠냐?"

"일본어 읽고 쓸 줄 몰라요. 제2외국어 공부는 하나도 안 했어요."

그는 한심하다는 듯 하나를 노려봤다. 현행 입시 제도의 문제점을 설파한 끝에 그는 하나에게 사귀자고 했다. 그가 학부에서 사귄 유일한 남자친구로 남아 다행이라고 하나는 훗날 생각했다. 그런 바보 같은 시작이 어디 있어. 마치 내가 너의 선생이 되어주겠다는 듯, 그는 근엄하게 교제를 제안했다. 그렇기에 하나는 사귀는 내내 그에게 가르침을 받는 듯한 기분에 시달려야 했다. 그는 집요하게 일문학에 관심을 가져보라고 재촉했다. 싫어요, 일본소설은. 사람 이름 헷갈린단 말이에요. 그는 하나를 꾸짖곤 했다. 문학을 한다는 사람이!

그때를 떠올리게 했다. 『류의 이야기』의 첫 단락은.

학교에 가기 싫었고 나이브한 유토리에 화가 났습니다. 문학과 역사를 혹독하게 공부하고 싶었죠. 학교에서 하는 대로 유약한 방식이 아니라 보다 제대로 말이죠.

'나이브한 유토리', 유토리를 비하하는 말이다. 한국에도 2002년 전후에 대학 입시를 치른 세대를 비하하는 단어가 있었다. 야간 자율 학습이나 과도한 경쟁을 강요받지 않았고 교과 영역별 선택 반영 제도 등의 혜택을 받은 하나 역시 넓은 범위에선 그 세대에 해당했다. 류가 중학교에 다니던 2008년경 일본도 그러했던 모양이었다. 나이브한 유토리에 화가 났다, 곱씹어 읽어볼수록 흥미로운 문장이었다. 류는 자신이 '행복의 과학'에 입교한 까닭이 바로 '나이브한 유토리'에 있다고 말하고 있는 것이다.

하나는 사내 메신저로 수영에게 메시지를 보냈다.

—선배, 유토리에 반감 갖는 아이들이 많은가요?

"글쎄. 자신들이 미시마 유키오가 말한 그 '문약유약' 취급받는다고 생각했을지도. 그런 애들이야 소수였을 수도 있지만. 유토리는 결국 실패했다고 봐야지. 한국에서의 '열린교육'처럼. 다만 아직도 '국민개병' 시절처럼 전쟁에 소집되지 못한 젊은 녀석, 떳떳하지 못한 비국민, 뭐 그런 식으로 자기 세대를 비하하는 미친 아이들이 있다는 건 일본사회의 특수성이라고 봐도 무방하지 않을까?"

수영은 사무실을 둘러본 후, 메시지에 답을 보내는 대신 하나를 마주보며 설명해주었다. 그녀는 뭔가를 강조할 때, 특히 어떤 개념이나 명사를 강조할 때 쓰는 특유의 제스처를 사용하며 말했다. 양손 집게손가락과 가운뎃손가락을 동시에 구부렸다 펴 보이며 한참 이야기하던 수영이 다시 몸을 돌려 일에 몰두했다. 하나는 수영이 몸을 돌릴 때마다 움찔하고 눈치를 봤다.

류는 1995년 효고 현 니시노미야에서 기노시타 미노루와 기노시타 가오루木下かおる의 아들로 태어났다. 13세 때인 2008년 인터넷을 통해 교주 오카와 류호를 알게 되었고 그해 행복의 과학에 입교한다. 첫 단락에서 밝힌 대로 그가 행복의 과학에 매료된 첫번째 이유는 '문학과 역사에의 혹독한 입문'이 가능하리라 여겼기 때문이었다.

나는 옴의 후계에서 도망쳤습니다. 그들이 무엇이라 말하든 이것만이 진실입니다. 그들은 반드시 현실적인 폭력을 저지를 겁니다. 폭력보다는 폭행이라는 말이 더 어울릴까요.

하나는 번역 원고를 기다리는 동안 행복의 과학이라는 일본의 종교에 관해 공부해야 했다. 교주 오카와 류호는 도쿄대 법학부 출신으로 1986년 '행복의 과학'교를 설립하고, 2009년 종교정당 '행복실현당'을 창당한 인물이었다. 인류 행복의 사명을 가진 신 '엘 칸타레'의 현신이라고 자부하는 그는 "구텐베르크는 성경의 영靈을 전달하기 위해 인쇄술을 개발했다. 그처럼 모든 과학기술은 영계의 메시지를 전달하기 위해 탄생하는 것이다. 영계라고 하는 신세계에 관심이 없으면 과학도 진보할 수 없다"와 같은 우스꽝스러운 말로 교리를 설파하지만 행복의 과학을 그저 그런 신흥종교로 치부하기에는 위험한 점이 많다. 그들은 자신들의 종교를 '출판과 독서의 종교'라고 부를 만큼 출판에 관심이 많다. 그 주제 역시 역사, 정치, 경제, 국가론 등 다종다양하며, 특히 출간되는 '이야기'들은 교리를 서사화하여 실제 역사 속

인물을 이데올로그로 등장시키곤 한다. 그런 그들이 내세우는 가장 현실적이고 또한 궁극적인 목표는 일본 헌법 제9조의 개정이다. 군대와 공격권을 가져야 세계의 위협, 가령 '북핵' 같은 것으로부터 일본 국민을 지킬 수 있다고 주장하며, 당 기조도 그와 동일하여 중·참의원 선거에 행복실현당 당원을 끊임없이 내보내고 있다.

수영은 하나에게 행복의 과학에서 만든 애니메이션도 몇 편 보내주었다. 국내에서도 유명한 만화 『소년 탐정 김전일』의 작가 사토 후미야가 열성 신도로서 작화를 맡은 작품도 있었다. 하나는 애니메이션 시리즈의 제목들을 보며 감탄했다. '영원의 법' '신비의 법' 'UFO 학원의 비밀', 그리고 류가 자신도 시나리오 작업에 참여했다고 밝힌 '노스트라다무스의 전율스러운 계시' '헤르메스, 사랑은 바람처럼' 등이었다.

제목들만 봐선 조금도 의심스럽지 않다. 하나는 제목들을 살피며 생각했다.

류는 바로 그 점을 조심해야 한다고 원고 내내 이야기하고 있었다.

겉으로만 보면 마치 학술 단체로 착각할 정도로 멀쩡합니다. 학교에 가지 않고 집에 처박혀서 게임만 하던 내 눈에도 그렇게 보였습니다. 당시의 나는 무척 심각한 상태였죠. 이대로 히키코모리가 되어버릴까봐, 방밖에 괴물이라도 있는 양 나가지 못하는 코쿤이 되어버릴까봐 두려웠습니다. 아버지는 나를 경멸했고, 어머니는 언제나 나를 두려워했습니다. 고작 중학생 꼬마인 아들의 눈치를 보느라 벌벌 떠는 모습이 한심했죠. 내가 사람을 죽이고 숨어 있는 것도 아닌데. 어머니가 방문 앞에 식사를 놓아두고 가면 미안하기는커녕 화가 났습니다. 이대로 괜찮다는 것인가? 자신의 아들이 방에 갇혀 사료처럼 주는 밥이나 받아먹으며 살아도 상관없다는 것인가? 스스로가 굳게 닫아버린 문을 열고 나갈 수 없다는 사실이 슬슬 무서워지는 겁니다. 뭘 하고 살아야 하지? 학교에 가는 일밖에 없는 것인가? 그런데 학교를 생각하면 또 참을 수 없이 화가 났습니다. 내가 왜 그따위 수업에 시간을 낭비해야 하지? 선생들이고 학생들이고 모두가 그토록 멍청한데. 선생들, 자신들은 학교라는 일터에서 일하는 노동자라는 말 따위나 하고. 역사 선생, 일본은 언제까지고 한국에 사죄해야 한다, 그런 말을 수업시간마다 했죠. 그럼 우리 모두가 날 때부터 범죄자라는 거냐, 우리는 태어나기도 전부터 범죄자의 유전자를 갖고 있다는 거냐. 여러분, 나는 사춘기 방황의 원인을 선생들, 특히 역사 선생에게 돌리는 중이었습니다. 중2병의 시작이었죠. 학교에 가지 않은 지 일주일째 되던 날, 나는 게임을 그만두었습니다. 분명 나는 우등생이었습니다. 중학교에 입학할 당시만 하더라도 배치고사에서 일등을 해서 대표로 선서를 한 학생이었습니다. 내가 왜 이렇게 망가졌는지 알고 싶었습니다. 무작정 검색했습니다. 일본은 전범 국가인가. 동아시아의 근대화는 어떻게 가능했는가. 제국주의와 식민 지배. 일본 헌법 제9조…… 그러면서 나는 자연스럽게 오카와 류호의 웹 페이지에 접속하게 되었습니다.

하나는 웅크리고 앉은 소년의 이미지를 머릿속에 그려보았다. 원고와 함께 도착한 프로필 사진 속 류는 정장을 입은 말쑥한 청년이다. 그러나 하나의 머릿속에서 류는 언제나, 방밖으로 나오지 못하는 중학생 소년이다. 며칠째 감지 않아 떡이 진 머리를 하고, 더러운 여름 체육복을 입은 소년이 모니터에 얼굴을 들이밀고 있다. 선생들은 죄다 멍청이야, 동급생들은 말할 것도 없지, 들어주는 이도 없는데 중얼거리는 류의 모습이 언젠가 본 것처럼 또렷하게 그려졌다. 아무도 없는 사무실에 어둠이 내려앉으면 하나는 웅크린 류의 이미지를 반복해서 떠올렸다.

하나는 번역 원고를 받은 날부터 매일 야근을 했다. 출간 일정은 빠듯했다. 사장은 날마다 하나를 호출해 자신이 『류의 이야기』에 얼마나 기대를 걸고 있는지 시끄럽게 떠들어댔다. 그간 쌓아온 모든 마케팅 역량을 이 책에 집중할 것이며, 하나가 언제나 그 점을 유념해야 한다는 것이었다.

"이거 일본식으로 말하면 청수사에서 목을 매는 심정으로 내는 겁니다. 알겠어요?"

사장의 존댓말은 사람을 기분 나쁘게 만드는 데가 있었다. 전혀 존중하지 않으면서 형식으로만 존대를 하니 불쾌한 거라고 하나는 생각했다. 하나는 퇴근 준비를 마치고 스탠드를 끄며 생각했다. 뭘 원하는 거지, 나에게. 그간 편집에 참여한 여러 책과, 만났던 저자들을 하나씩 떠올려봤다. 그들과 다름없는 류다. 기노시타 류. 구글에서 단 한 번의 검색으로 쉽게 찾을 수 있는 사람이었다.

키, 키, 키노코……

하나는 또다시 떠오르는 노래를 가만히 불러보았다. 하나가 언젠가 소리내어 그 노래를 불렀을 때 엄마는 몹시 당황했다. 하나, 그 노래 기억나? 오토상이 가르쳐준 건데. 네가 두 살 때. 그게 어떻게 기억이 나지? 그때 하나는 대꾸하지 않고 자리를 피했다. 지금 하나는 생각한다. 모든 일에 우연은 없다. 두 살 때 들은 노래를 기억할 사람은 없다. 이후로도 종종 엄마는 하나가 듣는 데서 그 노래를 불렀을 것이다.

류…… 알아?

하나는 엄마에게 전화를 걸어 묻고 싶었다.

출간을 앞두고 사장은 간사이 여행을 다녀왔다. 『류의 이야기』 덕분에 메이저로 급부상한 교토 이케보노 출판사의 사장을 만나고, 성지순례를 하듯 오사카와 니시노미야에 다녀왔다고 했다. 류를 만날 것도 아니면서 그곳에 왜 다녀온 거지? 하나는 사장의 그런 취미가 팬시하다고 생각했다. 사장은 직원들에게 로이스 초콜릿과 도쿄바나나 빵을 한 개씩 돌린 후 하나가 아닌 수영을 방으로 따로 불렀다. 수영은 손가락으로 자신을 가리키며 어리둥절한 표정을 짓다가 사장의 방으로 갔다.

사장의 방에서 나온 수영의 손에는 자주색 벨벳 앨범이 들려 있었다. 관서학원대학. 앨범 표지에 적힌 글자는 하나도 쉽게 읽을 수 있는 한자였다. 동료들이 수영에게 한마디씩 했다. 어이, 그게 관서학교 졸업 앨범이구나? 좀 보여줘봐, 왁자지껄 떠드는데 수영은 굳게 입을 다물고 있었다. 표정을 지운 얼굴. 하나는 그게 수영이 가진 특징적인 얼굴이라는 것을 알고 있었다. 수영의 기분이 좋지 않다. 그것도 몹시. 수영은 지금 사장을 증오하고 있다. 새삼스러운 감정은 아니겠지만 자주 치받는 감정 또한 아니다. 무슨 일일까. 하나는 평소보다 더욱 행동을 조심하며, 자리에 앉는 수영의 눈치를 봤다. 수영은 하나가 눈치를 보고 있다는 것을 곧잘 눈치챘다.

"뭐, 이케보노 출판사랑 통화하라고."

별일 아니라는 듯 수영이 운을 뗐다. 이케보노 출판사를 담당하는 직원이 갑자기 휴가를 받아 자리를 비웠기 때문이었다.

"사장이 관서대학에서 직접 가져왔대. 내가 예전에 귀국 일정 때문에 졸업 앨범 못 챙겼다고 이야기했던 걸 기억하고. 웃겨. 그런 건 기막히게 잘해."

하나는 고개를 끄덕였다. 수영은 자기 몫의 초콜릿과 빵을 하나에게 건넸다.

"이것도 자기가 먹어. 사장이 만날 불러대는데 파이팅 해야지. 왜 그런 물건을 하나씨에게 밀어줬겠어. 잘하라고 그러는 거야, 앞으로."

하나는 힘없이 고개를 끄덕인 후 열세 살의 류를 만나러 간다.

어쨌거나 당시에는 행복의 과학 덕분에 다시 햇살 속으로, 사람들 안으로 돌아갈 수 있게 되었습니다. 일주일에 세 번이나 하는 역사 수업과 문학 세미나에 참석하려면 바깥으로 나가야 했으니까요. 그들은 나에게 학교에 제대로 출석하라고 꾸짖었습니다. 중학교도 졸업 못한 쓰레기가 될 참이냐, 무서운 말로 경고를 주곤 했죠. 건강한 육체에 건강한 정신이 깃든다. 언젠가 책에서 읽은 문장인데 좋아서 여기저기 써놓곤 했습니다. '종교의 역사' 선생이 첫 수업시간에 그 말을 했기 때문에 나는 그를 신뢰하게 되었습니다. 그 말을 실천하며 살아가기 위해 규칙적인 식습관을 갖고 운동을 하기 시작했고요. 〈노스트라다무스의 전율스러운 계시〉와 〈헤르메스, 사랑은 바람처럼〉의 시나리오 작업에 참여하기도 했습니다. 그들은 나를 천재 소년이라고 칭찬해주었죠. 무엇보다 나는 그들로부터 역사를 달리 배우기 시작했습니다. 강건한 방식으로 일본 근대사를 공부하게 되었던 겁니다. 학교에서 하는 나약한 방식이 아닌. 여러분, 그런데 도대체 뭐가 문제냐는 거죠? 대체 왜 배교를 하고 세간에 그들이 위험한 집단임을 설파하고 다니는지 알 수 없다는 거죠?

『류의 이야기』는 총 2장으로 이루어져 있다. 제2장의 제목은 '역사 수업의 비밀'이었다. 하나도 수영도 원고 전체를 몇 번이고 반복해서 읽었다. 하나는 이 이야기의 결말을 알고 있다. 열세 살 류가 당시에는 몰랐을 결말을. 역사 수업이란 결국 행복의 과학 이데올로기를 전파하기 위한 수단이었다. 원고를 처음부터 끝까지 여러 번 읽었는데도 매번 어느 시점에서는 스릴러 영화를 보는 듯한 기분이 들었다. 류, 검색을 그만둬. 그 페이지에 접속해서는 안 돼. 둘러봤으면 이제 그만 나와. 안 돼, 왜 메일을 보내는 거야? 류, 지금이라도 늦지 않았어. 전화번호를 바꾸면 그만이잖아? 다시 학교에 적응해서 잘 지내면서 왜 여전히 그곳엘 가는 거야?

"나도 그런 생각을 여러 번 했었지."

수영은 커피를 마시며 말했다. 수영과 하나는 오랜만에 함께 식사를 했다. 일 년 가까이 날마다 함께 식사를 하다 최근 들어 뜸해진 터였다. 하나는 빵으로 점심을 때우곤 했는데, 그러면서도 지금 바쁜 척

유세하나 싶어 수영의 눈치를 봤다. 하나가 수영에게 먼저 함께 식사하자고 제안했다. 그동안 제가 너무 바쁜 척했나요, 식사도 못할 만큼 바쁜 건 아닌데. 하나의 말에 수영은 목젖이 보일 정도로 입을 벌리고 웃으며 자신은 그런 생각은 해보지도 않았다고 말했다. 식사 후 커피를 마시며 수영이 『류의 이야기』를 처음 읽었을 때의 일을 들려줬다.

"스물일곱에 유학을 갔어. 늦은 나이인데다가, 직전에 후쿠시마에서 사고가 나서 부모님 반대가 너무 심한 거야. 어차피 나는 간사이로 가는 거니까, 거긴 사고 난 데서 한국보다 더 멀다고 둘러대긴 했는데. 왜 하필 내가 유학 가려는 시점에 그런 큰 사고가 난 건지 너무 화가 나더라고, 솔직히. 문부성 장학생으로 가는 거지만 모아놓은 돈도 별로 없는데 현지 생활 하는 것도 힘들고. 학교에서 만난 한국인 유학생 애들, 다 정서에 안 맞는 애들뿐이고. 스타벅스나 돈키호테에서 알바하는 걸 자랑하는 그런 애들 말이야. 전부 한심하다고 생각해서 공부만 했어. 어느 날 드러그스토어에서 『류의 이야기』를 발견했지. 출간되고 두 달이 지났을 때였는데도 엄청나게 팔리고 있었어. 관심을 안 가지려고 해도 안 가질 수가 없었지. 텔레비전에도 나올 정도였으니까. 그땐 여드름투성이에 말라깽이인 고등학생이 뭐가 대단해서 저 난리라는 거야, 란 생각뿐이었어."

수영은 입안에 얼음을 털어넣으며 덧붙였다.

"나는 류가 마음에 들어. 우리 저자라서가 아니라."

그러곤 피식 웃었다.

"하나씨, 일본 뉴스도 좀 보고 그래. 이번에 참의원 통상선거에서 행복실현당원이 당선된 거 알아? 사장이 일본 다녀와서 그 이야기부터 하더라. 호텔에서 뉴스를 봤대. 당선된 자가 당원들이랑 같이 반자이 삼창하는 거. 의석수는 하나지만 이거 엄청난 거야. 사장은 우리 책에 영향 있을까봐 걱정 반 기대 반이지."

"기대는 왜요?"

"류가 그들을 옴의 후계라고 하는 거, 그들이 계속 의석수 확보에 실패했을 경우에 정말 옴진리교처럼 생화학 테러를 할지도 모른다고 본 건데, 아직도 옴 트라우마가 엄청난 일본에서 그런 자들에게 표를 줬다는 거, 이걸 어떻게 설명해야 할까?"

수영은 하나에게 몸을 바짝 당겨왔다.

"사장 무시할 사람 못 돼. 이런 것도 기막히게 잘 알아온다고."

나에게는 자격이 없는 것 같아요, 선배.

하나는 몇 번이고 그 말을 생각했다. 원고에는 거개의 낯선 개념마다 역자 주가 달려 있었다. 이해가 안 되는 일본어 표현인데 각주가 달려 있지 않으면 하나는 당황했다. 그럴 때마다 내가 부족한 것이다, 하나로서는 그렇게 생각할 수밖에 없었다. 선배라면 알았을 텐데, 라는 생각 끝에는 이 책은 역시 수영이 맡아 편집했어야 한다는 결론이 내려졌다. '오토코구미'라는 낯선 글자 앞에서 언제나처럼 하나는 한참을 망설였다. 항상 그랬듯 수영에게 자문을 구하고 싶었지만 수영은 하루종일 자리에 앉을 틈도 없이 바빠 보였다. 한참을 검색해도 나오는 결과는 비슷했다. 한때 큰 인기를 끈 일본 보이그룹의 유닛이라는 설명밖에 없었는데, 류가 사용하는 오토코구미의 맥락은 그것이 아니었다.

입고한 지 한 달 후부터 나는 주요 업무를 맡았습니다. 개인 블로그와 커뮤니티, 뉴스 등 웹 페이지에 댓글을 달아 여론을 장악(역자는 각주를 다는 대신 메모지를 붙여 원어를 병기하고 '참여'와 '장악' 중에 무엇을 써야 할지 한참을 고민했다고 말한다. 류는 자신의 초창기 인터넷 활동은 넷우익의 그것과는 구분되어야 한다고 주장하고 있다는 말과 더불어)하는 일이었죠. 그때 그들은 나에게 아무런 지시도 내리지 않았습니다. 너의 의견을 솔직하게 피력하라는 말만 했을 뿐이었죠. 그러므로 그때 나는 순전히 진심에서 우러나온 글만 작성했습니다. 연약한 역사의식과 피해의식, 죄책감과 정치적 올바름에 대한 강박에 사로잡힌 인간들을 경멸했고 그들과 밤새 대화했으며 또 싸웠습니다. 나는 생산적인 토론에 참여하고 있다고 굳게 믿었습니다. 정말이지 당시에 내가 가장 혐오했던 인간들이 있다면 '피해자 코스프레'를 하는 자들이었죠. 논리가 부족해지면 울상을 하고 폭력, 약자, 반성 같은 말을 들먹이는 자들 말이에요. 특히 일련의 피해자 무리에 기생하는 자들을 나는 참아줄 수가 없었어요. 여러분, 익숙한 모습이죠?

"출간 얼마 안 남았네. 보도자료 준비해야겠다."

창밖이 어두워질 즈음에야 수영은 자리에 앉았다. 하나는 피곤한 와중에도 자신의 안부를 물어주는 수영이 고마웠다. 하나는 힐끗거리며 수영의 안색을 살폈다. 뭔가에 하루종일 시달렸는지 매우 지쳐 보였다. 에어컨으로도, 책상에 놓아둔 선풍기로도 열기가 가시지 않는지 수영은 스마트폰에 미니 선풍기를 연결해 얼굴에 바람을 쐬고 있었다. 사무실에는 수영과 하나밖에 없었다. 모두 정시 퇴근을 했거나 외부 미팅을 하러 나간 참이었다. 드문 일이었다. 수영은 감추지 않고 한숨을 쉬었다. 땅이 꺼지도록 한숨을 쉬는 모습에 하나는 위안을 받았다. 사람들이 오해할까봐 한숨 쉬는 걸 조심하는 수영이 지금 자신을 믿고 있다는 것이니까. 하나는 그렇게 생각하고 싶었다.

"선배."

"왜?"

"류는 설명하지 않네요."

"뭘?"

"오토코구미 형들이 한 일이 정확히 뭔지에 대해서요."

수영은 양팔을 위로 뻗으며 의자에 깊숙이 몸을 파묻었다. 하나의 말에 대답하는 대신 수영은 피식거리며 웃었다. 하나는 자신을 빤히 바라보며 실실 웃는 수영이 신경 쓰였다. 그러다 곧 기분이 나빠져 수영에게서 몸을 돌렸다. 수영의 행동 때문에 기분이 나빠진 것은 처음이었다.

"하나씨, 역자가 실수한 거야. 연락해서 개념 정리해달라고 해. 그런데 일이 너무 늦게 진행되는 거 아냐?"

하나는 대답하지 않았다. 이건 분명한 모욕이라는 생각만 자꾸 드는 까닭을 알 수 없었다. 툭툭 던지듯 말하는 수영의 화법을 하나는 잘 알고 있었다. 하나가 질문을 던졌을 때 얼른 대답하지 않고 가만히 그녀를 바라보거나 피식 웃는 등의 행동도 자주 보아온 것이었다. 그런데 왜 이렇게 기분이 나쁜 건지 하나는 도무지 알 수 없었다.

"하나씨, 아까 사장이 내 앞에서 하나씨를 린林짱이라고 부르더라. 우리 린짱한테 맡겨두었으니까, 『류의 이야기』는. 이러는 거야, 미친 새끼."

하나는 수영을 노려보았다. 수영은 하나를 보고 있지 않았다. 평소 구독하는 두 권의 일본 패션잡지를 뒤적이며 수영은 덤덤하게 말했다.

"하나씨도 나중에 사장이랑 일본 여행 한번 가. 돈 다 대주니까 편해. 아, 둘이서만 가라는 건 아니고, 직원들 한번 우르르 데리고 갈 때. 나는 갈 때마다 물건들 잔뜩 사는데 사장이 남자 직원들 짐꾼으로 부려주기까지 해."

수영은 잡지에 인쇄된 소품 사진을 맥없이 가리키며 말을 이었다.

"왜 예쁜 거, 한국에는 없을까. 이렇게 작고 튼튼한 물건. 은은한 파스텔톤 가진 물건. 이런 파우치. 그런 생각 했었다, 예전부터. 왜 〈베르사유의 장미〉 같은 만화가 한국에는 없나. 버블기 때 만화 봤어? 애니메이션 배경음악까지 오페라로 웅장하게 작곡한 그런 거. 왜 디즈니랜드가 서울에는 없나. 요즘에도 그런 생각 한다. 아무리 일본이 망했다지만. 코카콜라 광고 봤지? 한국에서도 그와 똑같은 광고가 나왔었지. 그런데 항의를 받은 거야. 한국의 직장은 그와 같이 자유롭거나 행복하지 않다고. 왜 우리에겐 OL이라는 말이 어울리지 않을까. 한때 한국과 일본은 한 나라인 행세를 했는데 왜 우리에겐 이런 물건이 없을까……"

"버블기 때라고 OL들이 자유롭고 행복했겠어요? 그건 광고 이미지일 뿐이죠."

하나는 대꾸하며 원고를 정리해 가방에 넣었다. 오늘따라 술에 취한 듯 두서없이 지껄이는 수영이 불편했다. 수영은 어느새 탕비실에서 꺼내온 캔맥주를 따고 있었다. 본 적 없는 기이한 행동이었다. 상대방의 심기를 슬슬 건드리는 수영의 저의를 알 수 없어 하나는 겁이 났다. 급기야 수영은 하나의 가방을 빼앗으며 자리에 앉으라고 했다. 한껏 치켜든 턱을 꺼덕대며 명령하는 그 모습에 하나는 흠칫 놀라 그대로 자리에 앉았다.

"같이 마시자고. 자기는 이제 엄청 바빠질 거야. 『류의 이야기』 담당이잖아. 곧 일본 가서 류도 만나게 될 거야. 그런데 말야…… 행복의 과학 출판사는 심심찮게 오카와 류호라는 미친놈 책을 내줘야 하니 그 직원들은 얼마나 똥줄이 탈까. 당연히 전부 행복의 과학교 신도들일 테고, 교주의 책을 편집하는 건 대체 어떤 일일까. 우린 상상이나 할 수 있을까."

하나의 머릿속에 어떤 생각이 스쳤다.

"선배, 모든 게 히로무의 코카콜라 광고에서 시작되었다는 게 무슨 뜻이에요? 선배는 뭔가 알고 있나요? 히로무에 관해서."

"기노시타 히로무? 코카콜라 광고 감독?"

"그의 가족사에 대해 알고 있나요?"

"누구 말하는 거야? 류, 히로무?"

"히로무의 코카콜라와 류의 행복의 과학, 두 사실 간의 관계요."

"최근에 밝혀진 거야, 히로무와 류의 관계는. 나라고 알겠어?"

"선배는 뭐든 알잖아요."

"뭐 그야 그렇지. 알아? 니시노미야. 한신 고시엔 구장이 있는 곳이야."

“저는 모르죠.”

“나는 관서학원대학 야구부 매니저까지 했다고. 그때 한신 고시엔 구장을 우리 사장실 들락거리듯 다녔어. 그 수많은 일본 야구만화의 배경이 된 그곳에.”

“선배, 아무도 안 사귀고 공부만 했다면서 야구부 매니저도 했어요?”

수영은 아직 맥주가 남아 있는 캔을 손으로 우그러뜨리며 말했다.

“무슨 말이 하고 싶은 거야?”

“선배, 망상이 너무 심한 거 아니에요?”

그 말을 뱉은 순간 하나는 결코 예전으로 돌아갈 수 없을 거라고 생각했다. 그런 말을 씹어뱉게 하는 분노의 기원이 무엇인지 지금으로서는 도무지 알 수 없었다. 하나는 덜덜 떨리는 몸을 붙들어 진정시키고 싶었다. 그러나 고작 오른손으로 왼팔을 붙든 채 발끝에 힘을 주고 위태롭게 온몸을 지탱하는 것밖에는 할 수 없었다. 수영은 그런 하나를 보며 한숨을 쉬었다.

“왜 그래? 하나씨.”

“선배, 난 그의 가족이에요.”

“그라니, 누구?”

“기노시타 류요.”

“하나씨, 정신 차려. 나는 당신보다 훨씬 더 오래 덕질을 했지만 그만큼 빠지지는 않았어.”

“선배, 나는 기노시타 히로무의 딸이라고요. 우리 엄마가 그의 현지처였어요. 류의 아버지가 나의 배다른 형제란 말이에요. 본 적은 없지만. 물론 이번 원고 맡기 전에는 류가 히로무의 손자인 줄 몰랐어요. 그래요. 선배 말대로 나중에 류를 만나게 된다면 그 아이를 자세히 들여다볼 생각이에요. 내 어릴 적 사진에 찍힌 오토상, 기노시타 히로무와 닮은 구석이 있는지."

수영은 대꾸하지 않은 채 그저 눈을 가늘게 뜨고 하나를 바라볼 뿐이었다. 그러곤 내내 끌어안고 있던 하나의 가방을 내주며 말했다.

"하나씨야말로 망상이 너무 심한 거 아니야?"

하나는 할말을 잃고 멍하니 수영을 쳐다봤다. 수영은 한숨을 쉬며 책상을 정리하기 시작했다. 우린 다 미쳐가고 있어, 업무 스트레스가 사람을 미치게 하는 거라고. ……토짱, 온나가 데키타……? 수영이 일본어로 중얼거렸다. 하나로서는 그 뜻을 짐작조차 할 수 없었다. 너는 참 결기 있게 일본어를 공부하지 않는구나. 그 말이 떠오르면 하나는 아직도 걷잡을 수 없이 화가 났다. 구두굽으로 보도블록을 쿵쿵 찧으며 하나는 화를 냈다. 네가 뭘 안다고. 하나는 마음속으로 옛 남자친구에게 소리를 질렀다.

다음날 수영은 출근하지 않았다. 하나는 누구에게도 수영의 안부를 묻지 않았다. 하나에게는 눈앞을 막아서는 시급한 일이 많았다. 표지 디자이너와 회의를 했고, 마케팅팀과 수없이 의견을 주고받았으며, 역자에게 추가 문의 사항에 대한 답을 재촉했다. 역자는 류가 원고에서 쓰고 있는 '오토코구미'가 무엇인지, 그들의 활동이 어떤 것인지를 정리해서 보내주었다.

오토코구미男組, 남자 조직이라는 뜻입니다. 재일 한국인의 특권을 용납하지 않는 모임, 이른바 '재특회'가 코리안타운에서 헤이트스피치 시위를 할 때마다 쫓아가서 물리적으로 그들을 방해하는 카운터스 행동대죠. 도로를 점거하고 몸으로 부딪치면서, 물리적 폭력으로 혐오에 저항하는 시민 단체인 셈입니다. 조직한 자는 전직 야쿠자 출신으로서, 자신은 집회에서 폭력을 사용해 감옥에 끌려가더라도 상관없다고 말합니다. 조직원들 중에는 교수도 있고 학생들도 있습니다. 류가 행복의 과학에 매료되었을 때처럼 오토코구미 형들에게 매료된 까닭이 "헬멧에 쇠파이프, 죽창을 든 전공투의 재림 같아서였다"라고 쓴 맥락은 여기에 있는 것이죠. 류가 가진 결기에 대한 지극한 취미가 교주와 신도들로부터 오토코구미에게로 옮겨갔다고 볼 수 있겠습니다.

결기. 그 단어를 본 하나는 한숨을 쉬었다. 옛 남자친구의 표현은 확실히 잘못된 것이다. 결기란 어떤 행동을 할 때 쓰는 말이지, 하지 않을 때 쓰는 말이 아니라고. 하나는 얼굴을 찌푸렸다. 류는 오토코구미와의 첫 만남을 이렇게 이야기하고 있다.

그때 나는 진심으로 자이니치를 경멸했습니다. 그들이 왜 특혜를 받아야 하는가. 일본사회에 속해 동등한 구성원으로 살아가기를 원하면서 왜 결정적 순간에는 언제나 약자연하는가. 그런 태도, 옳지 않다고 여겨졌습니다. 칠십 년 전, 고릿적 시절 일을 두고 언제까지 사죄를 요구할 것인지. 2010년 오카와 류호의 가두연설에서 나는 선봉에 서서 외쳤습니다. 언제까지 우리를 범죄자들의 자손이라고 몰아붙일 셈이냐! 피해망상에서 벗어나라! 교복을 입고 용감하게 앞에 서서 외치는 나에게 군중은 박수를 보내주었죠. 그때 내 팔을 붙들며 정신 차려, 바보야, 뇌까리는 자가 있었습니다. 그의 이름은 밝힐 수 없습니다. 그가 오토코구미의 조직원이라는 것밖에는.

하나는 점심식사 대신으로 편의점에서 빵과 우유를 사왔다. 유세하는 것처럼 보일까봐 쓸데없이 눈치를 볼 때마다, 그런 하나를 눈치채고 웃으며 말을 걸던 수영이 생각났다. 하나씨, 오늘은 왜 빵으로 때워? 왜, 라는 말을 할 때 미간을 찌푸리며 눈을 동그랗게 뜨던 수영의 표정이 선명하게 기억났다. 진심으로 걱정하는 얼굴이었다. 하나는 수영에게 연락하고 싶었다. 결국 선배가 나를 걱정하고 있다는 걸 알아요. 나쁜 의도가 없었다는 걸 나는 알고 있어요. 문자메시지를 작성하다 하나는 전부 지워버렸다. 순정한 선의에서 우러나온 사과로 보이길 바라며 애를 썼지만 전부 시비조의 말로만 느껴졌다.

하나는 가슴이 답답해질 때마다 더욱 집중해서 일을 하려고 노력했다. 지금은 『류의 이야기』에만 온전히 집중할 때다…… 하나는 주문을 외듯 다짐했다. 하나는 『류의 이야기』의 결말을 생각했다. 류가 오토코구미 형에게 1991년 서울에서 일어난 살인 사건에 대해 듣고, 옴진리교의 사린가스 테러 사건에 대해 제대로 알고 나서 종교에서 도망쳐 나올 때까지 자신에게 그토록 강건하게 다짐했던 것이 무엇인지. "스스로의 취미가 현실적 폭력에 가담하는 먹잇감이 되지 않도록 정신 차리고 공부합시다. 제대로." 『류의 이야기』의 마지막 문장이었다. 하나는 연필을 깎으며 1991년이라는 연도가 왜 낯설게 느껴지지 않는지에 대해 생각했다. 집중력이 흐트러지고 있다. 수영의 말대로 망상이 심해지고 있다. 하나는 자신에게 진단을 내렸다.

수영은 인터넷으로 NNN24를 시청하고 있었다. 집에 있을 때면 데스크톱으로 항상 틀어두는 일본의 이십사 시간 뉴스 채널이었다. 기노시타 류가 인터뷰에 응하고 있었다. 수영으로서는 충분히 짐작할 수 있었던 사태였다. 참의원 통상선거 후, 『류의 이야기』는 일본에서 새로운 국면을 맞았다. 류가 정신 나간 신흥종교 집단이자 '옴의 후계'로 명명했던 행복의 과학 정당에서 의원을 배출한 후, 여론은 류에게 불리해지고 있었다. 기자는 류에게 질문했다.

"블로그에 올린 글, 어떻게 된 겁니까? 행복실현당에서 의석을 확보했을 경우 터뜨리겠다고 예전부터 계획한 겁니까?"

류는 찌푸린 채 얼른 대답하지 않았다.

"기노시타 상을 신봉하는 수많은 청소년이 있는 시점에서, 스스로의 폭로에 대해 책임질 수 있습니까?"

류는 고개를 끄덕이며 말했다.

"저는 오로지 책임질 수 있는 말만 합니다."

수영은 류의 블로그에 접속해보았다. 과거에는 수없이 들어가서 그의 흔적을 좇곤 했었다. 수영은 몇 년 전 류의 게시물에서 본 말, "토짱, 온나가 데키타?"를 아직도 잊지 않고 있었다. '아빠, 여자가 생겼어? 히로무 감독처럼 당신도? 결국 그런 자인가?' 사흘이 멀다 하고 게시물이 업로드되던 류의 블로그는 일주일 전에 멈춰 있었다. 하지만 블로그를 찾는 팬은 여전히 많았고, 가장 최근에 올라온 글의 조회수와 댓글 수는 얼른 읽을 수 없을 만큼 엄청났다. 수영은 기자가 운운한 블로그 게시물이 바로 그것임을 알 수 있었다. 수영은 언뜻 보기에는 마치 시처럼 읽히는 류의 글을 천천히 읽어 내려갔다.

기노시타가家의 후예로서

아비가 살인자라는 걸 알고 난 후였죠.

어떻게 그냥 바뀔 수가 있었겠어요.

그런 충격이 없다면 바뀔 수 있을까요.

어머니가 왜 나를 두려워했는지.

마치 내가 기노시타의 자손이라는 것 자체가 두렵다는 것처럼요.

1991년 서울 살인 사건의 가해자 기노시타 미노루가 다름아닌 내 아비였다는 걸.

형은 1991년에 서울에서 한국 여성을 특정 증오한 살인 사건이 벌어졌다고만 이야기해주었습니다.

그런데 웬일인지 남 일 같지가 않더군요.

알고 싶었습니다.

그 이야기를 들은 후 나는 날마다 도서관에 갔습니다.

도서관에 하루종일 붙어 있었습니다. 1991년 뉴스를 모은 아카이빙 북을 전부 뒤져봤습니다.

그때 1991년 서울, 압구정동 맥도날드 앞에서 일어난 살인 사건.

고교 야구부원으로서 친선경기를 하러 한국에 간 기노시타 미노루가 대한민국 충청남도 부여군 출신 박양孃을 살해했다고.

어쩐지 아버지에 관한 정보보다는 피해자 박양에 관한 정보가 많았습니다.

시골 출신으로서 기숙사 생활을 하며 서울 공단에서 일하던 여공이었다고요.

고향집에 돈을 부치는 효녀였다고 했습니다. 그 대목에서 나는 비웃었죠.

멍청이들. 어쩌라는 거냐.

난생처음 압구정동 번화가에 간 날이었다는 겁니다.

햄버거를 처음 먹어보는 거라며 기뻐했다고 맥도날드 종업원이 진술했답니다.

밀크셰이크 세트를 주문해서 먹고 나오던 길.

거기서 살인마 기노시타 미노루를 만난 겁니다.

아버지는 그날 아침 구입한 식칼을 그녀의 복부를 향해 마구 휘둘렀고, 박양은 저항도 한번 해보지 못하고 즉사했습니다.

기노시타 미노루는 즉시 한국 경찰에 체포되었고 곧 일본으로 넘겨졌습니다.

그는 살인 사건의 가해자였지만 18세가 되기 전이었고 기묘한 '정상참작'을 통해 거듭 감형됩니다.

법정에서 기노시타 미노루는 진술합니다.

"내 아버지 기노시타 히로무에게 가족이 있었습니다. 한국 여자와 그녀가 낳은 딸이었습니다. 한국 광고 기획사와 협업하고 있다며 아버지는 몹시 자주 한국 출장을 떠났고, 한번 가면 보름 넘게 돌아오지 않을 때도 있었습니다. 어느 날 통곡하는 어머니를 달래 물어보았습니다. 어머니는 말해주었죠. 네 아버지에게 혼외자식이 있다. 한국 여자가 낳은 아이라더구나. 아버지는 훌륭하고 똑똑한 사람이었고 든든한 가장이었는데, 그런 추잡한 짓을 했다더군요. 친선경기를 앞두고 나는 번민에 휩싸였습니다. 한국으로 떠나기 일주일 전이었습니다. 아버지가 기생 관광이나 다닌 그런 인간이라는 걸 믿을 수가 없었습니다."

내 아버지 기노시타 미노루의 진술은 여기까지입니다.

여러분이 알고 있는 버블기 최고의 감독 기노시타 히로무는 그런 자였습니다.

더구나 그 아들은, 아버지에게 한국인 처가 있다는 사실에 분개해 젊고 예쁜 한국 여자를 살해했다는 겁니다.

이런 멍청한 자식.

그런 그는 나의 아버지가 되었습니다.

악랄한 것보다 더욱 참기 어려운 멍청한 아버지가요.

그러나 기노시타 미노루의 구질구질한 변명을 읽는 중에도 계속 마음에 걸리는 것이 있었습니다.

그것이 무엇인지 나는 한참을 생각한 후 알아차렸습니다.

피해자 박양.

박朴, 처음 보는 성이었습니다.

나는 그날 노트에 부모와 내가 가진 성, 기노시타木下를 적어보았습니다.

끝도 없이.

왜?

朴과 木下가 왜 닮아 있었는지 나는 알지 못합니다.

아버지는 끝까지 말해주지 않았어요.

결혼하기 전 어머니의 성이 아라이新井였다는 것도.

그건 신라의 우물이란 뜻으로, 한국 밀양 박씨의 시조와 연관이 있다는 것도.

어쩌면 나 자신이, 그토록 경멸했던 자이니치일지도 모른다는 생각에 나는 두려웠습니다.

아버지 자신도 모르고 있을 수 있다는 생각과 함께요.

결국 나는 살인범의 유전자를 물려받고 태어났습니다.

일본 국민으로서 여러분은 범죄자의 자손이 아닙니다.

모든 일본인이 전범인 건 아니니까요.

하지만 나는 범죄자의 아들입니다.

『류의 이야기』가 한국에서 출간을 준비중이라고 들었습니다.

내 아버지 대신 피해자 박양에게 사죄를 구합니다.

『류의 이야기』, 한국에서의 출간을 진심으로 환영합니다.

수영은 마지막 문장만 옮겨 적어 그것을 번역했다. 류가 한국어판 작가의 말 작성을 거부했다는 소식을 사장은 수영에게만 따로 전해주었다. 하나가 일본어를 읽고 쓰지 못한다는 사실이 수영에게는 더없이 다행스럽게 여겨졌다. 하나씨. 영원히 알지 마. 쓸데없는 사실들은 몰라도 그만이야. 수영은 휴가가 끝나고 사무실에 복귀하면 하나에게 꼭 점심 도시락을 챙겨주리라 마음먹었다. 예전부터 그러려고 했지만 실행하지 못한 것이었다. 수영은 회사 근처에 개업한 도시락 전문점 광고지를 찬찬히 훑어보며 그간 파악한 하나의 음식 취향을 고려해 신중하게 메뉴를 골랐다.

A코에게 보낸 유서

지금, 헤이세이 28년, 내가 사랑했던 것들은 모두 망했다고 봐야 한다.

내게 처음으로 육체의 아름다움과 인생의 신비를 알려주었던 소설은 오래전 절판되어 더이상 출간되지 않고, 가족은 전부 내 곁을 떠났다. 그 사실은 오늘 경솔한 자에 의해 폭로되었다. 사건 당시 나의 가족관계는 비밀에 부쳐졌고 비밀은 오래 유지되었다. 나는 그것에 굳이 감사하지 않았다. 우리 사회가 아직도, 부서질 대로 부서진 아직까지도 끝내 지켜낸 가치라고 생각했을 뿐. 가족 안에는 약자가 있고 사회의 최약체인 약자는 어떤 방식으로든 지켜져야 하는 거니까. 하지만 어린이를 보호하고 노인을 공경하는 기본 윤리조차 붕괴되었다는 것을 오늘 실감한다. 우리 가족의 비밀은 차마 언론이라고 부를 수 없는 지라시에 의해 양산되고, SNS에 의해 소비되고 있다. 포르노처럼.

누구의 동의도 받지 않은 포르노. 차라리 범죄물인 스너프에 가깝다. 단언컨대 오늘의 폭로는 우리 사회가 기어이 붕괴되었음을 보여주는 가장 뚜렷한 징후인 것이다.

그러나 나는 왜 그자의 글을 읽을 수 있는 걸까. 그자의 육성을 들어야만 하는 걸까. 번듯한 거실에 앉아 감상하는 것도 아닌데. 고개를 숙인 그자의 얼굴을 본다. 자신의 초라한 방구석을 배경으로 겨우 구색을 맞춘 싸구려 양복을 입고 고개를 조아리는 비겁한 자. 그러나 나는 그자의 몰골에서 눈을 떼지 못한다.

퍼스널 컴퓨터와 스마트폰 안에 세계가 있다. 망해버린 세상을 낱낱이 보여주는 도구. 도시, 뒷골목, 큐브. 여기는 수도의 뒷골목에 위치한 상자 안이다. 나는 유배되었다. 누구도 이곳으로 떠밀지 않았는데 손수 지갑을 열어 비용을 지불하고 상자에 담겨 내 세계의 외연을 넓혀나간다. 큐브에서 영원히 가로등이 꺼지지 않는 골목으로, 골목을 지나 8차선 도로, 도시의 한가운데로. 큐브의 형태가 고정된 채 가상으로 팽창되던 공간은 전원을 끄는 순간 다시 수축되고, 나는 결이 찢어진 공간에 혼자 남겨진다. 화이트 노이즈에 의존하지 않으려고 날마다 애쓰고 있다. 세계가 확장되고 있다는 값싼 환상에서 벗어나기 위해 모든 전자 기기의 전원을 내린다.

그리고 참담한 마음으로 내게 유일한 소설을 읽는다. 고교 시절 이 작품을 처음 읽은 후, 나는 다른 어떠한 소설도 읽지 않았다. 소설 따위 읽을 만한 인생이 아니었다. 그러므로 「마코」는 내게 유일한 소설이다. 그러나 이 작품을 쓴 작가는 오래전 문단에서 몰락하고 말았으며, 이후 어쩌다 언급이 돼도 비평가들에게 혹독한 악평만

들었다고 한다. 문학 이론서나 비평집 따위를 들춰보지 않는 나라서 다행이다. 하이에나 같은 비평가들의 잡설을 보면 분노를 참지 못했을 테니까.

그러나 유, 당신의 문장도 오늘은 내게 아무런 힘을 주지 못한다.

> 몰락 종족이란 것이 있다. 이것은 나의 종교이지만, 어떤 종족 계통이 운명적으로 점차 상승하여, 그 번영의 전성기를 넘어서면, 초로에 잇몸이 내려앉아 이가 흔들리기 시작하듯이, 군데군데 빈 곳이 생겨나고, 이윽고 몰락으로 향해 간다. (……) 인간의 모든 종족 계통은 누구라도 이러한 운명을 밟아나간다. 어떤 종족은 아직 가련한 잎사귀에 불과하다. 어떤 종족은 실로 하늘과 땅으로 뻗어나가는 젊은 나무다. 어떤 종족은 건장하게 잎과 가지를 사방으로 뻗친 큰 나무다. 어떤 종족은 가지에도 줄기에도 뿌리에도 생활의 퇴색이 보이기 시작하는 늙은 나무다. (……) 누구라도 이러한 종족적 운명의 어느 부분인가를 대표하고 있다.

나는 자랑스러운 종족이었다. 그러나 유의 말대로 모든 종족은 몰락으로 향해 간다. 나도 종족의 운명에 순응하고 있다. 유의 문장은 오늘 나의 절망을 전시할 뿐이다. 유타로가 보고 싶다. 내 친구, 내게 「마코」를 소개해준 친구다. 변방의 여자 에이코와 함께. 그를 다시 만나볼 수 있을까.

*

그곳이 수영이 이야기한 성지聖地였다.

하나가 드디어 그곳에 가보게 되었다고 말했을 때, 한 친구는 난데없는 추억을 들먹였다. 할아버지는 늘 '대판大阪'에 한번 가봐야 하는데, 라고 말하셨지. 친구 할아버지는 경성고보에 다니던 시절 수학 교사를 깊이 존경했고 그에게 영향을 받아 자신도 수학 교사가 되었다고 했다. 엘리트 출신 꽃미남이라 인기가 많았다며 엄마가 어찌나 자랑하던지. 사범학교 졸업 사진이 사진관에 붙어 아이돌처럼 인기를 끌었다고. 그 사진을 자세히 보니까 꽃미남은 둘째 치고, 가슴에 달린 수건만한 명찰에 대문짝만하게 창씨개명한 이름이 있는 거야. 친구는 그런 아버지를 자랑하는 엄마를 한심스러워하며 낄낄거렸다. 친구는 할아버지가 다름아닌 대판, 오사카 출신의 수학 교사를 평생에 걸쳐 추억했노라고 했다. 소소하긴 하지만 친일하신 거 치곤 재산을 모으지 못하셨지. 교사 나부랭이나 했기 때문에. 하나는 어쩐지 너무나 지독한 농담으로 점철되어 있는 친구와의 대화가 불편해졌다.

도톤보리 강 인근의 호텔에 짐을 푼 하나는 다시 수영을 떠올렸다. 열어둔 창 안으로 여름 바람이 불어왔고 얇은 커튼이 조용히 흔들렸다. 창 너머로 에어컨 실외기가 다닥다닥 붙은 맞은편 건물 외벽이 보였다. 저곳에서라면 침대에 누워서도 도톤보리 강이 내려다보일 것이다. 혼잡한 번화가의 개천 같은 도톤보리 강. 한강처럼 탁 트인 리버뷰를 제공하는 것도 아니겠지만, 문득 하나는 그것을 보고 싶었다.

그때 한신 고시엔 구장을 우리 사장실 들락거리듯 다녔어, 수영의 말이 들리는 듯했다. 하나는 수영의 그 말 한마디에 평생 몰랐던 일본 야구팀인 한신 타이거스와 일본 고교 야구 대회인 고시엔을 알게 되었고, 한신 타이거스의 팬들은 팀이 우승하면 도톤보리 강에 뛰어든다는 이야기도 더불어 주워들었다. 지금 도톤보리 강 인근에 있는 것이다. 언젠가 와보리라 한 번도 예상해보지 않은 곳에.

간사이는 이제 엄마의 남자를 떠올리게 만드는 곳이 아니었다.

하나로서는 처음 맡아 이끌었던 책, 『나는 살인 종족의 후예입니다』의 저자인 기노시타 류의 고향이었고 그 존재의 기원이었다. 그의 할아버지가 자신의 생물학적 아버지이며, 그러므로 그는 여전히 엄마의 남자였지만 하나에게 그 사실은 더이상 중요하지 않았다. 기노시타 류가 블로그를 통해 밝힌 자신의 가족사를 수영의 번역으로 하나 역시 꼼꼼히 정독했다. 그러나 수영의 기우와는 달리 하나는 제법 흥미롭기까지 한 기분으로 그것을 읽었고, 자신이나 엄마가 얽힌 이야기라고 받아들이지 않았다. 언젠가 수영에게도 솔직히 밝혔지만, 하나는 과거 늦은 밤 사무실에서 발끈하며 자기 가족사를 털어놓았던 순간에 대해 내내 겸연쩍어했다. 출생의 비밀은 유세할 만한 것도 숨길 만한 것도 아니다. 그저 있는 그대로의 사실일 뿐이다. 마찬가지로 류가 고백한 일련의 내용들도 그저 일어나버린 사실일 뿐이다. 명백한 피해자와 가해자가 있으며 누구도 그 사실에 조력하지 않았다.

나는 그렇게 생각해요, 선배. 아직도 나를 걱정해요?

자신의 말이 곡해될까봐 때때로 초조해했던 나날들을 하나는 생각했다.

그 책이 출간되고 나면 저자 기노시타 류를 만나러 일본에 가게 될 거라는 수영의 예언은 들어맞지 않았다. 사장의 계획대로 현지에서 한국어판 출판기념회를 성대하게 여는 일 따윈 일어나지 않았다. 회사는 초상집이나 다름없었다. 원서명 그대로 '류의 이야기'로 출간되었다면 어땠을까. 사장이 과도한 욕심을 갖고 몽니부리지 않았더라면. 『나는 살인 종족의 후예입니다』는 그해 사장의 최고 기대작이었다. 출판사 전체가 사활을 걸고 매달렸다고도 할 수 있었다. 책 한 권의 흥행 여부가 회사를 좌우할 수는 없었다. 하나는 그렇게 생각했다. 이룸서재가 그 정도 구멍가게는 아니었다. 대단히 훌륭한 책을 출간하는 곳은 아니었고, 하나의 대학 선배들은 '있는 척하는 싸구려 출판사'라고 비하하기 일쑤였지만. 사회학도 아니고 문화학도 아니고 철학도 아니며 자기계발 서적도 아닌 애매한 성격의 무크지를 홍보하러 캠퍼스를 방문한 영업 사원을 선배들은 비웃었었다. 그러나 그렇게 열심히 영업을 하고, 회사의 개성을 드러내주는 베스트셀러도 몇 권 출간했기에 끝내 살아남은 출판사였다. 책을 읽는다는 사람들 중에 이룸서재를 모르는 사람은 없을 것이었다. 오히려 하나는 자부심을 갖고 입사했다. 그러나 사장의 행동, 수영의 사례, 무엇보다 기노시타 류의 몰락을 차례로 목격하며 애초의 믿음은 점점 무너져갔다. 정말로 여기는 구멍가게가 아닌가. 사실 이보다 규모가 훨씬 큰 회사도 기고만장하다 망하는 경우가 있다. 임직원의 경거망동이나 잘못된 언론 보도로 굳건했던 기업이 무너지는 경우도 종종 보았다. 어릴 적 부모가 동네 구멍가게를 운영했다는 친구의 말이 그제야 실감났다. 동네 사람 대부분이 근방 건설 현장에서 날일을 하는 노동자들이었고 그들이 즐겨 마시는 싸구려 캔커피가 가게 주력 상품이었다. 그런데 어느 날 함바집에 간식거리가 들어오자 부모님 가게의 전체 매출이 크게 떨어졌다는 것이었다. 하나가 생각하기에는 이름서재의 상황도 그와 별다르지 않았다. 비로소 하나는 이름서재가 지식 집단이기에 앞서 여느 업종의 그것과 별다르지 않은 생산 현장이라는 것을 실감할 수 있었다.

기노시타 류, 그는 일본의 인기 작가였고 기노시타 히로무의 손자이자 그 아들 기노시타 미노루의 아들이었으며 그리고 기노시타 미노루의 이복남매인 하나의 조카였다. 그러나 하나는 엄마의 남자가 자신의 아버지라는 것을 실감해본 적 없었으며 오랜 시간 그의 이름조차 대번 외울 수 없었다. 기노시타 류가 '조카'라는 한국어로 요약될 수는 없었다. 그는 다만 저자일 뿐이었다.

하나는 수영에게도 그렇게 말했다.

'나는 살인 종족의 후예입니다'는 사장이 고집한 제목이었다. 아버지에게 한국인 처가 있다는 사실을 알게 된 자신의 아버지 미노루가 한국 여자를 살해한 전력이 있다는 가족사를 밝힌 류의 블로그 게시물은 한국에서도 곧 화제가 되었다. 일본 열도를 뒤흔든 류의 자서전이 한국에서 최초로 출간된다는 내용의 보도자료가 나간 직후였다. 류의 그 게시물에는 "내 아버지 대신 피해자 박양에게 사죄를 구합니다"라는 문구가 포함되어 있었지만 여론은 비난 일색이었다. 아버지를 극복하고자 하는 자기부정의 서사에 피해자를 이용했다는 비판을 하나는 예의 주시했다. 하나는 수영에게 세간의 비판에 동의한다고 이야기했다. 류가 소년 넷우익으로 살아오다가 각성하는 과정에 가족사가 유의미하게 작용했다고 볼 수도 있겠지만, 류 자신이 명시하고 있듯 분명한 피해자가 있고 그 가족은 여전히 피해자 가족으로 살고 있다고. 한 사람의 자기 극복을 위해 피해자가 동원되는 것은 옳지 않다고. 류의 게시물이 이렇게 논란이 되고 있는데, 그의 자서전을 출간하는 일이 온당한지에 대해 고민해봐야 하는 것 아니냐고. 그때 수영은 하나의 얼굴을 살피며 엉뚱한 질문을 했다.

"괜찮은 거야, 하나씨는?"

수영은 자신이 진작 류의 블로그를 통해 가족사를 알게 되었음에도 즉각 알리지 않은 까닭에 대해 설명했다.

"나는 하나씨가 허세를 부린다고 생각했어. 망상중이거나. 내가 얼마나 망가졌으면 그런 생각을 다 했을까 싶지만. 자기가 맡은 저자를 조카라고 우기다니, 그것도 외국인을. 말이 안 되는 이야기라고만 생각했지. 현실이 드라마보다 놀랍다는 걸 잘 알면서도 하나씨가 자기 삶을 과도하게 드라마타이즈하고 있다고 생각한 거야. 그런데 류의 글을 보면서, 이건 결코 내세울 만한 드라마가 아니라고 생각했고, 그때 하나씨의 말이 사실이라는 걸 깨닫게 됐어."

수영은 그동안 힘들었겠다, 하며 하나의 어깨를 짚었다. 어깨에 닿은 손에서 전해지는 체온이 조금 불쾌하게 느껴졌다. 잠시 후 하나는 불쾌감을 지웠다. 수영의 온전한 선의를 이해했다.

선배, 나는 아무렇지 않아요. 지금 여기가 오사카인데도. 어린 시절에는 듣기만 해도 신경질이 나서 참을 수가 없었던 곳인데.

하나는 간사이 여행을 앞두고 엄마에게 전화를 걸었다. 엄마는 언제나 바빴다. 대학 졸업반 때 독립해 살게 된 이후 엄마를 만난 적이 별로 없었다. 전화를 걸면 주변에서 시끌벅적하게 떠드는 소리가 들렸고 용건만 간단히 말하라는 듯 엄마는 짧게 대답하곤 했다. 언제나 공사다망하니 참으로 다행이라고 하나는 생각했다. 남편도 없이 외동딸만 바라보며 쓸쓸하게 늙어가는 여자였다면 얼마나 피곤했을까. 하나, 언제 엄마를 보러 오니. 엄마는 외로워. 전화를 걸 때마다 그런 말을 한다면 숨막혀서 견딜 수 없었을 것이다. 엄마는 등산중이라며 숨을 헉헉 내쉬었다. 하나는 급하게 말했다. 나 간사이에 가요. 추천해줄 만한 곳 없어요? 엄마는 정신없이 숨을 내쉬며 대답했다. 모르겠는데. 그 동네 다녀온 지 하도 오래돼서. 엄마는 곧 돌부리에 치이기라도 한 듯 외마디 비명을 내질렀다. 더는 이야기를 이어갈 수 없어 하나는 전화를 끊어버렸다.

그러니까 여기에 기노시타 무리가 여전히 살고 있든 그렇지 않든 우리에게는 그다지 중요하지 않다고. 그런 생각을 하고 나니 정말로 중요하지 않은 일로 여겨졌고, 왠지 허탈해져 웃음도 나왔다. 하나는 엄마에게 어떤 정보도 얻어내지 못해 블로그 검색을 통해 여행 코스를 계획했다. 교토, 오사카, 나라, 하루가 멀다 하고 간사이 여행을 다녀온 사람들의 후기가 올라왔다. 블로그에는 정보가 차고 넘쳤다.

하나는 호텔에 짐을 두고 천천히 여행을 했다. 첫날에는 반나절 동안 지하철만 탔다. 책을 읽다 고개를 들었을 때 창밖으로 바다가 보이는 순간이 있었다. 거대한 구름이 모양을 바꾸는 풍경을 지켜보기도 했다. 오사카코역에 내려서 다코야키를 사먹고, 대관람차를 타며 노을을 구경했다. 호텔로 돌아와서 몇 시간 동안이나 텔레비전을 봤다. 일본어를 몰라도 좋았다. 하나는 침대에 누워 발가락을 까딱거리며 가정식 요리 소개 프로와 고양이 애니메이션과 스탠드업 코미디 쇼

따위를 봤다.

하나에게 첫 일본 여행은 아니었다. 지난해 사장과 함께 도쿄에 다녀왔었다. 그건 수영의 말대로 회사 내에서 하나가 꽤 중요한 직원이 되었다는 증거였다. 수영에게 부당한 발령이 내려진 후 진행된 일이라 여행 내내 하나의 마음은 불편했다. 수영의 말이 마디마디 기억난다는 건 잔인한 일이었다. 출판사 사정이 좋지 않은 상태에서 이뤄진 여행이기도 했다. 사장은 술에 취해 나 곧 재기할 거야, 다들 나 믿지, 하며 저녁상 반주에 취한 가부장처럼 지껄였다. 그러곤 사장은 남자 직원들만 데리고 가부키초에 다녀왔다. 낄낄거리며 호텔에 들어오는 그들 무리와 로비에서 마주쳤고, 하나는 먹은 게 얹혀 그날 새벽 내내 화장실에 들락거렸다.

*

어린 시절부터 교과서에서 배워온 소설들, 화폐에 찍혀 있는 자가 쓴 소설들, 위대하다고 하는 소설들에 나는 그다지 감흥이 없었다. 작가 자신이 인간으로부터 벗어나기라도 했다는 양 내려다보며, 세상 윤리를 결정하는 이야기들. 신과 천황을 모독하고 근대인을 벌레 취급하는 진술들. 무너져버린 제국에의 꿈에서부터 하녀와의 통정에 이르기까지 자기 존재를 부정하며 자아비판하는 이야기들. 그런 이야기들은 내게 힘을 주지 못했다. 정작 자기반성의 제스처란 통렬함 외에는 아무것도 남기지 못하는 행위 아닌가. 문학이란 가장 비천한 인간들이 감히 심판자를 참칭하는 결여된 자리일 뿐인가.

열등한 인간들이지.

반성이란 무능한 행위다. 아무것도 능동적으로 해결하지 못하는. 그런 나에게 유의 문장은 놀라운 감흥을 불러일으켰다. 명백하게 저열한 종족이 있고, 그들의 졸렬한 삶을 다른 누군가가 해결해줄 수 있다는 믿음. 열등한 자와 결합해 세상을 바꿔보겠다는 다짐. 해결! 해결에 대한 모색이야말로 인간이 할 수 있는 가장 희망적인 종류의 행위 아닌가.

마코.

그녀 모친으로부터 유전된 결핵이라는 천형.

질병, 무지, 매춘, 죽음에 이르게 하는 열등함.

에이코.

영희, 나는 그녀를 내 멋대로 에이코라고 부른다. 그녀가 죽은 후 지상에서 숱하게 본 이름이다. 벌써 이십오 년이나 지났지만 나는 그녀의 일기가 번역되어 연재된 신문을 아직 갖고 있다. 유의 소설과 더불어 내게 다른 무엇으로도 대체될 수 없는 문건. 일기는 1989년 8월의 무더운 어느 날로부터 시작한다.

그리고 그 시절 하얀 저고리에 검은 치마를 입은 진짜 에이코를 생각한다. 에이코의 기원. 유타로와 나의 비밀. 은각사 옆 조선중고급학교에 다니던 영자英子.

*

하나는 자신에게 편집자로서의 능력이 있다면, 어지간히 역겨운 정보도 서슴지 않고 찾아볼 수 있는 강한 비위일 것이라고 자평했다. 때론 감당하기 힘들다고 여기면서도 그것들을 똑바로 바라보는 것이다. 예를 들면 가부키초의 여자들에 대한 후기 같은 것. 도쿄 여행에서 돌아오자마자 하나는 구글에서 한국어로 된 후기들을 모조리 찾아보았다. 대학 시절 시집에서 처음 본 '치치올리나'라는 이름에 매혹되어 그 인물에 관한 자료를 찾아볼 때, 친구들은 그런 하나의 집요함을 비난했다. 치치올리나는 포르노 배우 출신 정치인이었고 그녀가 배우 시절 출연한 영상은 지독했다. 하나는 학과 전용 도서실의 너른 책상 한가운데 앉아서 음소거를 하고 노트북으로 영상을 봤다. 검은 말의 성기를 빨고 있는 치치올리나의 얼굴이 화면 가득 한참이나 나왔다. 하나는 영상물등급위원회의 중견 인사라도 되는 양 근엄한 얼굴로 그것을 지켜봤다. 남자 선배들도 혀를 내두르며 자리를 떴다. 지나가다 영상을 본 후배는 헛구역질을 했다. 가득 쌓아둔 책에 팔을 괴고 몇 시간 동안이나 꼼짝 않고 앉아 치치올리나의 포르노를 보던 하나의 모습은 한동안 학과 내에서 화제가 되었다.

하나 자신도 치치올리나의 포르노가 그 지경이리라고는 예상하지 못했고, 이후 그 장면들이 간헐적으로 떠오를 때면 괴롭기는 했지만 그뿐이었다. 뭔가에 꽂혔을 때는 멈출 수가 없었다. 그것이 끔찍한 물건이라 해도. 하나는 스스로 '고고학적 취미'라 이름 붙인 습관을 자조하며 인정했다.

그때처럼.

가부키초의 여자들이 어떤 유료 서비스를 감당하는지. 그것이 한국의 성매매와는 어떻게 같고 다른지. 이른바 사창가, 성매매 집결지를 경험해본 적도 없는 세대의 향수. 더러 첨부된 여자들의 사진. 여자들의 얼굴.

구글이 여과 없이 제공하는 텍스트와 사진은 처참했다. 영어와 일본어에 능통했다면 더 많은 자료들을 볼 수 있었을 것이다. 하나는 링크를 타다가 믿기지 않는 게시물을 발견했다. 동영상이 첨부되어 있었다. 거리에서 만난 여자라고 했다. 신분증을 보니 만 17세의 미성년자였다고 했다. 게시물 작성자는 앞으로도 이런 여자를 계속 만날 수 있다면 비행기값이 조금도 아깝지 않을 것이라고 했다. 하나는 동영상을 재생하지 않았다. 섬네일만으로도 사정을 짐작하기에는 충분했다. 산타 모자를 쓴 소녀가 웃고 있었다. 커다란 재생 버튼이 그녀의 몸을 가려줬다. 장차 아이돌이 될 거라는 작성자의 말대로 소녀는 걸그룹 멤버처럼 예뻤다. 얼굴이 작고 벌린 입이 커다랬다. 한국 걸그룹을 좋아해서 한국어를 제법 할 줄 안다고 했다. 침대에서 내려가며 "오빠, 나 사실 한국말 할 줄 아는데"라고 했다고. 그 말에 다시 그녀를 눕혔고 그때부터는 한국어로 대화했다는 후기가 자세하게 이어졌다. 하나는 고름이 알알이 들어찬 물고기 비늘에서 눈을 떼지 못하는 심정으로 그것을 끝까지 읽었다.

남자가 카메라를 들이댔을 때 웃으며 그것을 바라보는 소녀의 기분이란 어떤 것인지 짐작할 수 없었다. 가부키초의 러브호텔에서 벌거벗은 채 웅크린 소녀의 뒤에 있는, 얼굴을 가린 남자의 모습은 하나를 놀라게 했다. 방에는 두 남자와 한 소녀가 있었다. 얼굴을 가린 남자는 통역을 위해 동행한 자라는 것이었다. 그렇듯 가부키초는 무법 지대다, 해방의 거리다, 삼촌들에게 관리도 받지 않는 어린 소녀들이 넘쳐난다는 후기. 심지어 신주쿠 구청 앞에서 교복을 입은 여자애들이 떳떳하게 호객을 한다는 사실에 대한 찬사. 한국에서도 경험하기 힘든 미성년자와 만나고 왔다는 기쁨이 그들에게는 있었고, 그녀들이 한국어를 하며 자신들을 만족시키려 노력했다는 데서 오는 자부심이 있었다. 그 대목에서 하나는 모욕감을 느꼈다. 그들은 일종의 민족적 승리감에 도취되어 있었다. 누군가는 댓글에서 그 점을 명확히 설명하기까지 했다. 가부키초의 골목 곳곳에서 끊임없이 들려오는 '오빠'와 '아저씨'라는 한국어. 란제리 바에서 수없이 외쳐지는 '사장님' '상무님'이라는 한국어. 몇몇 남자들에게는 그것이 보상으로 느껴진다고 했다. 이제 시대가 바뀌어 일본인을 구매하는 한국인이 되었다는 자긍심…… 하나는 다시금 자신의 변태적인 고고학적 취미를 되새기며 그 대목을 똑바로 바라보았다. 왜공주, 기생 관광, 현지처, 일제 아줌마. 엄마를 표현하는 단어들이었다.

오사카 여행 이틀 차에 하나는 문득 그곳이 생각났다.

일본에 다녀온 남자들이 입을 모아 욕하던 그곳, 도비타신치. 오사카 최대의 성매매 집결지였다. 도쿄 신주쿠의 가부키초와는 다르게 한국인을 꺼리고, 동영상이나 사진 촬영을 하다 야쿠자에게 걸리면 손가락이 잘린다는 괴담이 돌았다. 그런데도 일본 여행을 주제로 하는 커뮤니티에는 꾸준히 후기가 올라오는 듯했다. 괴담에도 불구하고 사진이 첨부된 게시물도 있었다. '목숨걸고 찍었음'이라는 제목 아래 다다미방에서 개량된 기모노를 입고 웃는 여자가 있었다. 사진들 속 여자들은 전부 눈부시게 예뻤다. 목숨걸고 사진을 찍었다는 자들이 그토록 찬양하는 것처럼.

사장과 여러 남자 직원들도 그들과 같았다.

늦은 새벽까지 잠이 오지 않아 자판기를 이용하러 로비에 나가다 그들과 마주쳤을 때, 하나는 얼른 상황을 파악하지 못하고 미소를 지었다. 제각각 달뜬 얼굴로 키득거리던 그들이 다녀온 곳이 가부키초라는 것을 알았을 때, 하나는 목욕 가운에 나막신 차림으로 그들과 마주쳤던 자신의 모습을 떠올리며 수치심을 느꼈다. 그건 마치 한집에 사는 남자들을 맞아주는 것 같은 풍경이었다고, 하나는 생각했다. 그들은 새벽 거리에서 만난 여자들과 자신이나 수영 같은 동료 여직원들을 어떻게 구분하는 것일까. 마찬가지로 살아 숨쉬는 인간인 그녀들과 우리가 간혹 그저 성욕을 채우기 위한 도구일 뿐이라면, 표지 시안에 관한 이야기를 나누고 마케팅 전략을 토의하고, 가끔은 더욱 발전된 미래를 도모하며 종이책의 운명을 진지하게 모색하는 일이 가능한 것일까. 걸그룹처럼 아름답지 않은 여자들은 그들에게 진정 어떤 존재일 수 있는지, 하나는 내내 생각했다.

*

류, 어차피 네가 저질러놓은 일이다.

너는 내게 자랑스러운 아들이었다.

류, 나는 파산한 가장이 되어 여기 캡슐에 숨어 있다. 오래전 영특한 소학교 학생이던 네가 그린 상상화에서처럼. 미래에는 누구나 수용성 알약으로 필수영양소만을 정량 복용하며 최소한의 공간을 사용해 업무와 인간관계를 해결하리라고 너는 예상했었지. 필요한 모든 물건은 디지털로 바뀌어 주택난이 해소되고, 지구는 가벼워지리라고. 네 그림의 주제는 '가벼운 지구'였다. 다소 지나친 비약이었지만 어린 아이의 공상이라기에는 매우 구체적이었다고 기억한다. 그 모든 것이 한 장의 수채화에 담겨 있었지. 그림 실력이야 부족했지만 명석한 아이디어가 반짝거렸다. 디지털이 만든 가벼운 지구에서 각자에게 주어진 캡슐 속에 안전하게 머무르는 것. 어린 네가 이상적으로 바라본 미래였다.

그러나 지금 어떠니. 공상과학 동화는 파산한 이들의 몫이 되었지. 오랫동안 가능했던 의식주의 존엄이 도처에서 무너지고 있다. 파산한 이들을 기다리는 것은 저승의 지옥이 아니라 이승의 캡슐여관이다.

몇 년 전 너는 내게 메일을 보내 따졌지.

아빠, 여자가 생겼어? 히로무 감독처럼 당신도? 결국 그런 자인가?

나는 답장하지 않았다. 차라리 그런 종류의 오해를 받는 것이 내게는 조금 덜 치욕스러운 일이었다. 그래, 내가 예상해온 가장의 몰락이란 것도 고작 그것뿐이었지. 히로무 감독이 늙으니 여자 문제란 아무래도 좋은 것이 되더구나. 어머니는 여전히 그의 곁에 머물러 있다. 네가 알다시피. 마치 아무 일도 없었다는 듯, 교외 온천 주변에 집을 짓고 평화로운 노부부 행세를 하며 살아가고 있어. 털이 깨끗한 흰 개를 기르면서 말이지. 그런 엄청난 일을 겪고도 말이야. 너의 조부모, 대단하지 않니.

너는 내가 없어도 살아갈 수 있을 것 같았다. 너에게는 사람들을 열광하게 하는 특별한 재주가 있더구나. 세상 사람들이 그렇게 말하듯 히로무 감독에게 물려받은 것이겠지. 그가 나에게는 유전하지 않은 것이다. 사실 나는 히로무 감독의 작품에 열광하는 사람들을 이해할 수 없었고, 그의 미술적 감각이 여자들에게 매력으로 작용한다는 것은 더욱 의아한 일이었단다. 너도 알다시피 히로무 감독은 땅딸한데다 엄청난 추남이지. 나나 너나 아름다운 여자가 모계였기 때문에 그와 같은 추남의 운명을 피할 수 있었다는 걸 인정하리라고 믿으마. 여하간 내가 보기에는 다른 이들의 작품과 별다른 점이 없어 보였는데, 마치 히로무가 만든 것이라면 백지에도 열광하리라는 태도로 사람들은 그를 찬양했다. 세상이 그런 자를 천재라거나 거장이라고 부르는 것에 대해 나는 지금도 동의할 수 없다. 사실 너에 대해서도 같은 견해를 가지고 있지.

천재의 격세유전. 어차피 나 같은 인간이야 세상 사람들이 주목하지 않고, 또한 그래서도 안 되지만, 히로무 감독이나 너를 생각하면 조금 쓸쓸해지기도 했단다. 나는 아버지를 자랑스러워하는 아들이나, 아들을 자랑스러워하는 아버지의 역할밖에는 수행할 수 없었지. 네가 잘 알고 있다시피 단 한 번 세상이 나를 주목한 적 있다. 내가 의도하지 않은 결과였지만. 그때 실감했단다. 사람들을 알아서 열광토록 만들 수 있는 재주를 타고난 인간이 아니라면, 주목을 받아서는 안 된다는 것을. 광장의 단두대에 오르거나 공개 화형에 처해지는 일 말고 무엇이 있겠니?

이번 너의 고백 역시 마찬가지다. 고작 그런 일로 인구에 회자된다는 건 자랑스러운 게 아니란다. 노이즈 마케팅은 너의 어린 시절, 철없이 방구석에 처박혀 지낸 흑역사를 고백하는 일만으로 충분했단다. 그런 시절도 있었지만 이겨내고 세상 밖으로 나왔다, 그게 네가 원하는 드라마가 아니었니?

오늘 너의 우스꽝스러운 기자회견, 과도한 자기 연출은 그 의도가 무엇이었든 실패할 것이다. 나는 네가 히로무 감독에게 남다른 끼를 물려받았다고 확신해왔다. 그것이 아닌 다른 것으로, 고작 비천한 이 아비를 이용해서 다시금 세상의 이목을 집중시키려고 하다니 실망스럽구나.

*

기노시타 히로무는 1989년에 자취를 감췄다고 했다.

교토로 가는 열차에서 하나는 그 사실을 곰곰이 생각했다. 그런데 류의 고백에 의하면 아버지 미노루가 할아버지 히로무에게 한국인 처가 있다는 사실을 알게 된 시점은 1991년이었다. 그때 히로무가 뻔질나게 한국에 드나들었다고도 했다. 류와 미노루의 기억이 왜곡되었을 리는 없을 것이었다. 1991년.

세상에 박제된 연도였다. 콜럼버스의 1492처럼, 히로시마와 나가사키의 1945처럼.

하나는 이 모든 일들을 모른 채 살아가는 엄마가 조금 부러워졌고, 한편으론 다행이라고 생각했다. 모르는 게 좋은 일들이니까. 아니, 그 일들이 정말 일어나긴 했었나. 내가 그의 딸이라는 것을 어떻게 증명할 수 있나. 엄마가 만난 남자가 기노시타 히로무가 맞긴 한가. 어쩌면 자신의 생물학적 아버지는 당대 최고의 CF 감독 기노시타 히로무를 사칭한 것은 아닌가. 허세를 부리며 엄마를 유혹한 것 아닌가.

오래전 외할아버지가 엄마에게 쏟아부은 폭언의 내용도 그와 같았다. 하나로서는 결코 잊을 수 없었던 말, '왜공주'라는 말이었다. 그 외에도 하나는 사생아를 기르는 딸에 대한 경멸로 가득한 말들을 자세히 기억하고 있었다. 외갓집에 얹혀살던 시절이었다. 엄마와 하나가 살던 방은 천장이 낮았고 대낮에도 어두컴컴했다. 하나는 엄마와 단둘이 살던 아파트에 돌아가고 싶었다. 외갓집에서는 나쁜 냄새가 났다. 누렇게 담뱃진이 밴 베개가 거실 바닥에 아무렇게나 굴러다녔고, 외할아버지가 재떨이로 쓰는 커다란 뚝배기와 팔각 성냥갑에는 허옇게 먼지가 내려앉아 있었다. 바퀴벌레도 심심찮게 돌아다녔는데, 하나는 새벽에 돌연 깨어날 때면 소리없이 포복하는 바퀴벌레들을 물끄러미 바라봤다. 엄마는 하루에도 몇 번씩 걸레질을 했다. 위생 관념이 없었던 노부부는 그런 엄마를 성가시게 생각했다. 가제 수건에 비누 거품을 묻혀 하나의 얼굴을 문질러 닦는 엄마를 보며 외할머니는 혀를 찼다. 그러게 진작 네 몸이나 그렇게 간수하지 그랬니? 일곱 살 하나는 정말이지 깜짝 놀랐다. 자기 딸에게 그런 말을 하는 사람들이라니, 악마 같다고 생각했다. 하나는 그날 밤 스케치북에 도깨비 그림을 그렸다.

日本 그림자 ④: 觀光地帶의 섹스 汚染

「韓國觀光＝性遊戱」 等式 우리도 覺醒해야

(……) 지난 74년 8월 29일 서울 용산구 한남동 산10 남산외인아파트 A동 11층 2호실에서 일어난 日本 여인 살인 강도 사건은 日本人의 무절제한 性도덕이 빚어낸 비극의 대표적인 케이스였다. (……) 우리나라에 상

주하는 일본인은 80년 말 현재 3천 39명(71년에는 1천 500명)으로 이중 가족을 데리고 온 사람은 2백 40명에 불과하다. 나머지 日本인들이 어떻게 性 문제를 해결하는지 정확히 알 길은 없지만 頓 여인 사건이 어느 정도 의문을 풀어준다.(경향신문, 1981. 8. 14.)

인터넷 사이트에서 옛날 신문 아카이빙 서비스가 시작되었을 때 가장 처음 찾아본 기사였다. 외인아파트 살인 사건. 엄마는 이웃들이 그런 말로 자신을 비난했다고 했다. 외인아파트에서처럼 살인이라도 나면 어떡해? 하나는 엄마를 빤히 보며 물었다. 나같이 어린 딸에게 그런 이야기를 막 해줘도 돼? 엄마는 킬킬 웃었다.

하나에게 있어 '홍콩할매귀신' 같은 괴담일 뿐이었던 사건의 전말이 기사에 적혀 있었다. 일본에 가족을 둔 남자가 한국 지사에서 일하며 젊은 '현지처'를 두었는데, 본처가 입국한 후 현지처를 찾지 않자 현지처가 본처를 살해한 것이다. 기사의 주인공인 '돈 여인'은 훗날, 살인범으로 일본 교도소에서 복역중이던 재일교포와 옥중 결혼을 하게 된다. 그 이야기가 실린 에세이 『아직 끝나지 않은 식민지 조선의 비극』까지 하나는 찾아 읽었다.

식민지 조선의 비극. 그 말을 생각하면 아직도 물색없이 웃음이 났다. 하나는 '나머지 일본인들이 어떻게 성 문제를 해결하는지 정확히 알 길은 없지만'이라는 말에 주목했다. 그 말이 떠오를 때면 언제나 우울해졌다. 가족을 데리고 오지 않았으므로, 정확히는 부인을 데리고 오지 않았으므로, 라는 말이 생략되어 있다는 것을 하나는 알았다. 어차피 누군가의 '성 문제 해결'을 위해 존재하는 것이라면 본처와 현지처가 다를 까닭이 무엇이겠나. 그러나 하나는 엄마가 기노시타와 결혼했더라면, 그의 호적에 입적했더라면, 외할아버지가 '왜공주'라는 말로 엄마를 모욕하지 않았으리라고 확신했다.

교토 어딘가에 사장이 자주 드나들던 출판사가 있다고 했다.

류의 자서전을 출간한 곳이었다. 사장도, 수영도 종종 언급했었는데 하나는 이름이 기억나지 않았다. 일본어 고유명사는 한 번 들어서는 잘 기억나지 않았다. 기노시타 류, 단번에 외운 유일한 이름이었다. 하나의 첫 담당 책인 그의 저서가 망해버린 이후에도 하나는 수시로 그 이름을 검색해보았다. 쓰레기 같은 책을 내는 쓰레기 같은 출판사라는 욕이 검색 결과 가장 처음 보였다. 다른 게시물들도 비난 일색이었다. 하나는 스마트폰 액정을 쓰다듬으며 이미 읽은 블로그 게시물을 읽고 또 읽었다. 자신에게는 불운한 일이었지만 맞게 가고 있다고 생각했다. 사람들의 이런 반응은 옳은 것이다. 이해 가능하고 동의 가능하다. 류의 블로그 게시물이 화제를 끈 이후 사장은 외려 정면돌파를 하자고 했다. 사장은 마케팅 콘셉트를 바꿨다. 작가의 말 대신 그 게시물을 번역해 넣었고, 거기서 참고해 제목도 고쳤다. 수영은 소리를 지르며 항의했다. 블로그 게시물 자체도 문제이지만, 저자에 대한 최소한의 예의도 없습니까? 회의실에 정적이 흘렀다.

인터넷 중고 서점에서 기노시타 류의 저서는 칠백원에 판매되고 있었다. '쓰레기통'이라는 이름을 가진 판매자에게서.

나는 살인 종족의 후예입니다.

그건 류가 직접 한 말도 아니었다. 엄밀히 말하면 사장의 워딩이었다. 살인 종족이라니. 우생학이나 골상학을 진지하게 믿었던 인간들이나 하는 말같이 느껴졌다. 동의할 수 없는 제목을 달고 나온 책이었지만 하나에게는 아픈 손가락이었다.

"킨카쿠지와 긴카쿠지를 제대로 구분해서 말해줘야 해. 한국식으로 대충 발음하면 못 알아들어."

수영의 조언을 되새기며 하나는 택시를 불러 세웠다.

긴카쿠지.

은각사로 가는 길이었다.

*

히로무 감독, 당신을 아버지라고 불러본 게 과연 언제인지. 당신을 경멸하는 와중에도 나는 당신을 내내 존중했었죠. 당신 인생의 가장 화려한 시절, 버블 오지상 중 오지상이었던 당신을 증명하는 말 아니겠어요.

당신은 나를 부끄럽게 여겼고, 나를 지우려고만 했었죠. 마치 나라는 인간이 당신 인생에 존재하지 않는 것처럼. 애초에 당신이 아니었다면 당신이 부끄러워하는 나 역시 존재하지 않는걸요. 나의 생물학적 아버지이자 정신적 지주, 세례를 베푼 사제. 당신은 그 모든 것입니다.

당신 없이 살아갈 수 없었기에 나는 지긋지긋한 고향을 떠나지도 못했습니다. 내가 태어나 자라난 곳에서 아이를 낳고 살면서 이웃의 시선을 고스란히 감당했죠. 그다지 어려운 일은 아니었습니다. 오래된 이웃과 친척들 말고는 모두 나를 금방 잊었으니까요. 나는 기왕에 그랬던 것처럼 당신의 실패작으로서 조용히 살면 그만이었습니다.

그래도 당신의 부인, 나의 어머니는 당신과 달랐습니다. 눈부시게 하얀 주방 작업복을 입고 내게 도시락을 쥐여주던 어머니. 에도시대 여자처럼 풍성한 올림머리에 깨끗한 머릿수건을 두르고 미소를 짓던 어머니. 완벽한 어머니였죠. 항상 은은한 말차 향이 풍겼습니다. 아침마다 깨끗한 쥐색 면 보자기에 담은 도시락을 건네주며 어머니는 내게 말했죠.

"잘했어, 우리집의 기둥, 미노루."

한국에 가던 날에도 어머니는 그렇게 말해주었습니다. 그날이 마지막이었죠.

작년에 나는 당신들을 만나러 그곳에 찾아갔습니다.

한 번도 가본 적 없는 당신들의 새로운 보금자리에.

그곳을 나의 본가라고 부르기는 어색한 일이었죠. 대문에 다다랐을 무렵 개 한 마리가 불쑥 튀어나왔습니다. 단추같이 동그랗고 까만 눈이 나를 올려다봤습니다. 온순한 눈이었지만 냅다 달려들 것만 같아 겁도 났죠. 몸집이 크고 털이 희었습니다. 어머니의 주방 작업복만큼 티 없이 새하얀 털을 가진 개였습니다.

"유리아짱, 이리 와."

역시 어머니의 취향대로더군요. 어머니를 마주한 것도 몇 년 만이었습니다. 나는 웃으며 개에게 손을 뻗었습니다.

"수컷으로 보이는데, 암컷인가보죠?"

어머니는 몸을 돌려 내 손길로부터 개를 보호했습니다. 어머니는 내게 인사도 하지 않고 개를 챙겼습니다.

당황스러웠습니다.

마치 내가 개를 해치기라도 할 것처럼. 내가 모르는 새로운 가족인가요? 그것을 나로부터 보호해야 하나요?

응접실에 내가 아는 물건은 하나도 없었습니다.

우리가 효고 현에서 이웃해 살던 시절만 하더라도, 이제는 쓸모없는 갖가지 물건들이 응접실에 전시되어 있었는데요. 야구부원 미노루의 사진, 미노루와 가오루의 전통 혼례 사진, 기어다니는 류의 사진, 소학교 졸업식 날 꽃을 들고 멍하니 서 있는 류의 사진.

아무것도 남아 있지 않았어요. 우리를 잊기로 작정한 듯.

어머니가 차를 내온다며 주방으로 들어갔을 때, 나는 이 낯선 집에 찾아온 목적을 떠올렸고, 더이상 머무를 필요가 없다는 생각이 들었습니다.

인사도 하지 않고 급하게 빠져나오며 나는 울었습니다. 산야의 부랑자가 되더라도 당신들을 찾지 않겠다고 생각하며 연락 한 번 하지 않고 살았죠. 류에게 당신들을 만나고 있는지 물어본 적도 없었습니다. 그러나 이제 어머니에게조차 버림받았다는 생각을 하니 아찔해졌습니다. 철길을 따라 걸으며 나는 한참 울었습니다. 내 세계가 완전히 끝장났다는 사실이 비로소 실감이 되었던 것입니다.

잘했어, 우리집의 기둥, 미노루. 아침마다 어머니는 그렇게 말했죠. 하루 일과를 제대로 시작하지도 않은 시각에 말이죠. 경기에 임하는 날이면 어머니는 문 앞까지 나와 배트를 휘두르는 시늉을 하며 출정가를 불러주었습니다. 어릴 적에 할아버지에게 배운 노래라고, 그 옛날 할아버지들이 출정을 할 때 모든 가족이 함께 불러줬던 노래라면서 말이죠.

승리하고 오겠다고 용맹하게
맹세하고 나라를 떠나서는
공적도 못 세우고 죽지도 않고
타격의 소리를 들을 때마다
눈에 선한 승리의 눈물……

전생과도 같은 일입니다.
나는 무작정 은각사로 가는 버스에 올라탔습니다.

*

첫 담당 책의 실패 후 하나는 오히려 편집자로서의 자기 위치를 더욱 진지하게 생각하게 되었다. 수영은 하나에게 여러모로 롤 모델이 되어주었다. 사장과 사수의 일방적인 지시를 따르는 게 아니라 자신이 처음부터 끝까지 이끌어가는 것이다. 필자를 섭외하는 것에서부터 책이 나아갈 방향을 결정하는 것까지. 그것이 책임편집자의 자리라는 것을 하나는 명심했다. 하나는 기노시타 류의 저서와는 다르게, 자신이 진정으로 책임질 수 있는 책을 만들고 싶었다.

1991년 사망한 박영희의 일기를 발견한 것은 순전히 우연이었다.

류의 블로그에 등장한 뒤 '1991년 압구정동 맥도날드 살인 사건'은 새삼 사람들의 주목을 받았고 류의 책이 출간된 후 한동안 연관검색어로 떠 있었다. 그러나 류의 그 글보다 자세한 기사는 찾을 수 없었다. 류가 찾아 읽었다는 당시의 기사들 대부분이 일본 신문의 기사였던 것이다. 옛날 신문 아카이빙 사이트를 뒤져봐도 사건의 전말을 다룬 기사는 두어 개 정도였고 나머지는 단신들이었다. "서울 鴨鷗亭洞 한복판 女工 朴英熙양(22·1968년생) 난자 殺人 事件……" 그 정도의 정보가 전부였다. 한국어로 된 기사에는 어쩐지 가해자의 신상이 전무했다. 사건의 계기를 설명하는 기노시타 미노루의 법정 진술은 어디에도 적혀 있지 않았다. 결국 피해자 가족의 아픔을 가장 저열한 방식으로 들춰내고 말았다는 어느 네티즌의 지적은 매우 타당한 것이었다. 류의 저서에 대한 악플을 밤새 읽고 또 읽던 날 하나는 홀린 듯 1991년 그 사건에 대해 검색하기 시작했다.

일주일 넘게 빨지 않은 실내복을 입고, 주말 내내 빵으로 끼니를 때우면서 하나는 수시로 되뇌었다. 류, 이런 거였니. 네가 두려워하던 히키코모리라는 것이. 하나는 그런 식으로 방구석에 처박혔던 적이 없었다. 자료를 긁어모으고 드라마나 영화를 감상하던 때에도 스스로를 히키코모리라고 생각하지 않았다. 친구들을 만나 웃고 떠들었고 언제든 상쾌한 기분으로 과업에 복귀할 수 있었다. 우울한 기분에 침잠하지 않았다.

당시 하나는 잠에서 깨면 류의 저서에 대한 반응을 찾아보는 것으로 일과를 시작했다. 포털사이트에서 기노시타 류, 류, 류의 이야기, 나는 살인 종족, 살인 종족의 후예입니다, 나는 살인 종족의 후예입니다, 를 끊임없이 검색해보았고 새로운 게시물이 없으면 읽었던 게시물을 읽고 또 읽었다. 혹시나 해서 '편집자 임하나' '책임편집 임하나'

를 검색해본 적도 있었다. 자신의 이름이 포함된 게시물은 없었다. 하지만 류와 출판사에 가해지는 욕설이 전부 자신을 향하는 것으로 느껴졌다. 출간 후 한 달이 지나자 류의 저서에 대한 관심은 오간 데 없어지고 이룸서재 자체가 공격을 받기 시작했다. 이룸서재의 과도한 마케팅을 지적하는 파워블로거의 게시물은 나날이 조회수가 늘어났고, 출판계 최대 규모의 온라인 카페에서는 '이룸서재의 마케팅 문제'를 독립된 카테고리로 만들어 토론을 했다.

그 무렵 수영의 분노는 극에 달해 있었다.

하나는 그때까지 자신이 갑자기 류의 저서를 맡게 된 것에 대해 한 번도 의심하지 않았다. 애초에 류의 저서를 출간할 생각을 한 사람도 수영이었고, 번역 작업이 거의 다 마무리되는 시점까지 책임편집을 맡은 사람도 하나가 아닌 수영이었는데도. 하나는 자기 생각만 하느라 수영의 입장을 제대로 고려해보지 않았다는 것을 그제야 깨달았다. 언제나 수영의 눈치를 본다고 봤지만 그것조차 스스로를 위한 제스처일 뿐이었다. 하나는 류의 저서를 자기가 맡게 된 게 사실 '운명'이 아닐까 생각했었다. 그 사실을 아무도 모르겠지만, 류와 자기가 히로무를 통해 연결된 사람들이라는 것. 하나는 잠시나마 그런 생각을 했다는 게 부끄러웠다. 운명적인 것 따위나 생각하느라 진짜 문제를 파악하지 못하고 있었다. 수영이 책임감을 갖고 진행하던 책을 하나가 맡게 된 까닭은 명료했다. 그것 역시 사장이 몽니를 부렸기 때문이다. 수영이 부당하게 괴롭힘을 당하고 있다는 사실 외엔 아무것도 아니었다.

수영은 날로 고립되어갔다. 몇 번이나 언성을 높이며 사장과 이야기한 후 수영은 사무실에서 결코 웃지 않았다. 모두 즐거운 이야기를 하며 웃을 때 수영은 조용히 컴퓨터나 교정지에 얼굴을 파묻었다. 점심식사를 함께하는 일도 꺼려지는지 어느 날부터 도시락을 가져오기 시작했다. 하나는 난처했다. 수영을 챙겨주고 싶었다. 수영이 그러했듯이.

그나마도 수영이 사무실에 있을 때 이야기다.

은각사로 가는 택시 안에서 하나는 수영과 난처하게 엮였던 여러 사례들을 떠올렸다. 수영이 담당하던 원고를 하나가 맡게 되었고, 수영이 고립되어갈수록 다른 직원들과 사장은 하나를 더욱 챙겼으며, 급기야 수영이 사무실을 떠나자 하나는 기획회의에서 중요한 위치를 차지하게 되었다. 자신의 점심 도시락을 챙겨주었던 수영과 왜 함께 식사를 할 수 없는지, 왜 그녀를 돌아보면 다른 직원들이 난색을 표하는지 하나는 알 수 없었다. 수영의 빈자리가 하나를 위해 준비된 것이라는 듯. 하나는 그런 자리를 거절하고 싶었다. 누군가 불행해져서 그 결여를 비집고 들어가야만 내가 조금 나아질 수 있는 거라면. 하나는 그것은 자신에게조차 치욕이라고 생각했지만 한 번도 저항하지 않았다. 나는 결국 선배를 고립시키는 데 일조한 것밖에 없군요. 어느새 은각사에 도착한 것도 모르고 하나는 멍하니 자책했다.

일본의 여름은 더웠다. 특히 분지인 교토는 훨씬 더운 것 같았다. 현장학습을 온, 노란 모자를 쓴 소학교 학생들이 열을 맞춰 걸어갔다. 일제히 오른손을 든 아이들의 귀여운 모습에 하나는 잠시 근심을 잊고 미소지었다. 아이들의 목에 전부 손수건이 둘려 있었다. 하나는 목덜미를 더듬어봤다. 땀이 가득 맺혀 있었다. 하나는 좌판에서 얼른 눈에 띄는 면 수건을 샀다. 펼쳐보니 대문짝만하게 적힌 'GINKAKUJI' 라는 글자와 함께 은각사가 그려져 있었다. 그런 줄 알았다면 사지 않았을 것이다. 하나는 관광지에 왔다는 것을 실감했다. 수건이나 양산, 물통 같은 여름 상품 외에도 기모노를 입은 인형과 풍경風磬 등 기념품을 파는 좌판이 줄지어 있었다. 소학교 학생들의 뒤통수를 보며 무작정 걷던 하나는 어느덧 홀로 울창한 숲길 입구에 도착했다. 京都朝鮮中·高級学校. 한자가 적힌 표지판을 하나는 스쳐지나갔고, 그저 앞만 보며 비탈길을 걸어올라갔다. 하나의 눈앞에 난데없이 운동장이 펼쳐졌다. 은각사로 향하는 길이라 믿고 걸었는데 비탈길의 끝은 오층 독채 건물과 운동장이 있는 학교였다. 하나는 한글로 된 학교 명패를 보고서야 자신이 맞닥뜨린 곳이 어디인지 알아차렸다. 하나는 멍하니 운동장을 바라봤다. 새파란 체육복 바지와 하얀 면티를 입고 군인처럼 머리를 바짝 깎은 아이들이 축구를 하고 있었다. 하나는 낯선 세계에 불시착한 것처럼 마주한 풍경에 넋이 나갔다. 저 아이들이 자이니치 4세들이구나. 류의 저서를 준비하며 수많은 자료를 보고, 일본 내에 있는 조선학교의 현황도 알아봤었지만 자신의 여행 동선 안에 그곳이 있다는 사실은 미처 알지 못했다. '교또조선중고급학교'. 하나는 교패에 쓰인 한국말을 낯설게 바라봤다. 한동안 그렇게 서 있는 하나에게 축구공을 든 아이가 다가왔다.

"저어, 어떻게 오셨습니까? 우리 학교에 용건이 있으십니까?"

아이의 얼굴은 새까맣게 그을려 있었고 들고 있는 축구공마냥 두상이 동그랬다. 하나는 땀에 흠뻑 젖은 아이의 가슴팍을 보며 어색하게 서 있었다. 아이의 한국말은 서툴렀고 그보다 한국에서는 들어보기 힘든 억양이었다. 조선학교가 조총련에서 지은 것이라는 사실이 뒤이어 떠올랐다. 운동장의 아이들이 하나둘씩 하나 앞으로 모여들었다. 아이들은 하나를 신기한 듯 훔쳐보았다. 문득 하나는 아이가 자신에게 의심 없이 한국말로 말을 걸었다는 것을 깨달았다. 하나는 머쓱해져 "아아, 은각사에 가려고 했는데" 하며 말을 흐렸다. 앞장선 아이는 "많이들 그래요. 은각사 가려다 우리 학교로 오는 경우가 많습니다" 하고 친절하게 대답했다. 짧은 반바지를 입고 단발머리를 한 아이가 입을 가리며 자꾸 웃었다. 옆에 선 아이가 그 아이를 쿡쿡 찌르며 말했다.

"한번 해봐. 괜찮아, 우리말 실력 알아볼 기회야."

아이고 이거, 실례가 많습니다, 중년 남자의 목소리가 들렸다. 깨끗한 안경알 너머 동그란 눈이 선량해 보이는 사람이었다. 하나는 난처해져 어쩔 줄 몰랐다. 남자는 셔츠에 손을 문질러 닦은 후 악수를 청했다.

"이 학교 교감입니다. 한국에서 오셨죠? 한국서 오신 분은 오랜만이라 아이들이 많이 흥분했네요."

하나는 악수하며 허리를 굽혀 인사했다. 그러고는 자기도 모르게 말했다.

"학교를 좀 구경해도 될까요? 방해되지 않는다면요."

교감은 흔쾌히 허락하며 자신이 안내하겠노라고 했다. 운동장을 가로질러 걸어가는 교감과 하나의 뒤를 한 무리의 아이들이 따랐다. 하나는 습한 공기중에 흩어지는 아이들의 천진난만한 말을 들었다. 남조선에서 왔나봐. 머리카락이 노래서 멀리서는 미국 사람인 줄 알았는걸. 그보다 더 많은 일본말이 웃음소리와 함께 공기중에서 부서져 내리고 있었다.

*

1989년 8월, 무더운 날.

매미가 운다.

이렇게 매미가 울면 매미가 운다고 쓰면 되는 거라고 언니는 내게 가르쳐주었다. 네가 보고 듣고 느끼는 걸 날마다 적어봐. 백지와 이야기 나누듯이 말이야. 조금은 마음이 편해질걸. 언니가 노트를 건네주며 말했다. 그리고 항상 그랬듯 마지막에는 귓속말로 나직이 속삭여주었다. 뭐든 자세히 기록해두면 불리할 때에도 도움이 돼.

고향에서도 일기를 썼다면 어땠을까. 언니가 말한 대로 내게 일어난 일을 자세히 기록해두었다면 조금 괜찮았을까. 다들 내 말을 믿어줬을까. 아니, 단 한 사람이라도. 내게 일어난 일은 내가 가장 잘 아는데, 남들이 모두 거짓말을 하고 있다고 하니까 무섭고 답답했다. 아저씨 멱살을 잡은 건 잘못된 행동이다. 그것이 내게 가져다준 결과 때문이 아니라 행동 자체를 후회하고 반성하고 있다. 부모님은 나를 그렇게 가르치지 않았으니까.

그래도 어쩔 수 없었어. 그 순간 아저씨를 때려눕히지 않으면 내가 먼저 목 졸려 죽을 것 같았다. 언니는 웃으며 말해줬다. 잘했어. 잘했어. 아예 거시기를 발로 차버리지 그랬니. 내게 그렇게 말해준 사람은 언니가 처음이었다. 다들 그래도 폭력을 쓴 건 잘못이라고 말했다. 엄마도 한숨 쉬면서 그랬지. 좀더 차분하게 또박또박 말해보지 그랬니.

언니와 처음 이야기 나누던 날이 생각난다. 언니는 군고구마를 내게 건네줬다. 지금만큼 덥지는 않았어도 등이 땀에 금세 젖는 여름이었는데 어디서 군고구마를 구해왔다. 기숙사 계단에 앉아서 언니가 쪼개준 고구마 한쪽을 먹었다. 먹다보니 입이 썼다. 상한 부분이 있는 것 같았다. 쓴맛을 꾹 참고 씹어 먹는데 갈수록 견딜 수 없을 만큼 쓴맛이 났다. 그래도 차마 뱉어버릴 수 없어 나는 그것을 삼키지도 못하고 계속 씹었다. 나도 모르게 인상을 찌푸리고 있었던 것 같다. 언니는 그런 내 손등을 때리며 고구마를 빼앗아갔다. 자기가 먹던 걸 내 손에 들려주더니 언니는 손바닥을 내밀며 입안의 것을 뱉으라고 말했다. 내가 고개를 젓자 언니는 억지로 내 입술을 벌렸다. 미련하게 상한 걸 왜 꾸역꾸역 먹어요? 언니는 정말로 궁금하다는 듯 물었다. 아깝잖아요. 언니는 피식 웃으며 말했다. 상한 고구마는 뱉어버려요. 그거 하나 뱉는다고 뭐가 나빠지지는 않아요.

언니가 준 노트라서 그런지 자꾸 언니에 대한 것만 생각이 난다.

우리는 이십사 시간 늘 붙어 있는데 정작 이야기 나눌 시간은 별로 없다. 당연하다. 놀러온 게 아니니까. 언니는 지금 이층 침대의 아래층에서 코를 골며 자고 있다. 날마다 피곤하다. 하지만 나는 금세 잠들지 못한다. 어릴 적에는 귀가 바닥에 닿는 순간 잠들었다고 하는데, 그 일이 일어난 후로는 좀처럼 잠들기가 쉽지 않다. 새벽까지 잔업을 하고 들어온 날에도 누운 채로 아침을 맞기도 한다. 물 한 잔 마시기도 버거울 만큼 지치고 잠이 쏟아지는데 자려고 누우면 왜 괴로운 생각들로 머리가 복잡해질까.

겨우 잠들면 이상한 꿈을 꾼다. 정말 이상한 꿈이다. 어느 날부턴가 같은 사람이 자꾸 꿈에 나온다. 낯선 얼굴이다. 아니, 달걀처럼 아무것도 없는 얼굴 같기도 하다. 처음 보았을 땐 너무 무서워서 온몸이 뻣뻣하게 굳었다. 자꾸 보다보니 익숙해졌는지 이제는 그다지 무섭지 않다. 그 사람은 하얀 저고리에 검은 치마를 입은 여자다. 알아들을 수 없는 말을 하는데, 몇 번 들어보니 일본말이다. 나는 일본말을 잘 모르지만, 꿈속에서 들리는 말은 분명 일본말이다. 일본말만 하는 게 아니라 서툴지만 더러 한국말도 한다. 어느 날에는 나더러 남조선 사람이냐고 물었다. 남조선 사람이라니, 이건 빨갱이들이 쓰는 말이 아닌가. 가만 들어보니 그것은 북한 말투다. 꿈에서라도 엮이면 안 되는 종류의 사람이라고 생각했다.

오늘은 언니에게 조심스럽게 꿈 이야기를 했다. 언니는 깔깔 웃으며 말했다. 그 사람, 네가 아는 사람이잖아? 나는 눈이 휘둥그레져 그게 누구냐고 물었다. 지난번에 내가 준 책 말야, 네가 하도 재미있어 보인다고 그래서 준 책. 거기 나오는 사람이잖아.

잊고 있었다. 괜히 욕심나서 언니가 읽는 책을 기웃거려놓고는 제대로 읽어보지도 않았다. 『세계에 흩어져 있는 우리 동포—자이니치편』. 그래도 몇 장의 사진을 기억한다. 아, 그녀였구나. 조선학교 여학생.

오늘은 잠들 수 있을까.

*

나를 박대하는 본가에도 다녀왔는데 이곳에 못 올 이유가 무엇이겠니. 유타로. 기억하니. 여기, 우리 청춘의 무덤. 우리의 비밀이 영원히 묻힌 정원. 나는 지금 은각사에 있다. 수학여행을 온 무리가 왁자지껄 떠들며 지나가는구나. 금각사에는 금이 있는데 은각사에는 은이 없대. 속았어. 그런 한심한 말을 지껄이면서 말이지.

고교생 시절, 조숙한 네가 바로 이 자리에서 했던 이야기를 나는 기억한다. 만약 은으로 칠갑했다면 금각사만큼이나 천박한 관광지의 운명을 피하지 못했을 거라고 너는 그랬다. 본데없는 양인들이 『금각사』 번역본을 손에 들고, 라이터를 켜 그것을 태우는 시늉을 하며 사진 찍는 꼬락서니를 우리는 자주 보았지. 그런 것을 보는 마음은 뭐랄까, 더불어 능욕당하는 기분이랄까. 시간이 이만큼이나 흘렀어도 변하지 않는구나. 관광객의 천박함. 수학여행 무리의 소음. 벌거벗은 채 자신을 전시해야 하는 사찰의 수치와 고독. 그러나 저들은 정원의 아름다움만은 훼손하지 못해. 우리는 그렇게 믿었지. 홀로 아름다운 것은 짓밟히지 않으리라고.

너는 내가 유일하게 인정한 조선 사람이었다. 너 같은 사람은 이전에도 없었고 이후에도 없었다. 너는 조선 사람이기 이전에 내 친구였지. 어떤 일본인에게도 뒤지지 않는 진짜배기였다. 너는 훌륭한 투수였고, 오로지 야구밖에 몰랐지. 너의 손수건에는 말끔한 박음질로 이런 문구가 새겨져 있었다. "모교를 위해서, 국가를 위해서". 나는 아직도 선명하게 기억한다.

유타로, 너는 너의 운명으로부터 도망치고 싶다고 그랬다. 당시 나는 그 말의 본의를 이해하지 못했다. 소설을 많이 읽는 의젓한 네가 어딘가에서 본 멋진 구절을 말해준다고만 생각했었다. 그러나 나는 이제 네가 들려준 문장의 의미를 알고 있다. 말에도 빚질 수 있는 거라면 나는 그 말에 빚졌다. 어떤 의미인지도 모르고 감싸안았던 수많은 말을 삶으로 갚아나가고 있는 셈이지. 사실 고교 시절의 나는 너를 존경하면서도 조금은 안쓰러운 마음으로 바라보았던 것 같다. 네가 설파했던 네 종족의 운명, 영원히 열등할 수밖에 없는 운명을 나는 안타깝게 생각했었지. 너는 그것을 극복할 수 없다고 말했다. 그렇게 태어나버렸으니까. 아무리 노력해도 이 땅에서 진짜배기로 살 수 없다고 말했다. 너의 조부모와 부모가 그러했듯. 나는 너의 마음을 이해했고 함께 쓸쓸해졌지만, 나만큼은 그런 종족에 속하지 않아 다행이라고 여겼던 것 같다.

그러나 유타로, 지금 나를 보렴.

파산한 산야의 부랑자이자 살인자일 뿐. 어떤 가족 구성원도 나를 반기지 않으며 아들 녀석은 나를 팔아먹고 있구나. 결국 내 소식을 듣고 말았을 너를 생각하면 가슴이 아플 뿐이다. 오래전에도 그랬지. 너는 답장을 보내지 않음으로써 더이상 나와의 교류를 원치 않음을 분명하게 표현했다. 사실 잠깐이지만 괘씸하다고 생각했었다. 우리는 함께 제2의 종족에 속하게 된, 분리될 수 없는 운명 공동체였는데. 그러나 당시 나는 영어囹圄의 몸이었으므로 내 의지대로 할 수 있는 일이 없었지.

철없는 내 아들 녀석이 그러더구나. 기노시타木下라는 성씨가 자이니치의 후손임을 증명하는 것 아니냐고. 그게 조선의 성씨를 전제로 둔 창씨개명이라는 망상을 하고 있었다. 그 대목에서는 웃고 말았지. 흔하고 흔한 성씨가 바로 기노시타 아니겠니. 히로무 감독의 손자가 그토록 멍청한 생각을 하기도 하는구나. 네가 들으면 웃지 못하겠지. 너의 성 가네모토金本는 정말이지 그런 방식으로 지어졌으니까. 너는 차라리 여자였으면 좋겠다고 몇 번이나 말했다. 그러면 진짜 일본인의 성으로 바꿀 수 있으니까. 한때 나의 아내였던 그녀도 그런 생각을 했었을까.

새벽녘에 들려오는 새소리가 있는데 나는 아직까지 그 새의 이름을 알지 못한다.

오랫동안 효고 현에서 들었고, 산야의 뒷골목에서도 듣고 있지. 잘 살아보려고 아침에 일어나 출근하던 시기에도 그랬고, 겨우 잠들기 직전인 요즈음에도 그렇단다. 어떤 의성어로 표현해야 할지 모르겠다. 에이코와 함께 있을 때도 들었지. 바로 이 자리에서. 나는 지금 이곳에 있다. 그녀가 무릎을 꿇었던 자리에. 너는 화가 난다고 말했지. 그녀와 네가 결국 동일한 종족이라는 사실이. 그러면서도 너는 그녀에게 동족으로서 안쓰러운 마음을 갖고 있었다. 이자나기와 이자나미처럼 우린 같은 운명에 속해 있는 거야. 이자나기와 이자나미처럼…… 네가 그 말을 할 때 나는 속으로 받아쳤다. 지겹도록 읽은 일본의 건국신화였지. 그들 남매는 결혼해 자손을 퍼뜨렸고, 열도가 탄생했다. 유타로, 너는 그녀를 에이코라고 불렀다. 그녀가 떨어뜨리고 간 노트에는 분명 조선 이름이 적혀 있었는데. 너는 내 손바닥에 그녀의 이름을 한자로 써주었다. 英子. 조선에서도 이런 한자를 쓴다고 했지.

나는 그날 이후로 한 번도 에이코를 본 적 없다. 너도 그랬니. 나는 꿈속에서도 그녀를 본 적 없다.

*

하나는 결국 본래 목적지였던 은각사에는 들르지 못했다. 호텔에 돌아와 누운 하나의 머릿속에 아이들의 얼굴이 뒤섞여 떠올랐다. 교감은 하나의 스마트폰으로 사진을 여러 장 찍어주었다. 하나는 사진을 넘겨보았다. 학교를 구경하는 내내 바짝 붙어 따라다니면서도 막상 눈이 마주치면 샐쭉하게 고개를 돌렸던 여학생이 하나의 어깨에 얼굴을 대고 브이를 그리며 활짝 웃고 있었다. 지독한 햇볕에 그을려 까무잡잡한 아이들. 하나는 아이들의 환대에 어안이 벙벙했다. 그저 낯선 손님의 갑작스러운 방문에 들뜬 것이려니 여기기에는 유난스러운 구석이 있었다.

자기 세대는 결코 이해할 수 없는 개념이라고 하나는 생각했다. 동포나 민족이라는 개념. 하나에게 있어 동포나 민족이라는 단어를 힘주어 말하는 사람들은 전부 사기꾼들이었다. 민족이라는 개념은 자본주의의 발명품일 뿐이었다. 누군가 민족이라는 단어를 들먹인다면 그를 멀리해도 무방하다고 여겨왔다. 하나가 대학을 다니던 시기에는 운동권의 주류도 민족이나 동포를 외치지 않았다. 하나에게 그 단어들은 폐기된 개념이나 마찬가지였다.

그러나 조선학교의 아이들은 국적이 다른 하나를 동포로서 환영해주었다. 교내 곳곳에 붙은 표어 역시 그러했다.

교내에서는 우리말 백퍼센트 리용.

우리들이 주인이 되어 나서자! 위하자! 함께하자!

우리의 긍지를 가지고 향하자! 전국의 본보기학교!

모여라, 우리학교! 만나자, 배우자, 이어지자, 知의 새 세계에로!

크레용과 스티커로 알록달록 꾸며진 표어를 보자 당혹스러웠다. 하나는 그런 말들이 유쾌하지 않았다. 떠오를수록 불편할 뿐이었다. 우리말, 우리들, 우리의 긍지…… 한국에는 그들의 존재가 제대로 알려져 있지도 않았다. 지도에 없는 '조선'을 여전히 국적으로 두고 있는 이들이 있다는 것을 어떤 교육과정에서도 알려주지 않았다. 재일교포라는 단어는 불길한 기운을 불러일으키는 말일 뿐이었다. 유신 독재 시절 한국으로 유학 온 그들이 겪었던 끔찍한 일들을 말할 때 언급되는 단어이거나. 그 시절의 영부인 살인 사건이나 KAL858기 폭발 사고를 이야기할 때 불려나오는 이름이거나.

박영희가 그 책을 읽은 1989년에 조선학교는 더욱 낯선 곳이었을 터였다. 하나는 공장 언니에게 건네받은 책을 읽은 후 꿈에서 거듭 조선학교 여학생을 봤다는 박영희의 일기를 떠올렸다. 하얀 저고리에 검은 치마를 입은 얼굴이 흐릿한 여학생. 처음 박영희의 일기를 발견했을 때 하나는 소름이 끼쳤다. 그녀가 일본인에게 살해당한 후 누군가 재구성한 것이 아닌가 싶을 정도로 작위적이라는 생각이 먼저 들었다. 군사독재 시절이었다면 신문 연재란 어림도 없었을 기록들이었다. 그녀가 죽은 시점이 1991년이기에 가능했으리라고 하나는 여겼다. 그녀 사후에 일기장은 소위 진보 언론을 표방한 매체를 통해 세상에 공개된다. 1989년부터 1991년까지. 그녀가 기노시타 미노루에 의해 살해당하기 전까지의 기록이다. 하나는 그녀의 기록을 타이핑하다 종종 손을 멈추고 숨을 골랐다. 나는 이 이야기의 결말을 알고 있지만…… 자기도 모르게 그런 생각이 들어서였다. 22세 여공 박영희, 1991년 사망. 역사에 기록된 불가피한 결말을 향해 달려가고 있다는 생각이 이따금 어쩔 수 없이 들었다.

하나는 그녀의 기록을 꼼꼼하게 읽었다. 이 이야기가 다시 세상에 공개되는 일이 어떤 의미를 갖는지, 애초에 그녀의 이야기가 왜 공개되었는지 숙고하면서. 책으로 묶여 출간된 바 없고 당시 신문을 본 사람들의 반응도 남아 있지 않았다. 당시 연재면 기획의 말에 "그녀의 동반자로부터 제보받은 기록을, 가족의 동의를 얻어 공개합니다"라는 대목이 있었다. '동반자'라는 표현에 대해 한참 고민하던 하나는 수영에게 연락을 했다.

수영이 사무실을 떠난 후였다.

박영희의 일기와 관련해 상의하고 싶다는 하나의 말에 수영은 흔쾌히 만날 약속을 잡았다. 하나가 느끼기에 수영의 목소리는 사무실에 있을 때보다 한층 더 밝아 보였다. 하나와 마주앉은 수영은 특유의 쾌활한 목소리로 떠들었다. 때때로 하나를 배려하지 않은 농담을 던지는 것도 예전과 다름없었다.

"기노시타 미노루가 죽인 여자잖아. 가만 보면 하나씨도 멘탈이 강한 것 같아."

하나도 듣고만 있지 않고 응수했다.

"그러니까 편집자로 버티고 있죠. 멘탈 하나 강한 것 믿고, 이 회사에서."

수영은 하나씨 말이 다 맞아, 하며 깔깔 웃었다. 그러다 하나의 눈을 들여다보며 진지한 말투로 말했다.

"하나씨, 우린 빨리 죽지 말자. 죽더라도 비망록은 없애버리고 가자."

하나는 착잡한 기분에 사로잡혀 힘없이 웃어 보였다. 그저 지독한 농담일 뿐이라고 여겨보려 해도, 세상에 공개되리라고는 상상도 하지 못하고 죽기 하루 전날까지 일기를 썼을 박영희를 생각하니 마음이 무거웠다. 그녀의 이야기를 다시 공개하려고 하는 것이었다. 다름아닌 가해자의 배다른 동생인 자신이.

수영은 주위에 아무도 없는데 소리 죽여 하나에게 속삭였다.

"동반자, 이 사람인 것 같아. 아무래도."

*

1990년 5월.

교복 자율화 정책은 아무래도 실패로 돌아간 것 같다고, 아마 곧 모든 학교가 다시 교복을 입게 될 것 같다고 언니는 말했다. 언니는 작금의 세상 돌아가는 꼴을 어떻게 판단해야 좋을지 모르겠다고 했다. 교복 자체가 학생들을 억압하는 것이라고 생각했는데, 막상 교복이 없어지니 메이커 옷을 입으려는 경쟁이 심해졌고, 다시 교복을 입힌다고 하니 노난 건 교복 만드는 공장뿐이구나, 하며.

언니가 한숨 쉬며 말할 때마다 나는 언니를 빤히 쳐다본다. 책도 많이 읽고 날마다 신문도 보는 언니. 반장이 되도 않는 지랄을 할 때마다 앞장서 싸워주는 언니. 고향에서도 언니가 있었다면. 그때 언니가 내 곁에 있었다면. 아저씨가 뭘 어떻게 잘못했고, 회사가 무슨 짓을 했는지 똑똑하게 말할 수 있었을까. 무작정 화를 내고 때려눕힐 것이 아니라 강력한 무기를 갖추고 공격했더라면. 학습하고 분석해서…… 언니가 그렇게 말할 때 좋았다. 자기 분노도 학습하고 분석해서. 자기 슬픔도 학습하고 분석해서. 그런데 그 말을 반복하다보면 조금 쓸쓸해지기도 했다. 언니는 그런 분노, 그런 슬픔 겪어본 적 있을까. 언니는 서울 사람이고 아버지가 군인이라는데. 어쩌다 나와 같은 공장에서 일하고 있지만 가끔은 우리가 다르다는 생각을 한다.

그 생각은 나를 외롭게 만든다.

*

가오루, 나를 떠나 자유롭게 살고 있는지. 나는 지금 네가 상상도 못할 모양새로 몰락해 있다. 하기야 네가 없었더라면 나는 진작 몰락하고 말았겠지. 사람 꼴을 갖춰 살 수 없었겠지. 너는 내 어머니만큼이나 나에게 구원이었다.

우리가 마지막으로 만났을 때도 나는 너에게 손찌검을 했지. 그것이 못내 가슴 아프다. 그날의 만남이 마지막이 되리라는 것을 알았더라면 그러지 않았을 텐데. 류가 보는 앞에서는 어떤 경우에도 다정한 부부의 모습을 연출하기로 했는데. 나는 마지막 다짐마저 지키지 못했다.

그러나 가오루, 기억하니. 나를 두려워하는 너의 그 눈빛만큼은 참을 수 없었다고 나는 누누이 말했지. 너는 일부러 그러는 게 아니라고 했지만 나로서는 견딜 수 없었다. 네가 그 사건을 알기 전까지 내게 지어 보이던 미소, 어린아이에게 그러듯 다정스럽게 품어주던 온화함이 조금씩 소멸되어가고, 언제든 공격할 태세를 갖춘 맹수를 바라보듯 나를 대했다는 것. 내가 발톱을 꺼내들기라도 할까봐 눈치를 살피는 태도, 결혼생활 내내 네가 나에게 가졌던 태도였다. 나는 살인자였던 자신을 오래전에 지워버렸다. 그러나 너는 내가 사람을 죽이는 모습을 목격한 것도 아니면서 왜 그토록 나를 두려워했니. 범죄자에게 정녕 다음 생은 없다는 듯. 빨아 쓸 수 없고 씻어 쓸 수 없는 몹쓸 물건이라도 된 양 나를 대한 것이 아니고 무엇이겠느냐. 류에게도 마찬가지였다. 부모 말에는 대꾸도 하지 않고 인상을 찌푸리며 방구석에 처박히곤 하던 아이를, 마치 아비의 운명을 이어받기라도 했다는 듯 두려운 눈빛으로 바라보지 않았니. 류 역시 그것을 분명하게 기억하고 있더구나. 어머니가 자신을 두려워했으며, 그 이유는 자신이 다름아닌 기노시타의 후손이기 때문이라고. 자신이 저지르지 않은 일에 대한 죄책감을 우리 아이는 내내 끌어안고 살고 있었다.

가오루, 네가 나나 류에게 어떤 원죄를 강요할 생각이라면 나는 너에게 묻고 싶은 것이다.

너는 결혼 직전까지 나를 속였다. 너의 조부모가 조선에서 끌려온 노동자였다는 것을. 조선에서도 외따로 존재하는 섬, 네 아버지가 태어난 곳도 그곳이었다는 것을. 조부모는 물론이거니와 그곳에서 유년 시절을 보낸 너의 아버지 역시 평생 고향을 그리워했으며 집안에서는 조선말 쓰기를 고집했던 사람들이라는 것을. 너는 힘주어 말했다. 나는 달라. 다르다고. 너는 유타로와 같은 말을 했다. 이 땅에서 진짜배기로 살고 싶다고. 너는 어디서도 네가 조선 혈통이라는 것을 밝히지 않았으며 실수로라도 조선말을 써본 적이 없다고 했었다. 심지어 너는 내가 한국 연예인과 프로야구 선수들을 좋아하는 것도 불편해했지. 연애 시절 너는 한국에 관련한 뉴스가 나오면 눈살을 찌푸렸고 자이니치 집회를 욕했다. 소학교 시절부터 즐겨 듣던 미소라 히바리의 엔카도 그녀가 조선 혈통이라는 사실을 알게 된 후부터 듣지 않았다고 했다. 가오루, 나는 너의 혈통 자체를 문제삼으려는 것이 아니다. 내게 가장 강력한 영향을 끼쳤으며 또래 무리 중 유일하게 존경했던 내 친구 유타로도 조선 혈통이란다. 그러나 그는 그것을 극복하려고 했다. 너처럼 비겁하게 모른 척했던 것이 아니다. 내가 묻고 싶은 것은 너는 그토록 열등한 종족이면서 왜 도리어 나와 류를 살인 종족 취급했냐는 것이다. 조선 혈통임을 거부하면서 오히려 결정적인 순간에 피해자연하려는 것이 아니었는지. 기회가 되면 너에게 따져 묻고 싶었다.

영민한 우리 아들 류가 그러더구나. 어머니의 성 아라이新井 역시 그런 방식으로 지어진 게 아니었겠느냐고. 사실 설명해줄 필요도 없을 정도로 가치 없는 사실 하나를 그 아이는 진실처럼 부여잡고 있더구나. 그래, 아라이 가오루는 자이니치 3세였지. 신라의 우물이라고 했던가. 너의 조부모가 창씨개명하기 전 가졌던 조선의 성씨, 박朴씨의 시조가 태어난 곳이라고 했다. 조선의 흔하디흔한 성씨라고 했지.

그 여자. 내가 죽인 그 여자도 박이라는 성을 가졌단다. 네가 나를 두려워할 때마다, 발톱을 숨긴 맹수를 보듯 나를 경계할 때마다 나는 분노와 동시에 묘한 쾌감을 느끼곤 했단다. 너는 자신을 죽은 박영희와 동일시하는 것일까, 생각하면 고통스러운 쾌감이 온몸에 번졌다. 네가 아직도 모르는 사실, 먼 옛날의 에이코도 너희들과 같은 혈통이었단다. 나는 그런 사실들을 일일이 곱씹으며 오늘도 하루를 버텨 살아내지.

*

1990년 8월.

일기를 쓰기 시작한 지 일 년이 되어간다. 처음 일기를 쓸 때는 어색하기만 해서 날씨를 적었고, 어릴 때처럼 괜히 온도와 습도를 표시해 넣기도 했다. 이제는 그러지 않는다. 여기서 보낸 시간들은 신체에 깊숙이 박혀, 훗날 어느 때 꺼내 보아도 선명히 환기되리라는 것을 이제는 알고 있기 때문이다.

반면 고향에서의 시간은 이제 거의 삭제되어간다. 떠올리면 분하고 억울한 마음이 치받았는데 이제 그렇지 않다. 내가 겪은 일이라기보다는 내가 아는 어떤 여자가 겪은 일이라는 생각이 드는 것이다. 그렇다고 아예 남의 일이라는 생각이 드는 건 아니다. 아주 가까운 친구가 겪은 일이라고 해야 하나. 그 친구가 그런 시간 속에 버려져 있으므로, 동네 사람들에게 손가락질받고 미움받고 골방에 누워 있으므로 가서 도와주고 싶은 마음이 든다고 해야 하나. 이마도 짚어보고 미음도 먹여주고 이야기도 들어주고 손잡고 나가서 싸워주고 싶은……

언니가 사라졌다.

나는 지금 이 사실을 담담하게 인정하려 애쓰는 중이다. 언니가 사라졌다. 아니, 내 눈앞에서 연행되었다. 펑 하고 사라진 게 아니라 수갑이 채워진 채 경찰에게 끌려나갔다. 언니가 대학생이라는 것을 나는 이번에 알았다. 어쩐지 아는 게 많고, 어쩐지 피곤한 와중에도 날마다 책을 읽고 뭔가 공부했고. 우리 회사가 적산 기업이라는 것이나, 어떻게 방직과 봉제 사업을 시작하게 되었는지나, 분식회계를 했다는 사실이 적발되었다는 것이나, 그런 비밀들을 언니는 많이 알고 있었다. 어릴 적에 대통령이 죽었을 때 슬퍼서 며칠 동안 대성통곡했다는 이야기에 언니는 그가 얼마나 악랄한 짓을 많이 했는지 말해주었다. 그리고 삼촌이 참전했던 베트남전쟁이나, 읍내 시계방 아저씨가 자랑했던 만주군관학교나…… 내가 아는 사람들 이야기인 줄만 알았는데 언니도 다 알고 있었다. 그렇게 많이 아는 언니를 보며 무척 똑똑한 사람이라고만 생각했는데. 간식비라며 월급에서 조금씩 돈을 떼어간다는 사실을 알았을 때 언니는 이건 우리가 개지랄하지 않으면 영영 안 바뀌는 거라고, 사람들을 설득해 하루 동안 파업을 했다. 정말 이래도 되는 걸까? 이러다 큰일나는 거 아닐까? 언니는 단호히 이건 정당한 투쟁이라고 말했다. 그래도 불안하다 싶었는데 그 일이 언니의 발목을 잡을 줄은 몰랐다.

언니가 대학생인 걸 알았다고 해서 뭔가 바뀐 건 없었다. 공활 나온 대학생들을 보며 저것들이 뭘 할까, 그랬던 적은 있었지. 그런데 언니가 사실 대학생이고, 언니의 이름도 가명이었다는 걸 알았을 때에는 무슨 사정이 있었겠구나 싶었다. 반장은 내게, 이년아, 너도 속은 거야, 그랬는데 나는 그런 기분이 들지는 않았다. 언니가 서울 사람인 것도 맞고 아버지가 군인인 것도 맞고, 군인인 아버지가 열차려를 시키면 그렇게 모욕적일 수가 없었다는 말도 맞고. 그게 다 사실인데 뭐가 속았다는 건지. 이제 더는 이층 침대에 언니가 없다는 사실, 그 사실만이 나를 철저히 속이는 기분이다.

수갑이 채워진 채 끌려갔는데 그다음에는 어떻게 됐을까. 어디로 갔을까.

살아가면서 한 번쯤은 언니를 만날 수 있을까.

언니가 내게 준 것이 너무 많다. 언니가 준 책들. 언니가 아니었다면 생전 들춰볼 일 없었던 그 이야기들. 그리고 이제는 고통 없이 바라볼 수 있게 된 고향의 나.

다시 그 여자가 꿈에 보인다. 하얀 저고리에 검은 치마를 입은 여자. 일본말과 한국말을 섞어 쓰는 여학생 말이다.

*

박영희의 동반자에게 연락하기까지 하나는 끝없이 망설였다. 결국 박영희는 무엇도 선택하지 못했다는 생각이 들었다. 단둘만의 미팅에서 수영은 그 사실을 굳이 들먹였다. 그녀의 동반자라고 해도 그녀를 배제한 선택을 한 것과 다름없다. 사후 발견된 비망록이란 어떤 방식으로든 고인을 배제할 수밖에 없으므로.

박영희의 목소리를 누가 방어할 수 있나.

그녀의 일기를 우연히 발견했을 때부터 하나의 머릿속엔 단 하나의 제목이 박혀 있었다.

각주 달린 목소리.

박영희의 꿈, 책에서 본 이후 자꾸만 나타난다는 소녀에 대해. 수많은 비리를 저지르고도 당시 정권 실세와 결탁해 대기업으로 성장한 바로 그곳, 봉제공장을 돌려 여공들의 노동력을 착취했던 그 회사에 대해. 그녀들이 만들던 교복 치마에 대해. 위장 취업해 박영희 곁에 머물던 언니, 동맹파업을 이끌고 결국 구속된 그녀에 대해. 집에서 똥군기를 잡았다던 군인 아버지에 대한 원망. 그녀들이 나눴던 진짜 우정과 서로를 향한 그리움. 무엇보다 박영희가 서울의 여공이 되기까지 있었던 일. 고향에서 사무원으로 일하던 시절의 사건. 그리고 살해당하기 하루 전날의 애달픈 기록.

류의 저서가 실패했기 때문이 아니라 그 자체로 하나에게는 도전할 만한 가치가 있는 문화적 사료였다. 그토록 생생한 기록을 하나는 일찍이 본 적 없었다.

하나의 세부 전공은 '서브컬처'였다. 당시 하나는 무작정 아이돌의 '사생팬'을 좇아다녔다. 사생팬의 사생팬이 된 기분으로. 좋아하는 연예인의 공연장과 숙소, 본가를 하루종일 쫓아다니는 아이들을 며칠간 따라다녔다. 왜 나 같은 사람을 인터뷰해요? 아이들은 하나를 신경쓰지 않는 듯했지만 어느 날부턴가 대놓고 하나를 따돌렸고 결국 연락을 끊고 도망가버렸다. 자기도 모르게 폭력적으로 굴었나 하나는 생각했다. 브라질 원주민을 조사하기 위해 그들과 함께 살았던 레비스트로스가 될 수는 없더라도, 아이들을 재미있는 아이템으로 취급하지 않았었나. 하나는 꼭 그 아이들 같았던 고등학교 시절 단짝 친구에게 위안받으며 자신은 '기레기'와는 다르다고 스스로 믿었다. 친구에게 너는 그런 사람들과 다르다는 확언을 몇 번이고 받아냈다. 하나는 결국 그들을 따라다니는 것을 포기하고 신문기사와 논문을 참고해 사생팬을 분석하는 졸업논문을 냈다. 지도교수는 왜 이따위로 썼느냐고 화를 냈다. 나의 사회생활도 이처럼 엉망진창이 되는 게 아닐까. 지도교수의 방에서 나오며 막연히 가졌던 예감이 정말 현실이 된 듯 느껴지기도 했다. 하나는 지금 그때처럼 싸우고 있는 것이다. 책을 내기 위한 수단으로 그들을 이용하는 것이 아닌가 하는 강렬한 의심과.

그러나 하나는 간절히 원했다. 박영희가 남긴 기록에 각주를 달아 그녀의 목소리를 세상 밖으로 내보낼 수 있기를. 이 이야기의 결말이 비극이라는 것을 이미 알고 있다 하더라도.

"그녀의 동반자는 살아 있어. 아주 잘 살아 있어."

그 말과 함께 수영이 건네준 사진에는 하나에게도 제법 익숙한 얼굴이 찍혀 있었다.

*

1991년 1월.

한방을 쓰는 친구에게 언니 소식을 들었는지 물어봤다. 알지 못한다고 했다. 나는 사람들을 붙잡고 언니 소식을 아는지 물어봤다. 분명 언니가 잡혀갈 즈음에는 모두 언니 소식을 입에 올리느라 여념이 없었는데 어찌된 일인지 지금은 아무도 관심이 없다. 언니를 잡아간 자가 1계급 특진했다는 소식이 마지막이었다. 언니를 잡아간 자의 소식은 들려오는데 정작 언니 소식은 알 수 없다는 걸 어떻게 받아들여야 하나.

고향을 떠나온 후 처음으로 그곳에 다녀왔다. 언니와 함께 갔다 온다는 마음으로. 옛날처럼 주눅들고 눈치보지 않으리라 다짐했다. 누군가 심상하게 쳐다보는 눈빛에 괜히 상처받지 않으리라고. 나를 지나쳐가며 자기들끼리 속닥이는 그런 모습에 마음 쓰지 않으리라고. 언니가 준 용기가 아니었다면 어려웠을 일이다. 언니를 만나기 전에는 지나가는 사람들 모두가 나를 비웃고 있을지도 모른다는 생각에 괴로웠다. 그런 나약한 마음을 가진 사람이 나라는 사실이 더욱 괴로웠다.

터미널에 내린 나는 두 사람이 함께 가고 있다는 마음으로 동네를 향해 발걸음을 내디뎠다. 동네는 내게 세상의 전부였다. 서울에 가본 적이 있기야 했지만, 과거의 나에게는 터미널이 세상의 끝이었다. 어린 시절 골목 어귀에서 공기놀이를 할 때면 꼭 와서 판을 엎으며 다 늦었는데 계집애들이 바깥에서 뭐하는 거냐고 한소리 하던 아저씨가 머리 희끗한 할배가 될 때까지. 하굣길에 항상 지나쳐야 했던 점방 앞 평상에 앉아 나를 위아래로 훑어보던 할배가 늙어 죽을 때까지. 이십 년 넘도록 그 동네는 내게 세상 그 자체였다.

그런 세상의 모서리가 만져지던 순간을 잊지 못한다.

지구는 둥글어서 자꾸 걸어나가도 세상의 끝에서 수직 낙하하는 일은 없다는데, 내가 사는 동네는 둥글지 않았다. 나는 세상의 끝에서 굴러떨어졌다. 모두 나를 비웃고 손가락질하고 다시는 거기 발붙일 수 없다고 절벽에서 등 떠밀었다. 나는 애먼 사람에게 죄를 뒤집어씌운 거짓말쟁이에 폭력을 쓴 돼먹지 못한 여자가 되었다.

그러나 이제는 알고 있다. 그곳이 세상의 전부가 아니라는 것을. 나를 믿어주지 않는 사람들은 어디에나 있고, 그들은 나를 망칠 수 없다는 것도. 언니와 함께 가고 있었다. 결코 다시 돌아갈 수 없으리라 믿었던 옛 직장, 어느 날 밤 내가 갇힌 싸늘한 창고가 있는 그곳에. 나를 암흑 속에 밀어넣고 허리띠를 풀던 아저씨가 있는 곳에. 나는 제대로 된 사과를 받아낼 생각이었다. 그리고 거기서 나와 당당하게 동네로 돌아갈 생각이었다. 내 말을 믿어주지 않고 도리어 뭐 자랑이라고 떠들고 다니냐며 꾸짖은 어른들이 돌멩이처럼 여기저기 널린 그곳에.

*

—하나씨, 나 좀 도와줘.

하나는 우두커니 서서 수영이 보낸 문자메시지를 보고 있었다.

—여긴 아무도 없어.

수영이 보내온 지도에는 낯선 상호가 찍혀 있었다. 한 번도 들어본 적 없는 상호였다. 하나는 그 이름을 검색해보았지만, 아무런 정보도 얻을 수 없었다. 수영은 지금 회사에 있어야 했다. 하나와 같은 사무실은 아니었지만. 수영이 본사와 꽤 멀리 떨어진 지방 소도시의 창고에 있는 물류팀으로 발령이 난 지도 일 년이 다 되어가고 있었다. 간혹 사내 메신저로 연락을 하기도 했지만 회사와 관련한 화제는 의도적으로 피했다. 하나가 여행에서 돌아와 수영에게 연락하기 전까지는 서로를 잊어가고 있다고 해도 무방할 정도였다. 물론 하나는 생각했다. 수영이 사무실을 떠난 후 한 번도 그녀를 생각하지 않은 적 없었다고. 그랬기에 박영희의 일기와 관련해 수영에게 연락했고 다시금 그녀의 조언을 얻을 수 있었다. 그러나 하나는 수영의 문자메시지를 보며 분명한 사실을 깨달았다. 그녀가 지금 어디에서 무엇을 하는지 한 번도 관심을 가져본 적 없었다는 것을.

선배, 지금 만나러 갈게요.

하나는 반차를 내고 움직였다. 놀랍게도 멀지 않은 곳이었다. 수영은 본사 근처 오피스텔에 있었다. 이룸서재와 아무런 관련도 없어 보이는 낯선 상호를 달고 있는 곳에. 수영이 거기 있어야 하는 이유를 하나는 알지 못했다. 조직을 훼손하려 하는 조직원을 보호할 수는 없다는 사장의 말을 곱씹어본 적도 있었다. 이룸서재의 마케팅 문제를 두고 온라인 카페에서 갑론을박이 벌어질 때, 그 누구도, 심지어 하나도 짐작조차 할 수 없었던 회사 내부의 비밀을 수영이 실명으로 폭로한 이후였다. 이룸서재는 연일 기사화됐고 사장은 수영에게 사직을 권했다. 그러나 수영은 회사를 떠나지 않겠다고 했다. 대신 수영은 사무실을 나와, 뭘 하는 곳인지 알 수 없는 곳에 머물러야 했다.

인터폰 벨을 누르며 하나는 자신의 상상이 최악으로 뻗어나가는 일을 경계했다. 언제 지어진 건지 짐작도 되지 않을 만큼 낡은 건물이었다. 심지어 현관 앞에는 토사물이 널려 있었는데 인터폰이 제 기능을 하고 있다는 것이 신기할 지경이었다. 하나는 발을 굴렀다. 하나는 사무실에 있는 그 누구에게도 이야기하지 못한 바를 수영에게 말했다. 박영희의 기록을 묶어 책으로 만들고 싶다고, 아직까지 기획회의에서 한 번도 어필하지 못했지만 그것이야말로 자신이 꿈꿔왔던 편집자의 첫걸음이 되리라고. 수영은 만약 그 책으로 피해자에게 사죄할 수 있다면 사실상 가해자의 가족인 하나씨야말로 적임자가 아니겠느냐며 뜻 모를 말을 한참 주워섬겼다. 하나는 수영의 그 말을 자꾸만 되새겼고 기분이 나빠졌다. 결국 다시금 수영에게 상처받았다고 생각했다. 돌아서면 떠오르는 수영의 의미심장한 말들에 기분 상하고 상처받은 적은 셀 수 없었다. 그러나 하나는 엘리베이터 안에서 단 하나만을 생각했다. 어떤 사정이 있었든지 지금 그녀가 무사하기를. 그녀에게 큰 일이 없기를.

하나의 눈앞에 펼쳐진 풍경은 암담했다. 현관문을 열자마자, 짤랑이는 풍경처럼 수북한 거미줄이 하나를 반겼다. 군데군데 벽지와 장판이 떨어진 다섯 평 남짓 되는 방에서 후덥지근한 공기가 훅 끼쳐왔다. 아직 지독한 더위가 가시지 않은 늦여름이었고 에어컨을 가동하는 사무실에서도 미니 선풍기를 쓰는 사람이 많았다. 에어컨 없는 밀폐된 공간에 들어온 게 얼마 만인지 가늠도 되지 않았다. 구석에 있는 책상에 몸을 둥글게 말고 엎드려 있던 수영이 천천히 몸을 일으켰다. 그곳에는 수영 외에 아무도 없었다. 수영의 발밑에서 힘없이 돌아가는 작은 선풍기가 보였다. 하나는 어찌할 줄 모르고 가만히 서 있었다. 수영에게 다가가 그녀를 안아주어야 할지, 수영의 손목을 잡고 그곳을 빠져나와야 할지 하나는 생각했다. 두 경우 모두 자신 없었다.

"하나씨, 정말 와주었네. 안 올 줄 알았어."

"선배, 놀랐잖아요. 사고라도 난 줄 알고."

수영은 미니 냉장고에서 캔커피를 꺼내 주었다.

"여기 온 지 두 달 됐어. 물류팀에서 잘 버티고 있었는데, 사장이 끝내 퇴사하라고 압박하는 거야. 하루종일 포장만 하거나 라벨 작업하는 것보다 더한 일이 있을까 했는데, 있더라."

하나는 사방을 둘러보았다. 수영의 작은 책상과 책장, 낡은 캐비닛이 보였다. 과거에도 그랬듯 수영의 책장에는 일본어 원서가 가득 꽂혀 있었다. 한자와 히라가나와 가타카나가 뒤섞인 책등들 사이에서 하나가 알아볼 수 있는 글자가 눈에 들어왔다. '幸福の科学'. 하나와 수영이 기노시타 류를 만날 수 있었던 계기. 기노시타 류가 심취했다 도망쳐 나온 종교, 행복의 과학에서는 아직도 책을 내고 있었다. 류가 자서전을 통해 몇 년간 아무리 그곳은 가짜라고, 그들은 옴진리교의 후계라고 힘주어 외쳐도 꿈쩍하지 않았다. 수영의 폭로로 이룸서재 내부의 잘못된 경영 방식과 비리가 한꺼번에 기사화되었지만 사장이 여전히 건재하듯이. 하나는 무심코 말했다.

"선배, 도쿄올림픽 홍보 영상 보셨어요?"

"아, 그거. 아베가 슈퍼마리오 분장 하고 튀어나오는 영상."

"일본이 그런 동네 같아서요. 슈퍼마리오 분장을 한 아베 같은. 귀여운 캐릭터, 예쁜 팬시 용품이 넘치지만 퇴근하면 자기 방에 처박혀서 AV만 보는 소시민들, 너희 나라로 꺼져라를 외치는 넷우익, 도처에서 전쟁을 일으키자는 정치인들. 류의 저서를 사 보고 그를 사랑하는 사람들이 동시에 행복의 과학을 무시하고 살아가는 게 기이하잖아요."

"그게 우리라고 뭐 다르겠어."

하나는 수영의 얼굴을 살폈다. 내가 친일파라서 이런 말 하는 거 아닌 거 알지, 수영은 뇌까리며 미소지었다. 그러곤 캐비닛을 열어 한 뭉치의 서류를 꺼냈다.

"두 달 동안 내가 여기서 한 일 전부야."

하나는 얼떨떨해하며 그것을 받아들었다. 커다란 클립으로 철해진 서류의 첫 장에는 다음과 같은 제목이 적혀 있었다. 하나는 그것을 소리내서 읽었다.

"에이코에게 보낸 유서."

A코에게 보낸 유서. 문서 한가운데에 크고 단정한 서체로 그렇게 적혀 있었다. 곧이어 문서 하단에 적힌 이름을 발견한 순간 하나는 온몸이 뻣뻣하게 굳는 느낌을 받았다. 기노시타 미노루. 하나는 수영에게 다급하게 물었다.

"선배, 기노시타 미노루의 유서란 말인가요?"

"그래, 은유 아니고 사실이야."

하나는 서류를 넘겨보았다. 미노루, 가오루, 에이코, 유타로…… 하나가 알고 있거나 알지 못하는 이름들이 한꺼번에 눈에 띄었다. 수영은 그런 하나를 보며 넌지시 내뱉었다.

"하나씨 어머니도 미인이셔?"

하나는 수영의 말뜻을 알지 못한 채 갑자기 알게 된 사실들에 둔기로 얻어맞은 듯 어안이 벙벙할 뿐이었다. 하나는 겨우 정신을 차려 서류를 내려놓고 수영에게 물었다.

"선배, 대체 여기서 뭘 하고 있는 거예요?"

"내가 절대 퇴사하지 않는다고 하니까 사장이 이곳으로 쫓아낸 거야. 나에게 주어진 업무도 없었어. 그저 여기로 출근하고 여기서 퇴근해야 하는 것 말고는. 컴퓨터도 없어. 두 달 동안 내가 뭘 할 수 있었겠어. 류의 블로그에 새로 공개된 미노루의 유서라도 번역해야 했어. 그래야 내가 살겠더라고."

하나는 다시금 사무실을 둘러보았다. 한쪽 벽면에 걸려 있는 커다란 남성용 등산복이 그제야 눈에 들어왔다. 아이젠과 등산화, 커다란 배낭도 보였다. 하나는 사무실에 들어오자마자 감지했던 불쾌한 공기, 훅 끼쳐왔던 후덥지근한 그 공기가 더위가 아닌 저 물건들에서 비롯된 것이 아닐까 잠시 생각했다. 그것들을 물끄러미 바라보는 하나에게 수영이 말했다.

"사장 친구인가봐. 가끔 와서 나를 감시해."

*

수영은 하나의 아이패드 인터넷 창에 '.jp'로 끝나는 주소를 입력했다. 하나도 오랜만에 접속해보는 류의 블로그가 화면 가득 펼쳐졌다. 블로그 상단에 류의 프로필 사진이 걸려 있었다. 하나에게는 여전히 자기 고백 속 풀죽은 히키코모리 중학생으로 보였다. 수영은 게시판으로 이동했다. 예전에도 그랬듯 게시물의 조회수는 엄청났다. 수영은 여러 게시물을 번갈아 클릭했다. 하나로서는 알 수 없는 내용들이 화면에 나타났다. 수영은 일본어로 한 번, 한국어로 한 번 몇 개의 문장을 소리내 읽었다.

"……고개를 조아리는 비겁한 자. 그러나 나는 그자의 몰골에서 눈을 떼지 못한다. 퍼스널 컴퓨터와 스마트폰 안에 세계가 있다. 망해버린 세상을 낱낱이 보여주는 도구…… 나는 유배되었다."

수영은 하나의 얼굴을 살폈다.

"기노시타 미노루가 남긴 글이야."

"전부 유서인가요?"

"자기 부모와 아들, 아내, 친구에게 보내는 편지와 일기가 두서없이 뒤섞여 있어. 도쿄의 캡슐여관에서 자살하기 전 류에게 메일로 전송했대. 이걸 또 전부 블로그에 전시할 생각을 하다니 역시 류다워."

하나는 다시 류의 사진을 살펴봤다. 밤송이처럼 바짝 깎은 머리 스타일과 동그란 두상은 얼마 전 교토 조선학교에서 본 소년을 떠올리게도 했지만, 좁은 미간과 치켜세운 짙은 눈썹이 반항적으로 보였다. 류를 보는 마음이 편하지 않았다. 그는 이 모든 것을 일종의 게임이라고 생각하는 것일까. 어쩌면 그에게 퍼포머의 기질이 있는 것일까. 자기 아버지의 죽음과 가족사마저도 전부 흥밋거리일 뿐일까, 그에게는. 하나는 처음으로 류에게 거리감을 느꼈고 그동안 막연히 가졌던 신뢰가 일거에 사라지는 것 같은 기분을 느꼈다. 짧은 순간 하나의 머릿속에 복잡한 생각이 오갔다. 어쩌면 이것도 세대 차이일까. 그에게는 불의에 항거하는 마음이나 피해자에게 사죄하고자 하는 마음조차 패션일 뿐인가?

"하나씨, 복잡하게 생각하지 마. 기노시타 미노루가 자살했어. 그뿐이야."

하나의 마음을 읽기라도 한 듯 수영이 말했다.

"반대로 생각해봐. 류의 저서를 베스트셀러로 만들어준 사람들이 한편으로는 그가 경고하는 행복의 과학과 넷우익을 간단히 무시해. 마찬가지로 행복의 과학에서 국회의원을 배출했어도 여전히 류의 저서는 베스트셀러야. 아버지가 살인범이라는 걸 공개했어도 바뀌지 않았다고. 이름서재만 헛다리짚은 거지. 류는 여전히 인기 저자란 말이야. 그런데,"

하나는 수영의 얼굴을 봤다. 그녀의 얼굴이 파리했다. 하나는 문득 여전히 지독한 늦더위가 기승을 부리는 계절이라는 것을 새삼 깨달았다. 에어컨이 없는 낡고 좁은 사무실에 들어온 지 한참인데 땀도 나지 않았다. 수영 역시 더위를 느끼지 않는 것 같았다. 오히려 추위를 느낀다면 모를까. 수영은 지금 이 계절을 벗어난 사람 같았다. 그 순간 하나가 느끼기에는 분명 그랬다.

"이렇게 써갈겨놓고 죽어버렸는데, 이상한 점이 있어. 이게 허세가 아니라 전부 사실이라 가정했을 때, 그가 처벌받지 않은 여죄가 있단 말이야."

하나는 다시 서류에 손을 뻗었다.

"그것도 블로그에 공개되었나요?"

"그래, 기노시타 미노루가 적어 보낸 내용 전부 공개되었어. 지금 블로그에서도 토론중이야. 그 사건의 가해자를 찾아낼 수 있는가. 그를 처벌할 수 있는가."

하나는 황망해져 서류를 아무렇게나 넘겼다. 수영이 타이핑한 글자들을 보며 하나의 머릿속에 문득, 번역하는 수영의 모습이 떠올랐다. 컴퓨터도 없고 와이파이도 잡히지 않는 하꼬방 같은 이곳에서 몸을 둥글게 말고 앉아서 종일 사전과 출력한 블로그 게시물을 보며 번역을 하고, 이걸 나에게 보여주려고 집에서 따로 서류를 만들었다는 이야긴가. 가끔 찾아온다는 사장 친구의 감시를 받으면서? 하나는 소스라치게 놀라 수영에게 물었다.

"그 아저씨는 누군데요? 사장 친구라는 사람."

"하나씨, 일단 내 이야기를 들어봐."

"잠깐만요, 선배. 이게 중요한 게 아니잖아요?"

"아냐, 이게 중요해. 여기, 기노시타 미노루가 자살하기 직전까지 살았다는 곳, 산야라는 동네. 가부키초 근처야. 하나씨가 끔찍하다고 말했던……"

갑자기 수영이 주저앉더니 무릎 사이에 고개를 묻고 가만히 있었다.

선배, 왜 그래요?

하나는 마음속으로 외쳤다. 하나는 어안이 벙벙해졌다. 수영의 뒤에 있는 군데군데 칠이 벗겨진 싱크대 하부장 두 짝과 개수대, 핫플레이트가 그제야 눈에 들어왔다. 노출된 가스 배관이 벽면을 타고 뱀처럼 올라붙어 있었다. 하나는 다시 사방을 둘러봤다. 벽면 곳곳에 아예 무늬처럼 얼룩진 곰팡이가 눈에 들어왔다. 터무니없는 곳이었다. 존재하는 것만으로도 존엄이 훼손될 것 같은 공간. 수영과 함께하는 것이 아니라면 잠시라도 머무르고 싶지 않았다.

"하나씨, 나 좀 도와줘. 이제 더는 못하겠어."

*

1991년 1월.

세상은 사악한 자들이 살아남기 적합한 곳인가? 그게 이 세상의 적자생존이고 용불용인가? 언니도 결국 끌려가고 말았으니까. 용, 불용, 나는 자꾸만 되뇌었다. 너무 화가 나서 동네 가는 길이 무섭지도 않았다. 길바닥이 온통 녹은 눈으로 질척거렸다. 그렇게 '동네 망신'

'동네 망신' 지껄이던 사람들이 자기 집 앞에 쌓인 눈도 치우지 않아? 거지같은 동네. 나는 모든 것에 화가 났다. 나는 떠나야 했는데 왜 아저씨는 잘도 그곳에 앉아 있지?

왜, 아무 일도 없었다는 듯 실실 웃으며 나를 반기는 걸까.

직장에서도 동네에서도 추방된 사람은 나뿐이었다. 찾아온 나를 보고 그자가 소스라치게 놀라며 무릎이라도 꿇기를 기대했던 것인가. 나는 다시금 깨닫는다. 내 기억 속에서조차 나는 침묵했어야 한다는 것을. 나의 침묵은 바로 나를 위한 것이었다는 걸. 결국 나는 익숙한 점방 앞에서 발길을 돌렸다. 아직 자신이 없다. 단란한 가정의 맏딸이 될 자신이 없다. 두 사람의 것이었던 마음이 초라한 일인분의 그것으로 바뀐 채 서울행 버스에 올랐다.

언니, 거기 있으면 나 좀 도와줘.

*

내가 선배를 도우려면 무엇부터 해야 하죠. 수영을 한참 토닥이다 헤어진 하나는 무력감을 느꼈다. 엘리베이터에 오르자마자 기습한 생각이 줄곧 이어졌다. 하나는 누군가를 위해 앞장서 싸워본 적도, 살아오며 누군가의 큰 도움을 받은 적도 없었다. 건물에 들어서며 두려움에 휩싸였다면 이제는 아득했다. 수영을 저 끔찍한 공간에 두고 혼자 나오는 일은 온당한가. 간절하게 매달리는 어린애를 길가에 떼어놓고 돌아서는 모진 인간이 되어버린 심정이었다. 물론 수영은 그러지 않았다.

수영은 잠시 웅크렸다 일어났고 그저 담담하게 말했을 뿐이다.

"하나씨, 내가 여기 있다는 걸 잊지만 말아줘. 그리고,"

그리고 하나씨는 하나씨의 일을 해줘. 잘해내줘.

어쩌면 그녀가 자신을 바라보는 내 눈에서 아득함을 읽어버렸는지도 모르겠다고 하나는 생각했다. 짧은 순간 비겁한 말들이 빠르게 머릿속을 지나갔기 때문인 것일까. 선배, 나도 일상을 견디고 있잖아요. 나도 한낱 월급쟁이일 뿐이라고요. 선배도 알잖아요. 여기보다야 낫다지만 갑갑하긴 매한가지인 사무실에서 사장의 압박을 견디면서 업무를 감당하고 있어요. 누구도 강요하지 않았는데 스스로 내부 고발자를 자처한 선배의 선택을 왜 내가 함께 책임져야 하죠?

하나는 건물을 나서며 사무실 창문을 올려다봤다. 이 순간을 넘어설 수 없을 것이다. 하나는 입술을 깨물며 돌아섰다. 선배가 말한 대로 내 일을 해내면서, 우리를 알거나 모르는 사람들에게 최선을 다해 이 상황을 알려볼게요.

하나는 돌아오는 길 내내 수영이 건네준 기노시타 미노루의 유서 뭉치를 넘겨다봤다. "히로무 감독은 땅딸한데다 엄청난 추남이지"라는 대목을 발견한 순간 몸이 뻣뻣하게 굳는 듯했다. 그런 것을 기억할 수 없었다. 그는 하나의 인생에 찰나와 다름없는 짧은 시간 동안 머물다 갔고, 하나의 인생에 별다른 영향도 미치지 않았다. 지금까지의 인생 가운데 중요하다고 할 만한 대목에서 그가 존재한 순간은 단 한 번도 없었다. 그나마 그가 중요했던 시기는 류의 책을 편집하던 때뿐이었다. 그리고 지금이었다.

하나는 그게 바로 지금이라는 걸 알았다. 수영이 자신에게 얼마나 중요한 사람인지와 더불어. 하나보다 먼저 미노루의 비밀을 눈치챈 사람도 수영이었고, 숨겨진 그의 인생을 우리말로 다시 써준 사람도 수영이었다. 하나는 수영에게 건네받은 박영희 동반자의 자료를 꺼냈다. 그 사람 역시 하나와 멀지 않은 곳에 있었다. 검색을 거듭했다면 하나 역시 어렵지 않게 찾을 수 있었겠지만 하나는 수영이 찾아준 것에 감사했다. 하루하루 견디며 창고 같은 사무실에 머무는 동안 수영이 찾아낸 것이다. 덕후들이 세상을 바꾸는 것이라고 언젠가 친구들은 그랬었지. 하나의 생각에 수영만큼 이룸서재에 필요한 인재는 없었다. 넌 우리의 희망이야. 고등학교 때 친구들은 자신들이 괴발개발 쓴 팬픽을 공들여 고쳐주는 하나를 보고 말했다. 서로 상처 주는 순간이 있어도 친구가 되어야 하는 까닭을 나는 이제 알 것 같아요. 하나는 언젠가 이 말이 수영에게 가닿기를 바랐다.

*

1991년 5월.

"여기 적들의 시체가 떠내려가는 것을 보라. 그들은 몰락하였다."

한참 동안 나는 그 문장을 쳐다봤다. 사진 속에서 머리가 벗어진 전직 대통령이 고개를 숙이고 있다. 무슨 상황인지 나는 잘 모른다. 신문에 나오는 한자를 다 아는 것도 아니고 기사 해석 능력도 내게는 없다. 분명한 것은 절대 권력을 가졌던 인간이 국민의 뜻에 따르겠다고 하는 것이다. 그러나 나는 그런 것에 관심 없다. 그가 있건 없건 내 인생이 뭐가 달라질까. 나는 지금 믿기지 않는 기사를 보고 있다. 도화

선이 된 사건이라고 기자들이 떠들고 있다.

"「性拷問 공권력」 뒤늦은 自省 채찍" "구로서 여대생 성고문 사건 송경장 구속" "위장 취업으로 수감중이던 여대생 최양 수사 도중 강제추행 혐의"…… 나는 온 동네를 쏘다니며 보이는 족족 신문을 샀다. 최양의 얼굴을 확인하려 했는데 어디에도 나오지 않았다. 언니 역시 최씨 성을 가졌으며 같은 죄목으로 같은 경찰서에 끌려갔다. 그런 사람이 또 있으리라는 생각이 나로서는 들지 않는다. 누구에게 물어봐야 하는지 어디에 연락해야 하는지 나는 알지 못한다. 같은 방을 쓰는 친구에게조차 나는 신문에서 본 내용을 언급하지 못한다. 내가 모르는 사이에 이미 소문이 돌았고 모두 나를 배려해 비밀로 해둔 것이라면, 그게 정말 언니의 이야기가 맞는다고 누군가 확인해준다면 그때부터는 어떻게 해야 하나.

요즘엔 텔레비전이나 신문에서 '봄'이라는 표현이 자주 나온다. 꽃샘추위마저 모두 물러가고 진짜 봄이 왔다고. 계절도 그러할뿐더러 시국 상황도 봄으로 비유되는 모양이다. 서울의 봄도 반쪽이었고 87년의 봄도 반쪽이었으나 이제 완연한 봄이…… 줄줄이 오랏줄에 묶여 끌려가는 범죄자들의 사진을 보며, 나도 모르게 고개를 저었다. 꽃은 이미 다 져버렸다. 지금을 완연한 봄이라고 말하는 일이 이치에 맞는 걸까. 지금은 5월, 얼마 안 가 무더위가 기습할 것이다.

여대생 최양이 언니가 아닐까 하는 두려움은, 그게 언니가 아니라 그 누구여도 마찬가지이리라는 절망으로 금세 바뀌어버렸다. 잘못한 자가 늦게라도 처벌을 받는다면 다행스러운 일이지만 그 일을 '도화선'이라고 표현한다는 게 마음에 들지 않았다. 최양은 누구이며 어디에 있는 걸까. 언니가 아니기를 간절히 바라면서도 이런 바람이 옹졸한 것 같아 절망스럽다. 사실 나는 세상이 바뀌리라는 사람들의 말이 믿기지 않는다. 나의 세상은 좀처럼 바뀌지 않았기 때문이다.

언니, 어디에 있든 기별 좀 줘. 요즘 들어 공장도 기숙사도 사육 농장처럼 갑갑하게 여겨지고 내가 갇혀 있는 것 같다. 언니와 함께일 때는 한없이 넓어지던 세계였는데. 좀처럼 뭘 먹고 싶지도 않고 아무것도 하고 싶지가 않다.

*

최영은은 한동안 두 손으로 얼굴을 감싸쥔 채 미동도 하지 않았다. 하나는 조심스럽게 커피를 홀짝이며 그녀를 기다렸다. 볼 수 있는 것이 그것밖에 없었기에, 하나는 그녀의 손등과 손가락을 가만히 응시했다. 전체적으로 가늘고 긴 손가락이었지만 중간 마디가 굵고 잔주름이 많았다. 수영의 손도 저랬던 것 같다. 바른 자세로 연필을 쥐고 끊임없이 써내려가던 수영의 손. 번역을 하거나 교정을 보거나 메모를 할 때 바쁘게 움직이던 손. 막상 최영은과 마주앉으니 그녀가 박영희 일기 속 애달픈 '언니'라는 사실이 실감나지 않았다. 다만 몇 개의 문장이 떠오를 뿐이었다. 책도 많이 읽고 날마다 신문도 보는 언니. 앞장서 싸워주는 언니. 하나가 머릿속으로 수없이 그렸던 사람이 눈앞에 앉아 있었다. 마른세수를 하고 헛기침을 하고 뭔가 말을 꺼내려다가도 다시 얼굴을 감싸쥐며 침묵하고 마는 모습으로.

"만나주셔서 감사합니다, 최선생님."

처음 그녀에게 연락할 때 하나는 호칭을 고민했다. 자기 사무실로 오라거나 하는 고압적인 태도를 보일 수 있겠다는 예상도 했다. 하나는 몇 번이나 입에서 맴돌던 의원님이라는 호칭을 접고 낯선 사람을 대할 때 사용하는 호칭을 쓰기로 마음먹었다. 그녀는 하나가 이미 오래전부터 알고 있었던 노동당 소속 국회의원이었다. 우여곡절을 겪은 끝에 지금은 군소정당 중 하나가 되었지만, 그녀의 지역구에서 오랫동안 그녀가 아닌 다른 사람이 당선되는 일은 없었고, 그녀는 종종 대선 주자로도 거론되는 가장 유명한 여성 정치인 중 하나였다. 오래전 최영은이 1991년 압구정동 살인 사건에 관해 짧게 언급한 기사를 수영이 찾아냈던 것이다. 박영희의 일기를 제보한 '동반자'가 그녀가 맞는지 확신하지 못한 채 수영은 그녀에게 메일을 보냈고, 최영은의 회답을 받아냈다. 동반자가 바로 하나도 이미 잘 알고 있을 최영은이라는 이야기를 전해줄 때, 수영은 자기 처지도 잊은 듯 눈을 반짝였다. 하나씨, 만나서 이야기하고 싶대. 그 말을 하는 수영의 표정이 뿌듯함으로 빛났다. 하나의 예상과 달리 최영은은 통화 내내 고압적이기는커녕 뭔가 두려운 듯 조심스러웠다.

드디어 두 손을 거둔 최영은이 커피를 한 모금 마시고 입을 열었다.

"나는 경솔하게 그 일을 언급한 것에 대해 내내 후회하고 있습니다."

하나는 당황했다. 말문이 막혀 어떤 식으로 대답해야 할지 도무지 알 수 없었다. 정적이 흘렀다. 최영은은 차분하게 말을 이어갔다.

"물론 그녀의 일기를 지상에 공개한 일부터 후회하고 있죠. 당시 나도 어렸기에 생각이 짧았습니다. 그 아이의 가족들과도 오래 고민

해봤지만, 유의미한 결과가 나온 건 아니었습니다. 지금도 그 일을 떠올리면 마음이 아파집니다. 나는 그 기록이 영희가 내게 보낸 내밀한 편지라는 것조차 인지하지 못하고 있었어요. 나에게 가졌던 그 아이의 진심을 훼손해버린 것 같아 오랫동안 무척 마음이 아팠습니다."

하나는 입술을 깨물었다. 문어체로 담담하게 말을 이어가는 최영은의 모습이 낯설었다. 그녀는 대규모 집회가 열린 광장의 연단에서 연설하거나 당대표로서 뉴스에 나와 노동당의 입장을 밝힐 때마다 미간을 좁히며 누군가를 꾸짖듯 우렁차게 발언했다. 하지만 지금 최영은은 낮은 목소리로 그저 호소하고 있었다. 자기 앞에 앉은 이룸서재의 편집자에게.

"선생님의 연락을 받고 한참 동안 옛날 일을 생각했습니다. 나는 그 사건의 목격자이기도 했습니다. 살인자가 일본에 돌아가서 제대로 된 처벌을 받았는지, 그것에 대해서도 우리는 알 수 없었습니다. 일기를 연재한 신문의 일본 특파원이 자기 목숨을 걸고 끝까지 취재해주겠다고 말했었는데, 그와도 연락이 끊겼습니다. 내가 공개한 일기가 일본 신문에도 번역되어 연재되었다는 사실을 알게 되었을 때 모욕감이 들었어요. 살인자가 영희의 일기를 읽게 되더라도, 자신이 그렇게 죽여버린 사람에게도 인생이 있었다는 사실을 알게 되더라도 반성하리라는 생각이 들지 않았습니다. 나는 이미 그렇게 순진하지 않았어요. 끔찍한 추측이지만 살인자가 영희의 일기를 흥미진진하게 읽기라도 하면 어떡하나 싶었죠. 그런 식으로 소비되면 나는 정말 어떻게 속죄해야 하는지 알 수 없었습니다. 그 생각은 지금도 나를 좌절하게 합니다."

그 대목에서 하나는 들고 있던 커피잔을 자칫 떨어뜨릴 뻔했다. 수영이 건네준 'A코에게 보낸 유서'를 읽은 지 얼마 지나지 않은 후였다. 최영은의 말 한마디 한마디가 비수가 된 듯 하나는 절망적인 심정에 사로잡혔다. 사건의 주인공, 살인자 기노시타 미노루는 정말로 박영희의 일기를 흥미진진하게 읽었고 스크랩해 간직하며 자기만의 살인 왕국을 구축했던 것이다.

하나는 최영은에게는 물론 더이상 그 누구에게도, 심지어 자기 자신에게조차 이 문제에 대해 항변할 여지를 잃고 말았다.

*

1991년 8월.

발신인의 이름을 보고 나는 하마터면 까무러칠 뻔했다. 언니의 이름이었다. 편지를 전해준 친구는 기뻐하는 나를 보고 그렇게 좋으냐며 웃었다. 죽어가던 사람도 살려내는 편지네. 친구가 말했다. 기대도 하지 않았는데 언니가 편지를 보냈다. 언니가 내게 편지를 보냈다.

언니는 몇 달 전 풀려났다고 했다. 언니가 그렇게 말하지는 않았지만, 사람들이 봄이라 말하던 시국의 변화가 아무래도 언니에게도 좋은 영향을 미친 것 같았다. 그런 줄도 모르고 나는 봄을 비관했구나. 언니에게 미안한 생각이 들었다. 나쁜 일을 당했다는 구로경찰서의 최양이 언니가 맞는지 아닌지 모르기에 여전히 가슴 한편이 무거웠지만. 언니는 이제 학교에 돌아가 열심히 공부하겠다고, 줄곧 나를 한번도 잊지 않았다고 했다. 고향에 함께 가서 나쁜 놈을 밟아버리기로 했는데 그 약속도 지키지 못했고, 너를 그 갑갑한 공장에 버려두고 나온 것 같아 내내 일하는 너의 모습이 눈에 밟혔어. 그 부분을 몇 번이고 읽었다. 읽을 때마다 눈물이 났다. 언니는 언제든 연락해, 라는 말과 함께 전화번호를 적어놓았다.

한동안 일이 너무 많아 전화 걸 짬이 나지 않았는데 오늘 드디어 언니와 통화를 했다. 혹시 받지 않으면 어떡하지, 걱정했는데 바로 언니가 받았다. 자기만 쓰는 전화기이니 앞으로도 언제든 연락하라고 했다. 우리는 날마다 만나는 사람들처럼 두서없이 소소한 것들을 두고 떠들어댔다. 많이 덥지? 밥은 먹었어? 잘 때 모기 많지? 이런 것들. 그러다 언니가 먼저 잘 지냈어? 묻는데 울음이 터질 뻔했다.

오래 통화하고 싶어 사람들이 없는 골목 구석 공중전화 부스를 찾아갔는데 그러길 참 잘했다. 동전을 많이 준비해간 것도 어찌나 잘한 일이었는지. 아무 말도 못하고 계속 울면서도 동전을 채워넣는 내 모습이 겸연쩍고 웃겨서 또 그냥 웃어버렸다. 언니, 감옥에서 별일 없었어? 많이 걱정했어. 언니에게 나쁜 일이 있을까봐. 내 말에 언니는 한숨을 쉬며 떨리는 목소리로 말했다. 내게는 아무 일도 없었어. 나는 검사한테 이 권력의 개새끼야, 라고 먼저 막말했다가 따귀 한 대 맞은 것밖에 없어. 내가 잘못했지 뭐. 그런데 앞으로가 걱정이야. 너무 많은 동지들이 상처를 받았는데 이제부터 어떻게 해야 할지…… 언니의 말을 들으며 주먹으로 눈물을 닦았다. 이젠 울지 않으리라고 나는 다짐했다. 언니는 나보다 더 험난한 세상을 살아가야 하는구나. 그 생각을 하는데 언니가 내게 물었다. 영희야, 내일 모처럼 만날래? 압구정동에서. 앞날이야 어떻든 같이 맛있는 걸 먹으면서 재미있게 놀자.

울지 않겠다고 했는데 언니를 만나면 다시 울음이 터져버릴 것 같다.

*

계절이 가을로 접어들며 하나는 이룸서재가 심심찮게 출간해오던 모 기업 회장의 에세이를 맡게 되었다. 시시각각 변하는 경영 트렌드에 맞춘 전략서라고는 하지만 하나가 보기에는 이전 자기 자랑의 얄팍한 변주일 뿐이었다. 하나는 쓴 약 삼키듯 그의 문장을 읽어나갔다. 그는 글쓰기를 사랑했다. 어떤 사람들처럼 출간 자체에 대한 욕심 때문에 대필 작가를 쓴다거나 하는 일은 없었다. 그는 진정으로 글을 쓰기를 원했고, 그러한 그의 진정성이 문장에서 묻어났다. 그것이 하나를 괴롭게 했다.

수영은 사무실에 돌아왔고 하나와 멀리 떨어진 자리에 앉았다. 하나와 수영은 사내 메신저로 대화를 주고받았다. 수영은 종종 하나에게 멀지 않은 과거 자신이 유배되었던 사무실에 대해 농담하곤 했다. 하나는 웃지 않고 정색하며 이제 그런 농담은 그만두라고 말했지만 수영은 듣지 않았다. 수영이 출판노조와 연대하여 언론에 부당 발령 사실을 알리고 사장의 사과를 받아낸 후 사무실로 돌아오기까지 자신이 적극적으로 한 일이 없다는 사실이 하나를 괴롭게 했다. 그런 사실을 굳이 환기하기 위해 계속 이야기하는 것이냐며 대놓고 물어본 적도 있었다. 수영은 어깨를 으쓱하며 자신에게는 그런 의도가 없다고 말했다.

그즈음 수영과 하나는 미궁에 빠져 있었다.

기노시타 미노루가 언급한 소설, 그가 자신에게 유일한 소설이라고 말했던 「마코」를 찾을 길이 도무지 없었다. 그는 고교 시절 그것을 처음 읽은 후 다른 어떠한 소설도 읽지 않았다고 했다. 수영은 류의 블로그에 아직도 날마다 들어가보고 있었지만, 네티즌의 반응을 뒤져봐도 소설에 대한 언급은 없다고 했다. 그가 '유'라고 칭한 작가 류탄지 유는 정말이지 그의 말대로 오래전에 문단에서 몰락하고 만 것 같았다. 1930년대에 활발하게 활동한 다른 작가들과는 달리 한국에 번역되어 있는 작품도 전무했다. 수영은 일본 서적 판매 사이트와 논문 데이터베이스를 뒤지며 「마코」를 찾았지만 어디에도 없다고 했다. 다만 가와바타 야스나리가 당시 문예지에서 언급한 대목을 찾을 수 있었는데, 소설의 제목도 말해주지 않은 채 다음과 같이 설명하고 있다고 했다. "마코는 서양풍의 동안에 성인 같은 골반을 가진 반처녀다. (……) 류탄지 씨는 이와 같은 소녀의 신체와 동작을 묘사할 때만 천부적인 재능을 보인다. 삼대째 건강한 사업가인 상승 종족 U와 죽음의 가면에서 밀회하는 소녀 마코는 고아에 결핵 환자, 하강 종족이지만 U는 그녀와 결합해 종족의 운명으로부터 구원해주려고 한다." 수영은 이런 내용을 보내주며 덧붙였다. 어떤 소설인지는 몰라도 엄청 역겨울 거라는 건 틀림없어. 수영은 자신의 한자 실력이 줄고 있다는 걸 느낀다고 했다. 분명 존재하는 소설인데 자신이 못 찾고 있는 것이 틀림없다고 했다.

—그게 아니라면 기노시타 미노루가 소설 제목을 잘못 기억하는 걸까? 산야의 캡슐여관에서도 읽었다고 했으니 그건 아닐 텐데.

하나는 그가 고교 시절 고시엔에 출정하며 만났다는 친구 유타로가 실존 인물이긴 한가, 그것조차 기노시타 미노루의 망상은 아닐까, 하는 생각을 했다. 그러나 수영이 지적한 바 있었다. 류의 팬들조차 그런 함정에 빠지지 않으려고 애쓰고 있어. 기노시타 미노루의 유서는 전부 엄연한 범죄의 기록이라고. 그의 꿈이나 환상이 아니라 죽기 직전에 뻔뻔하게 내지르고 간 범죄 사실 소명이야. 하나는 가장 마지막에 공개된 미노루의 유서, 수영이 건네준 서류 마지막 장에 적힌 글을 숨죽이며 읽었다. 잘난 척하는 모 기업 회장의 에세이나, 무작정 자기 자서전을 출판해달라고 투고한 궤변투성이 원고들을 읽어오면서 면역이 생겼다고 여겼지만 사실 그렇지 않았다. 이런 일에는 면역이 생길 수가 없었다. 게다가 기노시타 미노루의 궤변은 지금껏 읽어온 어떤 글보다 끔찍하게 여겨졌다. 끔찍한 이야기를 읽고 나면 몸이 아플 수도 있다는 것을 하나는 처음 알았다. 하나는 아직도 날마다 류의 블로그를 뒤적이고 미지의 소설 「마코」를 적극적으로 찾는 수영이 조금 신기하게 여겨지기도 했다. 기노시타 삼대 따위야 인생에서 없었던 것처럼 이제 잊고 살고 싶기도 했다. 그러나 그럴 때면, 얼굴을 감싸 쥔 최영은과 공중전화 부스에서 울었을 박영희가 번갈아 떠오르는 것이었다. 살면서 한 번도 느껴보지 않은 곤혹스러운 기분이었다.

하나가 타이핑한 박영희의 일기는 아직 책상 서랍에 들어 있었다. 하나는 기노시타 미노루의 유서와 박영희의 일기를 각각 다른 서랍에 넣어두었다. 한곳에 두어서는 안 될 것 같은 마음에서였다. 두 사람 모두 이제 세상에 없었다. 그러나 하나는 때로 억울한 기분에 사로잡혔다. 왜, 그자가 더 오래 살아 더 많은 기록을 남기고야 말았던 걸까. 하나는 수영에게 이렇게 말하곤 했다.

"미노루, 그는 아직도 살아서 자신의 목소리로 지껄이고 있는 것 같아요. 박영희는 1991년 이후 영원히 말을 잃어버렸는데. 『류의 이야기』 프리퀄마저 그자가 쓰고 있는 것 같아서 불쾌해져요."

*

A코에게.

마코-M코가 아니었다면 에이코-A코도 존재하지 않았을 겁니다. 나는 유의 소설을 통해 알게 되었죠. 세상에 존재하는 여러 종류의 사랑 중에 제일가는 사랑은 폭력적인 사랑이라는 것을. 무엇보다 숭배하고 사랑하는 대상을 파괴하고자 하는 마음이야말로 사랑의 본령에 가까운 것이 아닐까, 생각했습니다. 살아가면서 느낀바 사랑의 본령이나 묘미 따위 중요한 게 아니었지만 고교 시절의 나에게는 세상의 패러다임이 뒤집혀버리는 듯한 충격으로 다가왔죠. 사랑이라거나 구원이라거나 하는 것은 잔혹한 파괴를 동반하는 것이라고요.

마코를 알려준 사람도 유타로였고, 에이코를 알려준 사람도 유타로였습니다. 첫번째 에이코. 그녀는 영자라는 이름을 가진 조선학교 여학생이었죠. 우리는 야구 훈련이 끝나면 버스를 타고 사찰을 찾아다니곤 했는데, 처음으로 함께 은각사에 가던 날 유타로가 그랬습니다. 은각사 앞을 우르르 지나던 하얀 저고리에 검은 치마를 입은 무리를 보면서요. 저 인간들을 보면 화가 치밀어오른다고. 하강 종족, 열등 종족, 이제는 망해버린 종족임을 온몸으로 증명하고 다니는 종족이라면서요. 한국에서도 저런 식으로 입고 다니는 사람은 이제 없어. 조선은 멸망해 지구에서 사라져버렸다고. 유타로는 낮은 목소리로 말했지만 그의 분노를 느낄 수 있었습니다. 나는 더불어 알 수 있었죠. 분노만이 전부가 아니라는 것을. 사실 그건 뜨거운 마음이라는 걸 말입니다. 멸망한 종족이라고 되뇌지만 분명 자신의 혈통이므로, 같은 종족으로서 느끼는 연민이 분노보다 더욱 강렬하다는 것을 나는 알 수 있었습니다.

조선학교 여학생들은 오랜 세월 길거리에서, 전차에서, 버스에서 본토 남학생들의 표적이 되고는 했습니다. 하얀 저고리와 검은 치마야말로 공격하기 좋은 표식 같은 것이었으니까요. 저고리 고름이 찢어지거나 풀린 채로 울면서 등교한다고도 했습니다. 검은 치마는 또 얼마나 들추기 좋게 생겼던지. 유타로는 그 모든 걸 참을 수 없어했습니다. 아마 그때도 그래서였을 겁니다. 나는 우발적으로 그랬다고 생각합니다. 그전에도 몇 번이나 유타로는, 차라리 '동일 종족'에게 당하는 것이 낫지, 라고 말한 적 있었지만, 그것이 오래전부터 에이코 무리를 건드리기 위한 모의는 아니었다고 나는 생각합니다.

새벽녘, 그 새가 울었던 무렵이니 막 동이 트던 때였음이 분명합니다. 그때의 온도나 습도, 공기, 풍경은 별로 기억나지 않지만 그 소리만큼은 분명 기억하죠. 에이코는 왜 주말인데도 학교에 남아 밤새 공부를 했던 걸까요. 공부가 아니라 악기 연습이거나 다른 무엇이었어도 마찬가지입니다. 게다가 어리석게도 첫새벽에 혼자서 비탈길을 걸어내려왔던 겁니다. 풀숲이 우거진 적막하기 짝이 없는 비탈길을. 유타로는 그녀를 범했고 나는 내내 에이코의 입을 틀어막고 있었습니다. 모든 것이 끝났는데도 에이코는 한동안 자리를 뜨지 못했고 무릎을 꿇고 앉아 울었습니다. 조선인들은 일본인들처럼 평소 무릎을 꿇어 앉지 않는다고 알고 있었기에 에이코의 모습이 더욱 낯설게 느껴졌습니다. 에이코는 우리가 자신을 더이상 해치지 않으리라는 것을 깨달았는지 가방을 챙겨들고 후다닥 도망가버렸습니다. 그러는 바람에 가방에서 노트 한 권이 떨어졌는데, 겉표지에 적힌 이름 말고는 아무것도 쓰여 있지 않았습니다. 새로 뭔가를 시작하려나보다, 고 나는 생각했습니다. 이왕이면 그녀의 필체를 더 구경해보고 싶었는데 아쉬운 마음도 들었죠.

당연하겠지만 나는 그날 이후로 에이코를 본 적이 없습니다. 꿈에서도 그녀를 본 적이 없었습니다. 사실 나는 그녀를 떠올려보려 했습니다. 울고 있는 에이코의 모습이 아름다웠었거든요. 그러나 그녀는 꿈에서도 찾아와주지 않았습니다.

두번째 에이코. 그녀는 내가 죽인 여자입니다. 그 일로 나는 부인할 수 없는 살인자가 되었고, 감옥에서 벌을 받았습니다. 그녀의 이름은 신문에서 처음 알게 되었습니다. 한국 신문에서 먼저 그녀의 일기가 연재되었다고 하더군요. 처음에는 불쾌했습니다. 세상 모두가 나를 살인자라고 손가락질하는 것 같아서요. 그러나 나는 점점 그녀의 일기에 빠져들었고, 그녀의 일기를 전부 모으기 시작했습니다. 무엇보다 그녀, 에이코-영희의 일기에 에이코-영자가 나오더군요. 영희 생전에 영자를 만났을 리는 없고, 그저 책에서 본 것이 전부라는데.

나는 지금 증발되어 있습니다.

새벽에 인력시장에서 대기하는 쓰레기 같은 하층민이 되어, 내 아버지와 아들의 인생 모두 나와 상관없는 그들만의 영광이라는 것을 조금씩 깨달아가는 중입니다.

아버지, 왜 내게 천재를 유전하지 않았나, 그런 원망도 이제는 조금씩 잊어가고 있습니다. 주식 투자 실패로 재산을 몽땅 날렸을 때 곧장 나를 버린 아내에 대한 미움도 잊어가는 중입니다. 아들 녀석이야 철없는 어린애니 어쩔 수 없죠. 내가 발 딛고 선 땅은 조금씩 좁아졌고, 나는 『빅이슈』를 팔 자격도 안 되는 노숙자가 되었습니다. 일당을 여관비로 탕진하며 오늘까지 오는 중에도 나는 유의 소설과 영희의 일기를 가슴에 품고 있었습니다. 읽으면 읽을수록 내 인생에도 깨달음이라는 것이 있었구나, 어쩌면 의미가 있는 인생이 아니었을까 위안이 되었거든요.

자꾸만 조선학교 여학생이 꿈에 나온다는 서울의 여공 영희의 일기를 처음 봤을 때 충격에 휩싸였지만 오랫동안 들춰보지 않은 채 잊고 살았습니다. 그러나 나는 노숙자가 된 이후 영희의 일기를 날마다 들여다보면서 비로소 알게 되었습니다. 그녀의 운명을 수태한 사람이 영자였다는 걸. 그녀들이 같은 종족이라는 것을.

당신의
나라에서

나는 그곳에 대해 기억나는 바가 거의 없다. 부모가 말해준 레닌그라드에 대해서. 광활한 러시아 영토에서 북유럽과 가장 가까운 곳. 러시아 북서부 핀란드만 안쪽에 있는 도시. 인터넷을 검색하면 누구나 알 수 있는 정보다. 지금 레닌그라드라는 지명은 더이상 쓰이지 않는다. 레닌이 더이상 그들의 영웅이 아니듯. 다섯 살 아이를 데리고 그곳으로 유학을 떠난 나의 부모는 그 시절을 증명하려는 듯 아직도 그곳을 레닌그라드라고 부르기를 고집한다. 부모는 당시 레닌그라드 연극원의 석사과정 학생이었다. 어머니는 학위를 얻었는데 아버지는 얻지 못했다. 부모의 한국 대학 연극학과 동기이자 레닌그라드 연극원의 유학 동기이기도 했던 한 아저씨는 지금 유명한 정치인으로, 심심찮게 그가 텔레비전에 나올 때마다 핏대 올려 욕하는 쪽은 아버지다.

"저런 수준 낮은 자식이 문화계 거물이라니, 망국이다."

망국이라는 단어는 아련한 느낌을 준다. 아버지가 1991년의 소비에트와 레닌그라드를 두고 종종 그렇게 말하니까. 망국 이후 시내, 거리, 골목, 사람들, 도서관…… 그런 식으로. 나는 그곳에서 여덟 살 때까지 살았다. 가끔 친구들이 신기해하며 묻는다. 소련이었던 시절의 러시아는 어떠했느냐며. 그 시절 사진들을 펼쳐두고 흐릿하게 떠오르는 풍경들과 대조해야만 겨우 몇 가지 기억날 뿐이다. 사진에 없는데도 제법 또렷하게 생각나는 장면들도 몇 개 있다. 내게 풍선을 쥐여주던 젊은 남자 경찰, 그가 말을 타고 멀어져가던 모습, 황토색, 다홍색, 적갈색으로 조금씩 다른 붉은 벽들, 인도와 차도를 구분짓는 파이프 관 위를 아슬아슬 걸어가던 소년들, 황량한 아스팔트를 가로지르던 새빨간 노면전차, 아버지가 경악한 얼굴로 한참을 바라보던 슬레이트 지붕 맥도날드. 그러나 그런 이미지들은 왜곡이 아닐까. 책으로 배운 소비에트 연방의 이미지, 혹은 이국적인 상트페테르부르크의 풍경을 어린 시절의 기억으로 멋대로 소환하는 것이 아닐까. 사실 나는 그 시절 대부분 집안에만 있었다. 그러므로 분명한 것은 지역이야 레닌그라드여도, 상트페테르부르크여도, 서울이어도 상관없을, 열여덟 평의 작은 맨션 안에서 벌어지는 실내극 같은 풍경이다. 부모는 하루종일 학교에 있었고, 나는 집에 있었다. 가끔 부모가 사람들을 데리고 온 적도 있었다. 나이든 러시아 사람들과 젊은 한국 사람들. 그 중에 아버지가 욕하는 아저씨를 본 기억도 있다. 기억 속 그는 당연히 텔레비전에 나오는 모습보다는 젊은데, 일행 중 가장 왜소했고 눈에 띄게 촌스러운 옷을 입고 있었다. 어린 나는 그의 이마가 좀 벗어졌다고 생각했던 것 같다. 아버지의 친구답지 않게 인물이 빠진다고 생각하며 무시했던 것도 같다. 아저씨가 말을 걸면 기분이 나빠져 방에 들어가버리고는 했었다. 그리고 방문을 살짝 열고 거실을 훔쳐봤다. 부모와 그 친구들이 떠들며 웃다가 진지해졌다가 싸우다가 하는 모습을 그야말로 연극을 보듯 봤던 것이다. 둥근 테이블에 모여 앉아 논쟁을 벌이던 그들이 한꺼번에 펑 하고 사라지는 모습을 상상하곤 했었다. 그때 아저씨는 나서서 이야기하기보다는 주로 묵묵히 친구들의 의견을 경청하는 사람이었던 것 같다. 그 모습은 부모의 유학 시절 앨범에 분명히 박제되어 있다. 숱 없는 머리를 정성껏 빗어 넘기고 셔츠를 입은 남자가 얌전히 구석에 앉아 있는 모습. 지금은 왜 저렇게 되었을까.

"아저씨도 스타니슬랍스키를 공부했었어?"

"그딴 건 기억도 안 난다. 유학까지 다녀온 놈이 아돌프 아피아도 몰라서, 나더러 너 아직 마피아 읽냐고 물어본 것밖에는."

아버지가 칠판에 '아돌프 아피아'를 판서하는 모습을 상상해봤다. 마피아로 보였을 수도 있겠다고 생각했다. 아버지는 자기가 글씨를 잘 쓴다고 생각하지만 자음을 소심하게 눌러쓰는 습관 때문에 'ㅇ'이 'ㅁ'으로 오인되기 쉽다는 것을 인정하지 않으려 한다. 판서였으면 더 했을 것이다. 그러나 아버지의 강의에 들어와서 마치 장학사처럼 팔짱을 끼고 앉아 이런저런 평가를 해댔을 아저씨를 생각하면 아버지의 분노가 이해된다. 아버지로서는 그렇게 '수준 낮은 자식'이라고 욕하는 수밖에 없을 것이다. 아저씨는 망국의 문화계 거물이다. 거물이라는 단어를 두고 나는 자연스레 큰엄마를 생각했다. 부모와 그 친구들이 거실에서 놀고 있을 때, 딱 한 번 큰엄마와 방에서 놀았던 적 있다. 부모가 돌아오면 큰엄마는 서둘러 일을 마무리하고 퇴근했었는데, 그날은 평소와 다르게 나와 더 놀아주었다. 큰엄마가 아니었다면 아저씨가 방에 따라 들어왔을 것이다. 그날도 아저씨는 나에게 말을 걸어댔고 자기가 만든 징그러운 가면을 보여주면서 "이거 써볼래?" 했으니까. 대답하지 않고 방으로 들어가려는 나를 따라왔던 적이 몇 번 있었다. 재빨리 방문을 닫았기 때문에 내 방에 들어오지는 못했지만. 그날 나는 방문을 쾅 닫고 침대에 앉아 "아빠는 저 아저씨 싫어해"라고 중얼거렸다. 그때 큰엄마가 나를 힐끗 보며 말했다.

"어른에게 그런 말 하면 못써. 저래 봬도 큰 인물이 될 거야."

결국 그렇게 되었다. 큰엄마에게 사람 보는 눈이 있었던 것 같다.

*

세상에 존재하지 않는 편지를 읽는 기분이었다. '1991년 라이너스의 악몽: 유령의 지침서' 작업 막바지였다. 날마다 너무 더웠다. 작업실이 있는 건물은 규정상 에어컨 설치가 허용되지 않았다. 나로선 처음 얻은 작업실이었고 그런 문제를 확인하지도 않고 덜컥 계약을 해버렸다. 아무리 환기를 해도 암실 냄새는 고약하기만 했다. 암실을 두기에는 적절하지 않은 건물이었다. 사진 작업을 할 것이라고 미리 밝혔음에도 건물주는 방을 뺄 생각만 하고 냅다 계약서를 써갈겼다. "이거, 싸워야 하는 건가? 에어컨 문제." 내가 말했을 때 그는 "그냥 두자" 대답했고 둘은 한참 담배만 피웠다. 그냥 두자, 그가 자주 하는 말인데 들을 때마다 정겹고 세상 근심이 잊혔다. 그와 함께 있을 때는 편했던 마음이 혼자 어두운 곳에서 한참 작업을 하다보면 우울해졌다. 그날 그와 예정에 없던 삼계탕을 먹고 덕수궁 돌담길에서 담배를 피우고 땀을 흘리며 한참 걷다가 미술관에 들어갔다. 한옥을 개조해 만든 미술관이었다. 앞마당에 작은 정원이 가꾸어져 있었다. 미술관에서는 사진전이 열리고 있었다. 프로그램과 기념품을 구경하는데 큐레이터가 퀴즈를 내는 소리가 들렸다.

"답을 맞히시는 분께 다음달 전시 프리패스권을 드립니다. 내니가 돌본 아이는 총 몇 명이었을까요?"

내니.

작가의 이름은 생소했고, 그가 생전 '내니', 보모라는 직업을 갖고 있었다는 사실 또한 그랬다. 평생 자신을 프로 작가라고 여겨본 적 없고 보모로 일하면서 몰래 사진을 찍었다는 것이었다. 사진전 제목은 다름아닌 '내니의 사생활'이었다. 그녀의 작업 결과물은 사후에 쓰레기장에서 발견되었다. 지금까지 발견된 것은 일부로, 그녀의 작업물은 방대할 것이라고 추측되었다. 사진학적으로 중요한 의미를 갖는 작품이 속속 발굴되는 중이었다.

예전 같았으면 '사진학적으로 중요한 의미를 갖는'에 방점을 찍었을 터였다. 단독 전시가 열릴 정도로 중요한 작가인데 전혀 모르고 있었다는 사실에 부끄러움과 분노를 느끼면서. 내가 요즘 공부를 덜하고 있다는 사실 역시 괴로운 마음으로 돌아보면서. 그러나 나를 움직인 단어는 오직 '내니'일 뿐이었다. 살아오면서 '내니'라거나 '보모'라는 단어에 관심을 가져본 적은 별로 없었다. 내게 그러한 직업이 나를 돌봐준 큰엄마의 직업과 동일하게 여겨지지 않았으므로. 그러나 '1991년 라이너스의 악몽' 작업을 시작하고부터 나는 거의 매시간 큰엄마를 생각했다. 그야말로 숨쉬듯. 나는 오직 큰엄마에게만 라이너스였기 때문에. 그녀 외엔 아무도 나를 라이너스라고 불러주지 않았다. 1991년부터 1994년까지 레닌그라드에서 나는 라이너스였다. 부모도 몰랐던 사실이다. 단둘이 있을 때만 큰엄마는 나를 라이너스라고 불러줬다.

내니, 라이너스, 1991년, 레닌그라드. 부모가 모르는 세계가 있다. 큰엄마에게도 내가 모르는 세계가 있었을 것이다. 내가 알고 있는 큰엄마는 오직 평일 오전 열한시부터 오후 여섯시까지 우리집에서 일하는 동안만의 큰엄마였으므로. 나는 '내니의 사생활'에 전시된 사진을 꼼꼼하게 들여다보았다. 사진마다 한참 머무는 나를 보며 그는 곧 첫 개인전을 준비하느라 치밀하게 전시의 면면을 살핀다고 여겼을 것이다. 라이너스의 악몽을 만들어준 사람이 누군지 그는 모른다. 1991년 토끼 인형을 안고 있는 나의 사진 속에는 당연히 큰엄마가 등장하지 않으므로. 그 사진들을 찍어준 큰엄마의 모습은 내 눈동자 속 말고는 어디에도 없다. '인민 라이카'로 불렸던 조르키 카메라로 내 사진뿐 아니라 이렇게 많은 사람들, 거리와 풍경, 아버지 표현에 의하면 '망국의 순간들'을 담아냈던 건 아닐까. 나는 '내니의 사생활' 작가가 거울에 비친 자신의 모습을 찍은 자화상을 보며 큰엄마의 얼굴을 떠올리려 했다. 그녀도 이런 허리 앞치마를 둘렀었다. 허리끈을 앞으로 두 번 감아 커다란 리본으로 묶고. 리넨 앞치마의 감촉이 좋아 큰엄마를 뒤에서 자주 안고는 했었다. 포니를 안은 채 큰엄마를 안으면 리넨 패브릭과 포니의 부드러운 감촉이 함께 느껴져 기분이 좋았다. 큰엄마가 포니를 빼앗아 들기 전 잠깐의 행복.

전시를 보고 돌아온 그날 밤이었다. JINA Yoon, 발신자의 이름이었다. 스팸메일을 하나씩 지워나가다 우연히 발견했다. 메일 서명란에는 그녀의 소속이 소상하게 밝혀져 있었다. Dal'nyevostochiniy gosudarstvenniy universitet…… 극동연방대학교 한국학과 교수 윤지나. 학교 연구실과 휴대전화 번호까지 적혀 있었다. 그녀는 내 이름을 부르며 친근하게 인사했다. 오랜만입니다, 유나양. 내 어머니의 표현에 따르면 라이너스. 홍선생님의 따님이시죠. 이십여 년의 세월이 흘렀습니다. 잘 지내셨나요.

이건 세상에 실재하지 않는 편지다. 나는 어떤 세계 속으로 돌연 휘말려 들어가 이 편지를 읽고 있는 걸까, 생각하다 문득 극동연방대학교를 검색해보았다. 블라디보스토크에 있는 종합대학. 블라디보스토크는 북한과 가깝다.

*

과거의 나를 지금의 나라고 과연 확신할 수 있을까요. 과거의 나는 그저 내가 조금 알고 있는 사람일 뿐, 그것의 물리적 실체나 영혼의 구성이나 모두 지금의 나와 동일한 존재라고 여기기는 힘들 것이라고, 나는 오랫동안 생각해왔습니다.

오랜만입니다, 유나양. 내 어머니의 표현에 따르면 라이너스. 홍선생님의 따님이시죠. 이십여 년의 세월이 흘렀습니다. 잘 지내셨나요. 나는 반백의 장년이 되었습니다. 오래전 그날 유나양을 만났을 때 나는 이십대 대학원생이었습니다. 유나양도 지금쯤 그때의 나만큼 성장했겠지요. 내 어머니가 한창 돌보던 사랑스러운 라이너스였을 때의 유나양을 기억합니다. 사실 라이너스라는 별명은 어머니가 아닌 내가 붙였던 것입니다. 어머니는 라이너스라는 캐릭터를 알지 못했죠. 『피너츠』라는 만화를 본 적도 없고요. 유나양을 만났을 때 손가락을 빨며 낡고 해진 토끼 인형을 부둥켜안고 있는 모습이 꼭 담요를 끌어안은 라이너스 같아 내가 붙인 별명입니다. 안녕, 유나야, 인사하는 나를 보고 겁먹은 당신이 어머니의 앞치마 자락을 붙들며 숨었죠. 그러면서도 고개를 빼꼼 내밀어 나를 관찰하는 모습이 사랑스러웠습니다. 훗날 전해듣기로 당신은 안경을 쓴 사람을 유독 무서워했다고 하더군요. 다섯 살 아이치고도 매우 순진하다고 생각했습니다.

아마 당신은 나를 기억하지 못할 겁니다. 우리는 딱 한 번 마주했을 뿐이었고, 당신은 고작 다섯 살 아이였으니까요. 내게는 그 시절이 바로 어제처럼 생생하지만 당신에게는 거의 기억조차 나지 않을 시기이리라 생각합니다. 다섯 살이었던 당신을 더욱 또렷하게 기억하는 사람은 당신 자신보다는 레닌그라드의 맨션에서 한 시간 남짓 함께 있었던 나일 수도 있습니다. 당신은 거실 구석에 앉아 토끼 인형의 귀를 매만지며 나를 물끄러미 바라보고 있었습니다. 내가 돌아보면 시선을 돌리며 모른 척했지만 당신이 계속 나를 지켜보고 있다는 걸 알 수 있었습니다. 그애 이름은 뭐야? 내가 인형을 가리키며 물었는데 당신은 대답하지 않았습니다. 나는 어린아이를 괴롭히려는 듯 몇 번이나 다시 물었고 어머니가 대신 대답해줬죠. 포니야. 그만 물어보렴. 그 말에 당신은 가만히 고개를 끄덕였습니다.

레닌그라드를 기억하나요?

당신 가족이 떠나고 난 후 그곳은 더욱 황폐해져갔습니다. 아이를 데리고 왔던 젊은 유학생 부부는 상상할 수 없을 만큼이나요. 당신 부모가 이후 몇 번이나 러시아를 방문했다는 건 알고 있습니다만, 실제로 레닌그라드가 어떻게 더욱 망가져갔는지 그들은 알지 못할 겁니다. 거기 살던 시절에도 몰랐을 테니까요. 그걸 아는 건 내 어머니죠. 나 역시 취직을 한 이후로는 그곳에 다시 가지 않았습니다. 당신 가족이 떠난 후, 내 어머니가 어디로 갔는지 궁금했던 적 있나요? 그런데 세상의 수많은 보모들은 어디로 갈까? 아이들이 다 크면 어디로 갈까? 보모의 운명이란 본래 시한부에 가까운 것이리라고, 당신 가족이 떠났을 때 나는 실감했어요. 당신 가족이 떠난 후 곧바로 나도 그곳을 떠나게 되면서 어머니는 레닌그라드에 혼자 남겨졌습니다. 다시 보모일을 할 수 없을 것이라는 걸 나는 알고 있었습니다. 또다시 당신만한 어린아이가 있는 가정을 찾을 수 없으리라는 걸. 애초에 어머니는 보모가 되어서는 안 되는 사람이었으니까요. 무지한 당신 부모 덕에 용케도 당신 집에서는 삼 년이나 보모 노릇을 했었지만요.

유나양, 나는 항상 진심으로 당신을 걱정했습니다. 일터인 가정에 절대 다른 사람을 들이면 안 된다는 규칙을 무시하고 당신 집에 찾아갔던 것도 그 때문입니다. 토끼 인형을 안고 손가락을 빨던 당신이 혹시 망가져가는 건 아닌지, 나는 정말이지 오랫동안 걱정했습니다. 어머니가 날마다 당신의 안부를 전해주는데도, 당신이 얼마나 착하고 사랑스러운 아이인지 힘주어 이야기하는데도요. 당신은 내 어머니가 보모로 고용되어 돌본 유일한 아이였습니다. 당신 가족이 떠난 뒤 우리는 약속한 듯 그 시절에 대해 이야기하지 않았습니다.

홍선생 내외가 어떻게 유학 시절을 갈무리했는지, 이후 어떻게 살았는지 나는 조용히 추적해왔습니다. 당신에 대해서는 알 길이 없으니까요. 당신이 건강하게 성장해서 언젠가 인터넷에 자취를 남긴다면 조용히 연락을 취하리라고, 내 어머니가 잘못한 것이 있다면 늦게나마 사과하리라고 오래전부터 마음먹었습니다. 그리고 당신은 모를 당신 부모 이야기도 전하고 싶었습니다. 몇 년간 거의 잊은 듯 살다가 얼마 전 당신의 이름을 검색했을 때 나는 드디어 성장한 당신의 모습을 확인할 수 있었습니다. 대학에서 미학을 공부했고 사진작가 데뷔를 앞두고 있다는 기사였습니다. 연출가이자 연극평론가인 당신 부모와 함께 찍은 사진을 봤습니다. 조부모 때부터 예술계에 몸담은 집안이라는 내용이 꽤 길게 실렸더군요. 당신이 아는지 모르는지 현재로선 알 길 없습니다만, 나는 당신을 불편하게 만들고 싶습니다. 미안한 마음과 더불어 갖고 있는 생각입니다. 과거의 나는 지금의 나에게 흐릿한 존재이지만 타인들은 분명히 기록되어 있으니까요. 당신 부모와 내 어머니, 그들이 어떻게 살았는지 말이에요.

*

포니를 언제 잃어버렸는지는 모른다.

레닌그라드를 떠나기 직전이었고 어머니는 매일 엄청난 양의 쓰레기를 혼자 들고 나가 버렸다. 날마다 폭설이 내렸고 어머니는 내가 쓰레기장에 따라나오지 못하게 했다. 어머니가 정신없는 틈을 타서 맨발로 따라나갔다가 발가락이 동상에 걸렸다. 그런 줄도 모르고 한참 어머니를 따라다니면서 쓰레기들을 구경했다. 낡은 옷과 내가 갖고 놀지 않는 장난감, 쓸모없는 잡동사니들 가득이었지만 책과 노트도 많았다. 그간 부모의 서재에서 봐온 것들이었다. 내가 만질까봐 높은 곳에 올려두고 아끼며 보던 책들을 미련 없이 버리는 모습이 이상했다. 보물같이 밤마다 끼고 살던 노트도 함부로 버려졌다. 쓰레깃더미 위에 소금같이 하얀 눈이 금방 쌓였다. 곧 한국에 돌아가야 하니까, 이제껏 해온 어떤 여행보다도 가벼운 차림으로 떠나야 하는 것 같았다. 물론 어머니의 책들은 일찌감치 한국으로 부쳐졌고, 그때 버린 책들은 아버지가 홧김에 버린 것이었으며 두고두고 후회했다는 건 나중에 알게 되었다.

귀국을 준비하는 통에 어느새 포니는 완전히 버려진 것이다. 한쪽 눈이 없고 여기저기 찢어져 상처투성이였지만, 붕대를 감고 반창고를 붙여 소중히 갖고 있었다. 나는 어린 시절 내내 부모와 싸울 때마다 그 이야기를 하며 부모를 탓했다. 발달기의 유년 시절 타지에서 남의 손에 자란 내게 그 물건이 얼마나 중요했는지 역설하는 나를 보며 부모는 한숨을 쉬어댔다.

나는 항상 포니를 안고 있었다. 큰엄마가 찍어준 사진에 기록되어 있듯. 배경과 주변 인물이 계속 바뀌어도 포니를 안은 우울한 표정의 나는 오려붙인 듯 동일하다. '1991년 라이너스의 악몽' 작업은 여기에서부터 시작되었다. 입꼬리가 축 처지고 들창코인 어린아이. 나는 수많은 어린이의 사진을 찍었다. 아이들의 사진 속 배경을 모두 암흑으로 처리하고 내 어릴 적 사진 속 포니를 아이들 손에 합성하는 기획이었다. 아이들에게 특별한 포즈를 요구하지도 않았고 사진의 분위기를 달리 연출한 적도 없다. 미끄럼틀을 타고 내려온 그대로 웃는 아이, 쪼그려앉아 혼자 흙장난을 하고 있는 아이, 대합실 의자에 어색하게 앉아 발끝을 보고 있는 아이…… 모델이 되어준 아이들 중 일부는 지인의 아이들이었지만 사진을 선물하지 못했다. 예상한 대로 너무나 기괴했기 때문이다.

사진을 찍을 때나 후작업을 하는 동안에도 꾸지 않았던 라이너스의 악몽이 다시 시작된 건 그녀의 편지를 받고부터였다. 큰엄마의 딸, 윤지나 교수의 편지. 나는 답장하지 않았다. 보관하는 것만으로도 불편해 몇 번이나 지우려 해봤지만 그래서는 안 될 것 같았다. 누군가 멋대로 내 어린 시절에 대해 지껄이고 있지만 나는 방어할 수 없다. 나는 정말로 그 시절에 대해 모르기 때문이다. 분명 레닌그라드의 열여덟 평 맨션에 대해, 거실 한쪽 벽면을 차지하고 있던 거대한 라디에이터와 곳곳에 깔려 있던 카펫의 모양새와 무늬의 디테일, 서재에 책들이 어떻게 꽂혀 있었는지, 그리고 어머니가 자주 쥐고 있던 북유럽 스타일 찻잔의 생김새까지 정확하게 기억하고 있었지만 정작 나에 대해서는 알 수가 없다. 내가 확신할 수 있는 것은 부드러운 포니의 감촉을 느끼던 순간의 나일 뿐이다. 포니에 볼을 갖다 대면 낡고 해져 반들반들한 면의 실오라기가 가만히 엉겨오는 듯했던 그 순간. 포니를 안고 어딘지 알 수 없는 컴컴한 오솔길로 접어들면, 검은 그림자가 나타나 자신을 뒤따라오라고 손짓한다. 나는 그것을 유령이라 불렀다. 땅바닥에 누워 있어야 할 그림자가 일어나 걸어간다는 게 이상하긴 했지만 무섭기보다는 다정스러웠다. 나는 따라가기만 하면 되었으므로. 오랜만에 그 꿈을 꾼 것이다. 한국에 돌아온 후 단 한 번도 꾸지 않았던 꿈을. 레닌그라드라는 단어를 들으면 단번에 요약되는 유년 시절, 라이너스의 악몽. 서울의 사진작가인 나는 오래전 그 시절을 뛰어넘어 이제 꿈의 결말을 알고 있다. 결국 악몽이라는 사실마저도. 그와 나는 각자 작업했고 나는 그의 작업실에서 잠들었다. 그가 거실에서 자고 있었다. 땀에 젖어 깨어난 나는 차라리 그에게 안기고 싶었다. 거실에 널려 있던 작업물이 내 것이 아닌 듯 낯설었다.

앞장서 걸어가던 유령은 돌연 내게서 포니를 빼앗아 들고 작고 날카로운 면도칼로 포니를 북북 찢는다. 내 눈앞에 들이밀면서. 그 시절 나는 거의 매일 울음소리를 내면서 깨어났다. 매번 같은 결말인데도 꿈이 시작되면 잊어버렸다. 이건 꿈이라고 스스로를 위안하거나, 이제 내가 이미 알고 있는 무서운 꿈이 시작될 예정이니 이만 깨어나라고 스스로를 다그칠 수 없었다. 나는 매일 유령이라고 이름 붙인 그림자에게 시달리는 꿈을 감당해야만 했던 것이다. 큰엄마가 없었다면, 큰엄마의 자리에 그녀가 아닌 다른 누군가가 있었다면 나는 버텨낼 수 있었을까. 나는 큰엄마가 아닌 다른 보모를 상상할 수 없다. 부모는 내가 매일 악몽을 꾼다는 걸 몰랐다. 꿈을 꾸다 종종 갑자기 깨어나기도 했는데 온몸이 땀에 흠뻑 젖어 있었고 나는 속수무책 다시 잠에 들었다. 아버지나 어머니에게 땀을 흘렸다거나 울었다거나 말하면 믿어주지 않았다. 아침이면 거짓말처럼 땀과 눈물이 다 말라 있었기 때문에. 그러나 출근한 큰엄마는 간밤의 일을 다 알고 있다는 듯 옷을 갈아입혀주었고 이불보를 걷어 햇볕에 말렸다. 나는 그때 생각했다. 꿈에 나타나는 유령은 큰엄마가 아닐까.

내게 유령보다 더 무서웠던 건 아저씨가 가끔 보여주곤 했던 반가면이다. 부모의 유학 시절 앨범을 훑어보다 클래스메이트 전원이 각양각색 반가면을 쓴 괴상한 사진을 발견했다. 아버지는 내게 그것이 '코메디아 델라르테'라는 즉흥극 수업 때 찍은 사진이라고 알려주었다. 직접 자신의 가면을 제작해 연기하는 실습 수업이었다. 어머니의 회고에 따르면 그때부터 레닌그라드 연극원도 변화하기 시작했던 것이다. 이탈리아 연극, 그리스 연극, 일본 연극을 폭넓게 수용하는 방식으로. 부모는 모두 이론 전공이었지만 그 수업은 연극원의 필수과목이었다고 했다. 얼굴을 전부 가리는 가면이 아니라 입을 보이도록 하는 반가면을 석고로 직접 제작하여 고정된 역할을 연기한다. 코메디아 델라르테의 핵심은 대본 없이 간단히 제시된 정황을 참고하여 배우가 직접 극을 만들어가는 것이다. 등장인물은 모두 전형적인 인물들이며 배우 자신의 성격에 맞는 역할을 맡는다. 가령 '늙은 베니스의 상인' 같은 우스꽝스러운 부자 영감, 판탈로네. 지식을 쌓았으나 쓸 곳을 찾지 못해 아무때나 격언과 철학적 언설을 늘어놓아 놀림감이 되곤 하는 엉터리 박사, 도토레. 누구보다 용맹스럽다는 것을 자랑하지만 겁쟁이임이 드러나고야 마는 군인, 카피타노. 꾀가 많고 재주가 넘치는 사랑스러운 하층 계급 노동자, 아를레키노…… "엄마는 누구야?" 모두 반가면을 쓴 단체 사진에서 나는 부모를 찾아내려 애썼다. 부모는 헛웃음을 지으며 자신들은 사진 속에 없다고 했다. "우리에겐 가면이 없었어. 우리는 연인 역할을 맡았기 때문에." 아버지는 얄궂게 킬킬거렸다. 아버지의 설명만으로는 믿기지 않아 나는 관련 교재를 서재에서 찾아 읽어보았다. 판탈로네, 도토레, 카피타노, 아를

레키노 등과 같은 전형적 인물로서 한 쌍의 '연인Innamorati'이 있다. 극에서 유일하게 희화화되지 않는 진지한 인물들이다. 외모가 훌륭한 양갓집 귀한 자식들. 그러므로 아름다운 외모를 뽐내기 위해 가면을 착용하지 않는다. 연극원 전체에서 유일한 커플이었으며 역할에 걸맞은 잘난 외모를 뽐냈던 부모는 숙고해볼 겨를도 없이 연인 역할을 맡았고 그러므로 가면을 제작할 필요가 없었다는 것이다. 사진은 가면 제작이 완료된 날 촬영한 것이었고 부모는 사진의 통일성을 고려해 프레임 바깥으로 제외되었다고 했다.

"가면을 몇 번이나 들고 와서 보여주던 아저씨는?" 자연스럽게 이어진 궁금증이었다. 아버지의 표정이 거북스러운 듯 일그러졌지만 익숙한 일이었으므로 나는 계속 물어봤다. "아저씨는 무슨 역할을 맡았어?" 어머니가 대신 대답해주었다.

"그거야 마치 운명같이, 카피타노. 그 자식에게 딱 맞는 역할이었지."

아저씨의 가면이 유독 징그러웠던 이유는 그가 맡은 역할이 극중 가장 그로테스크한 캐릭터인 카피타노였기 때문이었다. 고대 희극의 허풍쟁이 밀레스 글로리오수스의 후계자이자, 잔혹한 용병이자, '지옥 계곡에서 온 무시무시한 살인마'이기도 하지만, 무엇보다 카피타노는 허풍을 일삼는 거짓말쟁이다. 그의 복장은 거대한 주름 옷깃과 부채꼴 모양의 구두 등으로 과장되게 표현된 군복이었으며, 가면에는 피부색과 같은 색을 칠하고 거대하게 튀어나온 코를 붙였다. 아저씨가 내 눈앞에서 덜렁덜렁 흔들며 써볼래, 마치 놀리듯 말했던 가면은 바로 카피타노의 가면이었다. 그것이 평범한 가면이 아니었다는 게

묘하게 다행스러웠다. 아무리 어린아이라지만 아무 물건이나 보고 겁을 먹은 게 아니라는 점 때문이었을까.

부모의 설명과 교재의 주석을 참고하여 나는 카피타노 캐릭터의 전형성을 이해했다. 어머니의 표현대로 운명같이, 아저씨는 지금 문화계 거물이자 진보 지식인과 시민들의 욕을 배부르도록 먹는 '지옥 계곡에서 온 변절자'였다. 아저씨는 레닌그라드 연극원을 마친 후 승승장구했고 한국에 돌아와 최연소로 모교 교수직에 임용되었으며 곧 정계에 입문했다. 십 년 전이나 지금이나 아저씨는 여당 정치인이다. 정권이 한 번 바뀌었지만 아저씨의 당적도 바뀌었기 때문이다. 아저씨의 고향인 지역구에서는 당적이 바뀌었어도 그를 뽑아주었다. 뿐만 아니라 아저씨는 현 정권 실세였다. 당적을 바꾼 사실만으로도 변절이라 욕먹기 충분한데, 아저씨는 남들과는 다르게 특별한 방식으로 변절을 했다. 그의 전공처럼 드라마틱하게 변절한 것이다. 부모는 그 자식과 동기라는 것이 정말이지 부끄럽고 민망한 일이며, 사람들이 그를 '요즘 실세'라고 언급할 때마다 지나온 시절 전부를 모욕당한 기분이 든다고 했다. 특히 아저씨의 대표작이라 할 수 있는 그 작품을 언급할 때마다. 당시 정권 말기 레임덕 시기, 아저씨가 당적을 바꾸자마자 대학로가 아닌 여의도에서 올린 연극 〈뻐꾸기 아저씨〉 이야기다. 당시 대통령을 성적인 모욕까지 곁들여 풍자한 작품이었고 아저씨는 지금의 여당이자 당시의 야당이었던 모 정당 소속의 국회의원들을 배우로 무대에 올렸다. 부모는 그때나 지금이나 정치색이 선명하지 않은데, 그 작품은 풍자의 대상이 된 대통령의 지지자들뿐만 아니라 상식이 있는 시민이라면 누구나 어이없어할 만한 작품이라고 했다. 강자가 아닌 자를 욕하는 건 풍자가 아니며 레임덕 시기에 대통령을 욕하는 건 쫄보라도 할 수 있는 일이라며 아버지는 코웃음을 쳤다. 게다가 내가 정말 참을 수 없었던 건, 하고 어머니가 거들었다.

"유학까지 다녀온 자식이 연출한 극이 도저히 못 봐줄 수준이라는 거야."

언젠가 나도 유튜브에 올라온, 그 작품을 녹화한 영상을 본 적이 있다. 배우가 업이 아니라 할지언정 국회의원들의 연기는 정말이지 형편없었고, 일차원적인 비유와 소름 끼치는 욕설이 가득해서 불쾌했다. 그 욕은 '뻐꾸기 아저씨'인 당시 대통령이 아닌, 그저 관객을 기분 나쁘게 할 뿐이었다. 아저씨가 어쩌다 이렇게 망가져버린 걸까. 친구들의 말을 얌전히 경청하는 예의바른 청년이자 촉망받는 젊은 연극학도였던 아저씨를 나도 목격한 바 있다. 그러나 1991년 언제쯤, 지금은 없는 레닌그라드에서의 이야기다.

*

유나양의 답장을 기다리지는 않았습니다. 과연 읽기는 할까, 생각했었지요. 메일함을 확인해보니 새벽녘에 읽었다고 나오더군요. 오히려 마음이 편합니다. 내가 오랫동안 상상해왔던 소통의 방식이 이런 것은 아니었지만. 나도 망가졌으니까요. 레닌그라드로부터 도망치기 위해, 가난한 내 부모로부터 도망치기 위해 그저 달려오기만 했습니다. 나도 짓밟았겠죠. 레닌그라드의 남은 모든 것. 타슈켄트, 키질로르다, 두샨베, 비슈케크의 모든 것을. 나는 사할린에서 성공을 거둔 몇 안 되는 고려인의 자식이었고, 미래가 기대되는 지식인 사회의 일원이었으니까요. 망국 이전의 일입니다.

당신 부모를 포함한 남한 유학생들을 처음 만났던 날을 기억합니다. 당시만 해도 나는 앞날을 향해 굳센 믿음을 갖고 나아가던, 레닌기치의 특파원이었습니다. 이제는 영영 사라진 레닌기치는 고려인들의 우리말, 한글로 제작되는 신문이었습니다. 소비에트 연방의 어디에서나 볼 수 있었죠. 나는 레닌그라드의 지식인으로서 그 신문에 다방면의 학술 정보를 보내주었고 칼럼도 연재했어요. 남한 유학생들을 만나러 간 것도 그 때문이었습니다. 그해 레닌그라드 연극원에 다수의 유학생과 한국인 초빙교수가 왔습니다. 나로서는 남한 유학생들, 아니 남한 사람을 처음 만나는 것이었습니다. 그들은 남한에서 연출과 연극이론을 전공한 수재들이고, 모두 부유한 집안 자식들이었습니다. 나는 조금 허탈했습니다. 바보같이, 나는 예술을 하는 젊은이들에 대한 환상을 갖고 있었거든요. 가난하지만 열정적인 사람들, 돈이 없어도 배부를 수 있는 사람들. 감옥에서 죽고, 거리에서 죽고, 맞아 죽고, 요절한 수많은 근대의 예술가들 대부분이 만석지기 지주의 자식이었다는 걸 배워서 잘 알면서도 말이죠. 그래요, 내가 가진 환상은 환상일 뿐이라는 걸 알고 있었습니다. 그러나 나는 적어도 그들이 진지한 사람들이리라는 믿음을 갖고 있었죠. 그들이 부잣집에서 태어나 타국에서 공부를 할 수 있는 건 그들 자신이나 부모들이 잘난 덕이 아니라, 기층 민중에게 빚을 지고 있기 때문이라고. 적어도 그들이 그런 생각을 갖고 있으리라고 믿었습니다. 그들이 처음 보는 소련의 동포들을 가난하다는 이유로 그토록 무시하고 짓밟을 줄 누가 알았겠습니까.

나는 당신 부모의 러시아어 과외 선생이었습니다. 레닌기치의 일로 만나게 되어 인연을 맺었죠. 당시 나는 가난했습니다. 정말 찢어지게 가난했어요. 아버지는 직업을 잃었고 연금조차 받을 수 없게 되었습니다. 자유화 이후 백배쯤 뛰어버린 물가에, 아마 그건 겪어보지 않은 누구도 상상할 수 없을 겁니다. 빵 한 조각도 제대로 사먹을 수 없는 상황이었어요. 나는 매 학기 장학금을 받았고, 생활비와 도서구입비까지 장학금 명목은 다양했지만 자유화 이후에는 턱없이 부족한 돈이었습니다. 그런 나도 체감하는 불황이었으니 다른 사람들은 어땠을까요. 수많은 노동자들이 굶어 죽었습니다. 나를 따라 레닌그라드에 온 어머니의 생활 역시 비참해져갔습니다.

그때 어쩌면, 당신 부모는 내게 잠시나마 구원이었는지도 모르죠. 처음 만난 날 당신 어머니가 내게 통역을 부탁했고, 그것을 계기로 나에게 러시아어 수업을 부탁했습니다. 한국에서 몇 년 동안이나 러시아어 공부를 했었고, 지금도 어학원을 다니는 중이지만 러시아어의 장벽은 너무나 높다고 한탄하면서요. 나를 만나게 되어 기쁘다고 말했습니다. 그때 당신 아버지의 천진난만한 한마디. "반반이니까 잘됐네요!" 나는 귀를 의심했습니다. 반반. 그게 설마 나를 뜻하는 말이리라고는. 모욕을 받은 기분이었지만 내가 '반반'이 아니라면 또 무엇이겠는가, 생각하기도 했습니다.

당신 부모는 나와 자주 만나기를 원했습니다. 나는 일주일에 몇 번씩이나 레닌그라드 연극원에 찾아갔죠. 우리는 만나는 동안에는 러시아어로만 대화했습니다. '진짜 러시아 사람'이랑 있을 때는 눈치가 보이고 불편해서 입이 트이질 않았는데, 나를 만날 때는 편하다고 당신 어머니가 그랬습니다. 우리는 길에서, 카페에서, 술집에서, 또 많은 시간을 교정에서 이야기를 나눴죠. 당신 부모가 어려운 과제를 받거나 발표에 참여하기 전에는 특별히 많은 시간을 내어 러시아어 페이퍼를 번역해주기도 했습니다. 그 일을 하면서 내 생활은 조금, 굶어 죽지 않을 만큼 나아졌습니다. 당신 부모의 부모가 보내주는 돈이 내게도 주어졌으니까요. 그때 나는 당신 부모가 영영 한국으로 돌아가지 않기를 바라기도 했습니다. 그들이 영영 러시아어를 유창하게 하지 못하게 되었으면 하고 바란 것도 물론이지요. 그러면서 나는 당신 부모에게 애정도 가졌습니다. 가끔 내가 건네는 레닌기치를 보며, 한글로 된 건 읽지 않는다고 단호하게 말할 때마다 느껴지는 거리감도 견딜 만한 것이었습니다.

이 대목에서 당신은 내게 묻고 싶은 것이 있겠죠?

그래요. 내 어머니, 당신이 '큰엄마'라고 불렀던, 당신의 보모. 내가 당신 부모의 러시아어 선생이 되는 동시에 내 어머니는 당신의 보모가 되었죠. 당신 부모는 그만큼 나를 믿었던 겁니다. 물론 우리가 그들과 같은 생김새에, 한국어를 구사할 줄 안다는 것이 중요했겠지만요. 그래요. 내게도 죄가 있습니다. 오랫동안 나는 당신 부모가 떠올라 분해질 때마다 그 사실을 함께 생각하면서 위안하려고 했습니다. 내 어머니가 어린 시절 나를 학대했었다는 사실을 숨긴 것 말이지요. 내 어머니는 아동 학대범이며, 누구의 보모도 되어서는 안 된다는 것을요. 그러나 나나 내 어머니나 가난했습니다. 정말로 빵 한 조각 사 먹기 쉽지 않을 만큼요.

*

그는 뭐든 만들어낸다. 보물처럼 아끼는 재봉틀과 마법 같은 손바느질로. 크고 작은 파우치와 천 가방, 컵을 받치는 코스터, 바닥에 깔고 벽에 걸어둔 카펫과 커튼, 수틀 모양의 액자, 화장실 앞에 깔아둔 발 매트도 전부 그의 작품이다. 그는 자신의 마스코트와 같은 선인장 캐릭터를 작품마다 달아둔다. 그가 있는 곳에는 다양한 종류의 패브릭 원단이 쌓여 있다. 면, 거즈, 아사, 옥스퍼드, 캔버스, 리넨, 라미네이트가 그의 손을 거치면 앙증맞은 선인장을 단 작품으로 다시 태어났다. 선인장 캐릭터는 곧 그의 예명이었다. 그의 작품을 고정적으로 주문하는 고객이 늘어나고, 그의 선인장이 대체될 수 없는 브랜드가 되어가는 과정을 나는 오랫동안 지켜봤다. 서울 변두리 지역에 일상예술협동조합, 생활창작가게 등이 늘어나면서 그는 자리를 잡아갔다. 그가 부러웠다. 나에게는 작가로서 성공할 수 있을지에 대한 확신이 없었다. 작품을 만들어온 경력으로나 업계와 소통한 경력으로나 그와 비교할 수 없었지만, 데뷔를 앞두고 나는 비관에 빠졌다. 나는 어떤 작가로 남을 수 있을까. 대체될 수 없는 단 한 사람의 작가가 될 수 있을까. 연애를 끝내고 몇 년간 만나지 않던 그와 작업실을 합치기로 한 데는 그런 이유도 있었다. 분야는 달랐지만 작가가 된다는 게 어떤 의미인지 그를 통해 알고 싶었다. 사실 핑계일 뿐이었지만. 나는 그의 곁에 머무르고 싶었다. 다시 만나 친구가 되기로 약속하면서, 나로서는 여전히 남아 있는 그에 대한 미련을 현명하게 관리하고 있다고 믿었던 날들이 있었다. 모든 것이 한꺼번에 무너졌다. 전시를 본 그날 그녀의 편지를 받고 다시 라이너스의 악몽으로 돌아가면서.

"닭 먹으러 안 갈래?"

일인분에 만오천원이나 하는 삼계탕집이었다. 덕수궁 돌담길에서 데이트하는 연인들을 보며 가만히 서 있는데 그가 나타나 어깨를 툭 쳤다. 가자, 하고 그는 앞장서 걸었다. 여전히 하얀 면티를 좋아했다. 마흔이 다 되었지만 이십대 때와 다름없이 건강하고 다부져 보였다. 헤어지고 다시 만나고를 거듭하던 시절이었다면 저 등을 만져보고 싶다는 충동에 휩싸였을 것이다. 그 충동 때문에 쇄골 밑이 근질거렸을 것이다. 하지만 그런 충동은 들지 않았다. 앞장서 걷는 그를 따라가며 느린 내 걸음을 여전히 배려해주지 않는구나, 하긴 그럴 필요도 없지, 생각했을 뿐이다. 식당 자리에 앉아 그는 손으로 부채질을 했다. 볼캡을 써서 그런지 옛날처럼 젊어 보였다. 동그란 모자챙을 만지작거리다 그는 점원이 가져다준 물수건으로 뒷목을 닦기 시작했다. 옛날에도 저랬나.

"옛날에도 그랬나?"

나는 말해버렸다. 그가 찬물을 들이켜며 뭘, 하고 물었다.

"옛날에도 그렇게 아저씨같이 물수건으로 뒷목 닦고 그랬냐고."

내 말에 그는 웃음을 터뜨렸다. 과거 골목길에 좌판을 벌여놓고 하루종일 손님을 기다린 날, 그는 아이처럼 울었다. 쪼그려앉아 주먹으로 눈물을 훔치며 서럽게 울었다. 그가 얼마나 많은 순간 가슴을 졸였는지 나는 똑똑히 봤다. "어, 선인장이다!" 외치는 어린아이, 아이의 손을 잡아끄는 부모들 앞에서. 가방이며 코스터 따위를 들었다 놨다 하며 한참을 구경하던 일행들 앞에서. "다 직접 만드신 거예요? 와,

손재주 장난 아니다" 하며 끊임없이 말을 걸던 사람들 앞에서. 누군가 좌판 앞에서 잠시 발길을 멈추기만 해도 그는 긴장했다. 여름이었고 그는 하얀 면티를 입고 있었다. 연신 땀을 흘리던 그가 숨을 몰아쉴 때마다 나는 안쓰러운 마음으로 그를 쳐다봤었다.

처음 좌판을 벌인 그날 그는 아무것도 팔지 못했다. 주황색 가로등 불빛 아래서 우리는 땅바닥에 아무렇게나 주저앉아 아이스크림을 먹었다. "내가 사줄게." 나는 그가 만든 가방과 손수건을 샀다. 가끔 패브릭 소품을 만들어 선물해주던 그였지만 그날은 정당한 비용을 지불하고 그의 작품을 구입했다. 세월이 흐르면서 그가 준 선물을 제법 잃어버렸지만 그날 구입한 것들만큼은 지금도 항상 손이 닿는 곳에 있다.

방 두 개짜리 빌라를 작업실로 얻은 후, 나는 냄새나고 더러운 암실에서 작업을 하다 피곤해지면 그가 쓰는 작업실에서 잠을 잤다. 내가 피곤하다고 하면 그는 군말 없이 자신의 작업실을 비워주었다. 그도 피곤해지면 거실에서 침낭을 깔고 잠을 잤다. 윤지나 교수의 편지가 자꾸 오는데, 나는 그것을 방어할 수가 없었다. 시간을 거슬러 레닌그라드에서 오는 유령의 지침서. 나는 어디로 가야 하는 걸까. 거실에서 잠든 그를 훔쳐보며 곁에 가서 눕고 싶은 충동이 갈수록 심해졌다. 작업실 문에 달아둔 아기자기한 발 너머 누워 있는 그를 바라보면서 나는 발을 굴렀다. 바닥이 차가웠다. 문지방에 발을 올렸다 내리면서 나는 언젠가 어머니가 해준 이야기를 떠올렸다. 리미널리티…… 지금 이걸 넘어가면 끝나는 것이다, 관객이 문지방을 넘어 극이 주는 감정적 변이에 완전히 빠져들 때, 그때부터는 어떤 이성도 마비된 채 작가의 의도에 휘말려드는 것이다, 그것이 설령 매우 위험한 의도라 할지라도. 지금 이 순간을 위해 준비된 이야기처럼 토씨 하나 틀리지 않고 기억났다. 그는 옛날 애인일 뿐이고 우리는 옛날로 돌아가지 않기로 약속했다. 문지방을 넘어 몇 발자국 걸어가 그의 곁에 누워버리면 모든 것이 망가져버리는 것이다.

지금은 만질 수 없는 옛날 애인이란 뭘까.

기억나지 않는 유년 시절의 나란 뭘까.

나는 새벽 내내 문지방을 넘어가지 않으려 애쓰며 그것에 대해 생각했다.

*

내 어머니에게 다그쳐 묻고 싶었던 순간이 있었습니다. 아니, 꽤 많았습니다. 홍선생 아이를 제대로 돌보았느냐고. 나에게 그랬던 것처럼 폭력적으로, 비위생적으로, 비열하고 잔인하게 굴지 않았느냐고. 방바닥을 닦던 걸레로 아이 코밑을 훔치고, 벌겋게 튼 아이 얼굴을 꼬집고, 가늘고 부드러운 머리카락을 하나씩 뽑아대고, 벌거벗긴 채 벌을 세우고, 일부러 손날을 세워 가랑이를 씻기고, 눈앞에서 카메라 플래시를 터뜨리는 일 따위 하지 않았느냐고요. 가위나 칼을 건넬 땐 손잡이 쪽으로 돌려 내밀어야 한다고 가르칠 때, 일부러 날 끝을 자기 가슴에 바짝 당겨서 아이를 겁주지는 않았는지. 아이 물음에 대답하지 않고 아이가 건드려도 죽은 척 꿈쩍도 하지 않으며 아이가 눈앞에 보이지 않는다는 듯이 행동하지는 않았느냐고. 어머니는 그게 왜 학대인지 끝내 이해하지 못했죠. 홍선생과 그의 아내를 원망하다못해 그들을 저주할 때도 나는 유나양을 걱정했습니다. 나의 저주가 어머니의 학대로 전이되는 것은 아닌지, 나는 그것을 걱정했습니다. 어머니는 내게 일어난 일을 알지도 못했지만요. 용기를 내서 홍선생에게 유나양을 전일제 유치원에 보내면 어떻겠느냐고 말하기도 했습니다. 유나양은 당시 일주일에 삼 일 외국인 유치원에 갈 때를 빼고는 대부분의 시간을 어머니와 함께 보냈으니까요. 홍선생은 내 말을 무시했습니다. 시국도 어수선한데 아이를 바깥에 내돌리고 싶지 않다면서요.

유나양은 내가 변명하고 있다고 생각하겠죠. 유나양이 기억하든 그렇지 않든 유나양이 위험한 상황에 방치되도록 적극적으로 협조한 사람이 바로 나인데, 순전히 자신의 죄책감을 덜기 위해 이런 식으로 과거를 소환해서 변명하고 있다고요. 걱정했었다고 말하면 과거의 잘못이 덜어지기라도 할 것처럼 말이죠. 아뇨, 나는 그렇게 생각하지 않습니다. 나는 유나양 부모가 이런 방식으로라도 용서를 구하기를 원합니다. 이렇게 구질구질한 변명이라도 제발 해주기를 바랐어요. 그때 진심으로 나를 걱정했노라고, 내가 치유되기를 바랐다고, 그렇게 말해주기를 바랐습니다. 당시에 못했다면 늦게나마 편지라도 보내주기를요. 사람들은 내게 사과 따위는 아무 필요 없다고 말하지만, 나에게는 그것이라도 필요했습니다. 미안하다는 말을 아무도 해주지 않았으니까요.

당신 부모는 억울하다고 말할 수도 있을 겁니다. 그들은 직접적인 가해자가 아니니까요. 홍선생 내외는 내게 빵 한 조각이나마 사먹을 수 있는 돈을 줬고, 우리 어머니까지 보모로 고용해 굶어 죽지 않게 해줬어요. 자유화 이후 동지들 대부분이 발길을 끊었던 카페와 술집에 종종 들러 커피와 맥주를 맛볼 수 있었던 것도 분명 당신 부모 덕분이지요. 그러나 그랬기 때문에 내가 그 끔찍한 가면을 쓴 인간에게 강간당해야 했던 것도 사실입니다. 누런 얼굴에 주먹코가 덜렁이는 가면, 얼굴의 나머지 반은 온전히 그 인간 것이었습니다. 시간이 지나도 도무지 잊을 수가 없네요. 다른 건 다 잊어도 그 가면의 형상만큼은. 그는 짧은 러시아 말로 계속 지껄였는데 나는 알아듣지 못했습니다. 태어나 자라온 내 고장의 말인데도요. 오히려 나는 반쪽짜리 모국어만 정확하게 알아들을 수 있었어요. 악마가 돈을 건네며 했던 말, 이걸로 밥이나 사 드세요, 오늘 고마웠습니다. 치 떨리는 한국어였죠. 당신 어머니는 내게 한국어로 말했습니다. 선생님, 그걸 저희한테 이야기하시면 어떡하란 말씀이세요, 저희는 여기서 아무것도 할 수 없잖아요, 그 친구는 모교 학과장의 아들이에요, 힘없는 유학생인 저희더러 어떤 불이익도 감수하고 그의 처벌을 위해 애써달란 말씀이세요.

곧바로 유나양도 내 어머니와 헤어지게 되었죠. 그리고 모두 한국으로 돌아갔습니다. 아무 일도 없었던 것처럼 레닌그라드엔 다시 추운 봄이 왔습니다. 나는 그 시절로부터 도망치기 위해 이를 악물고 지금까지 달려왔습니다. 결국 달라진 건 아무것도 없지만요. 내 어머니는 당신이 늘 가지고 다니던 토끼 인형을 챙겨왔습니다. 여덟 살이 된 당신이 싫증나서 버린 거겠죠. 한쪽 귀에 붕대를 감고 한쪽 눈에 반창고를 붙인 가여운 토끼 인형, 포니. 붕대를 감아주고 반창고를 붙여줄 정도로 애지중지 아꼈던 애착인형을 버리고, 당신은 아무것도 모른 채 레닌그라드를 떠나고, 한국에 돌아가 초등학교에 입학했을 겁니다. 아이는 분명 함께 있었는데도 거기에서 무슨 일이 벌어졌는지 모른 채 어른들이 주는 밥을 먹고 길러지기만 하죠. 토끼 인형처럼 무력하죠.

*

도록을 쓰며, 글쓰기가 이토록 어려운 일이라는 사실에 놀랐다. 오랫동안 생각해온 바가 분명하니 앉은자리에서 술술 써내려갈 수 있을 줄로만 알았다. 제목을 정하는 것도 너무나 어려운 일이었는데, 작가로서의 포부를 밝혀야 한다니 어떤 문장도 다 성에 차지 않았다. 분명 내가 쓴 것인데 어떤 문장도 내 것 같지 않았다. 나는 오려붙여 합성한 포니를 들여다봤다. 여기 있는 포니는 전부 복제다. 큰엄마가 찍어준 사진 속 포니가 디지털 이미지로 스캔되고 복사되어 수많은 어린이들의 사진에 합성되었다. 아날로그 방식으로 촬영된 아이들의 사진이 디지털 후작업을 통해 완성되는 과정. 아버지는 내 작품을 두고 '족보 없는 사진'이라 말하며 웃었다. 나는 부모에게 포니의 원본이 담겨 있는 사진이 큰엄마가 찍어준 사진이라는 이야기를 굳이 하지 않았다. 부모는 착각하고 있을지도 모른다. 사진을 찍어준 사람이 자신들일 것이라고. 사진을 찍은 카메라는 조르키가 아니라 아버지가 애지중지한 라이카일 것이라고. 나는 가을로 접어들 무렵까지 도록에 넣을 글 한 줄도 쓰지 못했다.

그가 작업실을 새로 얻어 나가겠다고 선언한 날은 윤지나 교수의 마지막 편지가 도착한 얼마 후였다. 당시만 해도 나는 그 편지가 마지막이 되리라고 짐작하지 못했다. 편지는 간헐적으로 도착했고, 주기도 일정하지 않았으므로 나는 메일함을 열 때마다 긴장해야 했다. 그녀는 내가 편지를 읽는다는 것을 의식하고 있는 듯했으나 굳이 그것을 숨기고 싶지는 않았다. 읽었음에도 답장하지 않는 행위의 의미에 대해서 숙고하기에는 그즈음 나는 너무 지쳐 있었다.

아저씨가 여당 대표로 선출된 날, 아버지는 밤새 독주를 마셨다. 아저씨가 모교 교수로 임용되고 아버지와 어머니는 여전히 시간강사였을 때, 아저씨는 아버지 강의를 평가한다는 이유로 청강을 했다. 그날 아버지에게 수많은 학생들이 격려를 보냈다고 했다. "선생님, 힘내세요. 저희는 선생님 편입니다." "실력은 없는데 배경만 빵빵한 교수 따위 저희는 신뢰하지 않습니다." 아버지는 그 말들이 더욱 치욕스러웠다고 술회했다. 아저씨가 어머니는 무시하지 못하는 이유도, 학생들이 자기 앞에서 대놓고 아저씨를 욕하는 이유도 전부 같다고 했다. "나한테는 학위가 없기 때문이지. 만약 내게 조금이라도 힘이 있었다면 학생들이 마음놓고 그 자식을 욕할 수 있었을까?" 아버지의 열등감은 내게 타당하게 여겨졌다. 나는 아버지의 정당한 열등감을 인정하며 성장했다. 그러므로 이제 와서 부모의 잘못을 내가 따져 물을 수 있을까.

그에게 이렇게 물었다.

"그럼 나는 공범일까."

그는 윤지나 교수의 마지막 편지를 나와 함께 읽어주었다. 그는 한숨을 쉬었다. 그의 대답은 뜻밖이었다.

"너는 피해자야."

그는 내게 편지에 나온 내용이 전부 사실이냐고 물었다. 나는 질문을 잘못 알아듣고 내가 그걸 어떻게 아느냐고 대답했다.

"여기 나온 대로, 보모가 너를 학대했느냐고."

나는 어이없어하며 대답했다.

"전혀. 그건 큰엄마 딸의 과도한 추측일 뿐이야. 자기가 당한 대로 나도 당했을까봐 걱정했겠지만 나는 그런 일을 당한 적 없어. 큰엄마는 좋은 사람이었어."

"그러면 인형은?"

나는 그 질문의 의미도 조금 늦게 알아차렸다. 그랬다. 포니의 귀에 감긴 붕대와 눈을 가린 반창고. 내 몸의 일부처럼 아꼈던 애착인형이 왜 그렇게 되었는지. 나는 사실 알고 있었다. 라이너스의 악몽은 현실을 복사한 꿈이었다는 걸. 나는 숨김도 보탬도 없이 진심으로 대답했다.

"그땐 슬펐지만 지금은 괜찮아."

그는 말했다.

"보모 딸은 너와 다르네. 너는 괜찮아졌는데, 그녀는 괜찮아지지 않았네."

나는 그 말에 흠칫 놀랐다.

애초에 그가 어떤 마음으로 나와 작업실을 함께 쓰겠다고 했는지 나는 영영 알지 못할 것 같았다. 그는 왜 잠시 머물렀다 간 것일까. 그즈음 밤새 작업을 할 때마다 잠든 그를 훔쳐보는 인기척을 느끼기라도 한 것인지, 어린 시절의 어두컴컴한 이야기를 진지하게 했기 때문인지, 마지막 편지를 읽고 나눈 대화가 문제였는지, 나는 알지 못한다. 그는 자신의 짐을 정리했다. 그가 이사하는 날 나는 일부러 다른 곳에 가 있었다.

—지금 출발한다. 안녕. 또 보자.

그의 문자를 받고도 한참 후에 귀가를 했다. 문을 열자마자 거실 환풍기가 돌아가는 소리가 요란스럽게 들려왔다. 거실 곳곳에 곧 전시에 걸리게 될 크고 작은 액자들이 놓여 있었다. 그중 한 액자 위에 그가 두고 간 물건이 있었다. 포니였다. 그는 포스트잇에 메모를 남겼다. "틈틈이 만들어봤어. 더는 악몽 꾸지 않기를 바라며." 정확하게는 포니의 스캔 이미지를 프린트해서 솜을 넣어 만든 인형이었다. 먼 옛날 레닌그라드의 어느 벌판에서 입꼬리가 내려간 들창코 여자아이에게 안겨 있던 인형. 사진 속 흐릿한 토끼 인형이 한 손에 잡히는 다면체의 입체도형으로 바뀌어 있었다. 그는 찢어지지 않는 헤링본 라미네이트 패브릭으로 포니를 만들어주었다. 나는 그것을 한참 만져보다, 컴퓨터를 켜고 두 개의 창을 열었다. 윤지나 교수에게 보낸 유일한 답장과 도록의 첫 문장은 다음과 같았다.

"나는 라이너스의 악몽에서 깨어났고, 당신의 나라에서 있었던 일에 대해 알아보려고 합니다."

청순한
마음

너는 율동공원 호숫가 벤치에 앉아 번지점프 하는 사람들을 구경하기를 좋아했다. 누군가 어느 동네가 살기 좋은지 물어오면 가끔 분당이라고 대답했다. 분당 율동공원. 그러나 너에게는 자가용이 없었고, 그런 곳을 함께 갈 만한 남자친구도 없었다. 지하철을 타고 한참이나 가야 분당 야탑역이 나왔고, 거기서도 시내버스를 타고 들어가야 했다. 적당히 선선해 나들이 가기 좋은 날에 카디건을 걸쳐 입고 도시락을 까먹으며, 떨어지는 사람들을 멀리서 구경하던 재미는 딱 한 번 느껴봤을 뿐이다. 대학 신입생 시절, 너를 따라다니던 대학원생의 차를 얻어 타고 무작정 들렀던 곳. 너는 일반 사람들이 정말로 그런 위험한 놀이를 즐기는지 미처 알지 못했다. 연예인들이 시청률을 올리고자 무모하게 벌이는 짓이라고만 생각했다. 우발적인 나들이였다. 찾아간 장소도, 동행한 사람도, 맛있는 도시락도, 전부 너의 계획으로 이뤄진 일이 아니었다. 사람들이 떨어지며 소리를 질렀다. 호수 저편의 일이었고 너는 이편에 있었다. 너보다 열 살이나 많은 대학원생이 너를 집요하게 주시했다. 그의 입장에서는 운좋게 얻어걸린 데이트였다. 그는 너의 모습을 한순간이라도 놓칠세라 눈을 부릅뜨고 너를 관찰했다. 그의 시선이 늘 짜증났던 너였지만 그날은 도망가고 싶지 않았다. 너는 그가 빤히 쳐다보는 걸 알면서도 태연히 김밥을 먹었고 사람들이 떨어질 때마다 박장대소하며 즐거워했다.

너에게 그날은 완벽한 날의 이상으로 남았다. 언젠가 남자친구가 생긴다면 정성스레 싼 도시락을 챙겨 함께 율동공원으로 나들이를 가, 그때 그 자리에 앉아 저 멀리에서 일어나는 바보 같은 퍼포먼스를 구경하고 싶다고 생각했다. 그러나 그런 일은 그날 이후 일어나지 않았다. 그날처럼 우연히 너를 자신의 차에 태우고 내비게이션이 고장났다는 핑계를 대며 수서-분당 간 고속화도로에서 길을 헤매는 척하다가 율동공원 쪽으로 빠지는 남자도 다시 생기지 않았다. 혼자 가보려고 몇 번이나 마음을 먹었지만 실제로 간 적은 없었다.

그러나 누군가 너에게 가장 좋아하는 일이 뭐냐고 묻는다면 너는 여전히, 율동공원에서 번지점프 하는 사람 구경하기, 라고 대답하는 것이다. 결코 일어나지 않을 일을 현재 진행형으로 대답하던 그때. 선생을 처음 만난 날. 너는 지금부터 이런 꿈을 가져온 거야. 너는 이제부터 이런 사람이 되고 싶은 거야. 분명 이상한 화법이었지만 선생의 말이 싫지 않았다. 지금 너는 학생들에게 이런 식으로 말한다. 너는 사실 그런 꿈을 가져온 거야. 너는 알고 보면 그런 사람이 되고 싶은 거야. 선생과 너의 문장 간 차이를 생각하다 잠드는 일이 잦아졌다. 너의 꿈은 선생이 말한 대로 언제나 정직하다. 고등학교 시절 한창 자기소개서를 쓰던 무렵에는 윤이상 평전에 빠져 있었는데, 너의 꿈에 윤이상 할아버지가 나와 대교협 자소서 1번 문항에 열심히 답변하곤 했다. 깽깽이 배워봤자 남의 구경거리밖에 안 된다는 아버지를 졸라 음악 선생님을 만나보았지만 그분은 저에게 재능이 없다며 포기하라고 하셨습니다. 그러나 저는 포기하지 않고, 상업학교를 그만둔 후 무작정 서울에 가서 음악을 공부했습니다. 총보를 보고 리하르트 슈트라우스와 파울 힌데미트를 탐독했습니다.

선생이 특별히 달변이었다고 기억되지는 않는다. 선생은 다만 꽤나 눈에 띄는 미인이었다. 심심찮게 TV에 출연하는 선생을 보는 일이 이제 그다지 낯설지 않다. 선생은 마치 아나운서처럼 말한다. 아나운서들이 구사하는 스테레오타입의 말투를 흉내내어 말하는 것 같다. 마흔이 다 된 선생은 조금도 나이들어 보이지 않는다. 너의 기억 속 모습과 똑같다. 성격심리학 박사이자 이름난 프로파일러인 선생은 이렇게 말한다. 프로파일러가 되고자 하는 학생들이 많아졌죠, 요즘. 국내외를 막론하고 수사물이 많아진 영향도 있을 테고, 범죄를 다루는 시사 프로그램이 유례없이 인기를 끌기 때문이기도 할 겁니다. 저간의 청소년들 역시 강력범죄가 일어났을 때 매스미디어에서 보도하는 사건의 표층만을 보지 않지요. 이제 학생들은 사건의 심층을 시스템과 연관해 생각할 줄 알게 된 겁니다. 그러나 많은 학생들이 프로파일러를 꿈꾸는 까닭, 그것에 대해서 저는 그다지 긍정적으로 보고 있지 않습니다. 프로파일러라는 이름이 그들에게 익숙해졌고, 그 이름이, 정확히는 그 이름의 발음이 매력적으로 다가가겠죠. 저는 프로파일러를 꿈꾼다는 학생들에게 이야기해주고 싶어요. 단언컨대 세상에 프로파일러라는 직업은 없습니다. 먼저 훌륭한 경찰이 되어야 하고, 훌륭한 심리학자가 되어야 합니다. 그리고 열심히 일하는 겁니다. 그러면 언젠가 프로파일러로 불리는 자신을 보게 될 겁니다. 학생 여러분, 거듭 강조하건대, 프로파일러라는 이름이 먼저 얻어지는 게 아니라는 걸 말씀드립니다.

네가 지금껏 목격한 선생의 수많은 인터뷰 중 가장 인상적인 내용이었다. 미간을 찌푸리며 또박또박 발음하려고 애쓰는 태도로 말하는 선생.

"수지야, 오늘부터 너의 꿈은 심리학자야. 외우도록 해."

그때도 선생은 미간을 찌푸리며 말했다. 그런 표정이 함께 기억나지 않았다면 그토록 작위적인 대사를 실제로 들은 게 맞는지 의심했으리라고, 너는 생각한다.

학생회관 복도에 너덜너덜한 학보가 널려 있다. 학보사는 학생회관 이층에 있었다. 널려 있는 그것들은 학보라기보다는 그저 철 지난 전단지에 가까웠다. 너도 그렇게 학보를 막 다루곤 했었다. 잔디밭에 둘러앉아 배달된 자장면을 안주로 술을 마실 때도, 갑작스러운 소나기를 만날 때도 학보를 썼다. 지라시밖에 안 되는 어용 학교신문 따위, 라고 대놓고 말하지 않았을 뿐 다들 그런 취급을 했다.

용기내서 학교와 재단을 비판하는 글을 쓴 학생 기자는 곧장 학생처장 사무실로 불려갔다. 학생처장이 소리지르면 옆방에 있는 너에게까지 고스란히 들렸다. "탄압 좋아하네! 이건 팩트에 어긋나잖아! 팩트에 어긋나는 글을 쓰는 게 기자야?" 너는 소음이 짜증나서 귀를 틀어막았다. 그런 사정을 모르는 대다수 학생들은 손쉽게 학보사를 비난했다. 너도 학생 때는 몰랐다. 모교의 직원이 되고 난 후에 알게 된 것이었다. 너의 상담실과 학생처장의 사무실은 붙어 있었다. 당연한 것이겠지만 학생처장은 연구실보다 학생처장 사무실에 있는 날이 더 많았고 너는 불편했다. 네가 학생이던 때처럼 학생회관에서는 아직도 풍물패의 타악기 소리가 들렸고, 안팎으로 온갖 현수막이 나붙어 있었다. 이층 한가운데 학생처장과 자신이 떡 버티고 있다는 게 너는 조금 우스웠다. 풍물패 소리도 가끔은 환청이 아닐까, 생각하며 창밖을 내다보면 다행히 상모를 돌리는 학생들이 보였다.

수지 선생, 학생처장은 너를 그렇게 불렀다. 다른 직원들을 부를 때는 성씨를 붙이면서 너에게는 이름을 붙인 호칭을 쓴다는 게 거슬렸지만 그뿐이었다. 일단 수지 선생, 말을 걸어오면 너는 흠칫 놀랐다. 왜 또, 생각하며 철렁했다. 상담일지를 들고 나가는 학부생 앞에서 굳이 "우리 윤수지 선생도 내 수업 들을 땐 저렇게 어리고 예뻤는데" 지껄이던 학생처장이었다. 십 년 전 태반이 졸고 있던 공통교양 수업시간, 너는 족히 백 명은 되는 학생들 중 한 명일 뿐이었다. 단지 사무실에 처음 출근하던 날 반죽 좋은 척하며, "저도 예전에 교수님 수업 들은 적 있어요"라고 말했기 때문이었다. 그후 틈만 나면 학생처장은 너를 기억하는 척했다.

정작 너에 대해 잘 알고 있는 편인 교수들과 캠퍼스에서 마주칠 때면 서로 데면데면했다. 기껏해야 어색한 묵례 정도였다. '누구 새끼'도 아닌 게 용케 학교로 돌아왔다 했다. 언젠가 술자리에서 나온 말이었다. "네, 전 우리 부모 새끼예요." 너는 웃으며 좌중을 향해 대꾸

했고, 몇몇이 표나게 비웃으며 네게서 고개를 돌렸다. '누구 새끼도 아닌 게'. 누군가에게는 비난의 도구일지 몰라도 너에게 그것은 조금도 부끄러운 사실이 아니었고 오히려 자랑스러운 일에 가까웠다.

너는 힘차게 자라나는 스킨답서스를 본다. 상담실에 들어온 후 일 년 동안 너는 세 개의 식물을 죽였다. 키우기 까다롭다는 허브류도 있었지만 관리하기 쉽기로 소문난 강낭콩도 있었다. 워낙 손끝이 여물지 못한 너였지만 이토록 손쉽게 식물이 죽을 거라고는 생각지 못했다. 파종을 잘못했나 싶어 흙에 꼼꼼하게 표시한 후 열 맞춰 씨앗을 뿌려도 보았고, 볕의 양을 조절하기 위해 창문을 수시로 여닫기도 했지만 전부 허사였다. 씨앗을 뿌리고 나서 첫 싹이 올라오는 것을 보는 기쁨은 오래가지 않았다. 한나절이 멀다 하고 쑥쑥 자라나 너를 기대하게 만들었던 강낭콩도 결국 죽었다. 매일같이 적당량의 물과 볕을 공급해도 금세 이파리를 축 늘어뜨리며 말라 죽었다. 과습 아니면 건조로 식물이 죽어버릴 수 있다는 설명을 보면 모든 죽음의 원인이 과잉 아니면 결핍으로 여겨지곤 했다. 그 죽음을 막기 위해 어느 단계에 어떤 방식으로 개입해야 하는지 나는 모른다, 고 너는 생각했다. 식물이 죽어나갈 때마다 상심한 너는 죽은 그것을 며칠간 들여다보다 용기내서 뿌리째 잡아 뽑곤 했는데, 그럴 때면 죽은 뿌리에는 어느새 허옇게 곰팡이마저 슬어 있었다. 언젠가 길가에서 본, 죽은 고양이 위에 잔뜩 꼬여 있던 구더기 같았다. 너는 몇 번을 망설이다 죽은 식물을 물티슈로 감아 휴지통에 버리고 나서 흙만 남은 화분을 재떨이 삼아 담배를 피웠다. 새싹을 틔우던 배양토에 담배 꽁초를 짓이기는 기분이 좋지 않았다. 건물 내에서 흡연은 절대 금지였으므로 너는 학생회관 뒤편 주차장 구석까지 걸어가 담배를 피우곤 했다. 다시 화분을 들고 돌아오는 길에 아는 학생들을 마주친 적도 있었다. "윤수지 선생님, 안녕하세요?" 학생들은 쾌활하게 인사하며 다가왔다가 화분 속 담배 꽁초를 발견하곤 헐, 하며 뒤로 한발 물러섰다.

그러나 어머니가 보내준 스킨답서스는 겨우내 물 한 번 갈아주지 않아도 끊임없이 새싹을 틔웠다. 그 성장에 감탄한 너는 다른 식물들을 결딴내기를 그만두고 그것만 상담실에 두었다. 가끔 물만 갈아주면 보답이라도 하듯 뽀얀 새 줄기가 가만히 돋아났다. 잊고 있다가도 한 번씩 들여다보면 심심찮게 동그란 새싹이 자라 있었다. 그런 것을 보는 마음이 좋았다.

너는 과거 선생과 헤어질 때 작은 화분 하나를 선물할 걸 그랬다고 생각한다. 선생이었다면 너처럼 식물을 죽이지 않았으리라 믿는다. 1982년 가을 운동회, 라는 글자가 새겨진 삼십 센티미터 자를 이십 년 넘게 쓰고 있었던 선생. "우와, 선생님, 이거 군사정권 시절부터 있었던 거네요." 네가 선생에게, 너의 생각으로는 거의 '세상에 처음으로' 내뱉은 농담이다. 그 말을 듣고 배시시 미소짓던 선생의 얼굴이 눈에 선하다. 제법인데, 하는 눈빛이었다고 너는 멋대로 생각한다.

오늘의 상담 인원 역시 0이다. 너는 창턱에 놓아둔 스킨답서스를 멍하니 보며 시간을 죽인다. 학생들이 찾아오지 않는다고 해서 업무량이 줄어드는 것은 아니었다. 아직도 어려운 통계와 자료 분석, 세미나 기획 등 수많은 일이 날마다 네 눈앞을 막아서고 있다. 너는 다이어리에 적는 것으로도 모자라, 몇 개나 되는 탁상 달력과 포스트잇에 강박적으로 일정을 정리한다. 그럼에도 불구하고 상담실에서 가장 자주 바라보는 것은 업무와 전혀 상관없는 스킨답서스다.

삼 개월에서 육 개월간의 상담을 마치고 나면 학생들은 너와 절친한 사이가 되었다. 네 생각에는 그랬다. 페이스북과 인스타그램, 카카오톡을 통해 수시로 안부를 주고받았고, 캠퍼스에서 마주치면 살갑게 다가왔다. 간식거리를 사들고 상담실에 찾아오는 학생들도 더러 있었다. 성적, 진로, 연애, 집안 문제 등으로 인한 스트레스도 기탄없이 털어놓았다. 수십 번의 컨펌을 거쳐 짜인 '공학적'인 상담 프로그램에서보다 훨씬 더 내밀한 이야기를 주고받았다. 간혹 너를 '실장님'이라고 부르는 눈치 빤한 학생들은 "실장님, 근무시간도 아닌데 이런 이야기 죄송합니다" 말하기도 했다. 어떤 의미로는 상담에 관련한 '사후 관리'라 해도 틀린 건 아니었지만 너는 그것을 초과근무라 생각해본 적은 없었다.

진심이었다.

아직도 일부 학생들은 너와 SNS 친구관계를 유지중이었고 더러는 너의 게시물에 '좋아요'를 눌렀다. 캠퍼스에서 아는 학생들을 마주칠 때면 그들이 먼저 밝게 인사하는 일도 여전했다. 그러나 이제 학생들은 개인적인 메시지를 보내오지 않았고, 더이상 새로운 '친구 신청'이 들어오는 일도 없었으며, 우연히 학생들을 마주치는 횟수도 현저히 줄었다. 무엇보다 상담을 신청하는 학생이 없었다. 그런 지 두 달째였다.

"윤수지 선생, 힘내시라고. 오해는 풀리게 되어 있어." "나도 지금은 학생들 신임 잃었지만, 수지 선생 나이에는 따르는 친구들이 많았는데. 어쩌다가…… 힘내시라고. 아직 위에서는 모른다지?"

위로를 가장해 놀려대는 학생처장과 마주하기 싫어 너는 외출도 삼

가게 되었다. 가장 중요한 업무가 올스톱되니 일정의 전체적인 흐름이 망가졌다. 숱한 임상 실습과 교수법 세미나를 했었지만 이런 경우는 한 번도 짐작해본 적 없었다. 통계 프로그램을 쓰다 막혔을 때처럼 선배들에게 연락하거나 다른 교직원들에게 해결 방안을 물어보고 싶었다.

이수지 선생이라면 이럴 때 어떻게 대처했을까.

선생은 훨씬 더 현명하게 모든 상황을 수습했으리라 너는 생각한다. 너의 아버지처럼 이수지 선생도 결국 교수가 되지 못했다는 것을 알고 있다. 대학이라는 데가 오래 있을 만한 곳은 못 되지 않느냐고 아버지는 늘 말했다. "그래도 나이로 보면 너는 나보다 훨씬 먼저 박사가 됐다. 힘들면 그냥 때려치워. 네 능력에 어디든 못 가겠냐." 아버지에게 그런 말을 들을 때면 너는 조금 오싹해지곤 했다. "누굴 닮아 이렇게 멍청한 게 나왔지?"라며 자신을 비난하던 포닥 시절의 아버지가 너무 생생하게 떠올라서였다.

너는 세면대 아래 깔아둔 학보를 무심코 밟고 섰다 거듭 놀란다.

물에 젖어 여기저기 울어 있는 학보에 네가 아는 학생들의 얼굴이 찍혀 있다. 학생들의 화난 얼굴이 클로즈업되어 있고, 그 옆에 커다란 말주머니가 달렸다. "우리는 가장 믿었던 곳에 배신당했습니다"라고, 성나 보이는 새빨간 활자로 적혀 있다. 우리 대학 상담실 윤○○ 실장은, 이라는 문장도 보이는데 이름을 가려봤자 너라는 걸 누구나 알 수 있다. 상담실을 전유하는 사람이 너였으므로. 인용된 너의 해명은 구태의연하고 모순적이며 무성의하기 때문에 여느 비열한 교직원들의 워딩 못지않게 악랄해 보인다. 너도 그런 교직원들을 욕했었다. 교수들에게는 굽신거리며 학생들에게는 함부로 대하는 교직원들이야말로 추악하기 이를 데 없는 인간들이라고 생각했었다. 지금도 그랬다.

너는 학보에서 조심스레 발을 뗀다. 너의 환상일 뿐이다. 네가 밟고 섰던 학보 15면에는 '우리 학교 앞 맛집 베스트 5' '학교 앞 자취방 월세 비교하기' 등의 생활 정보가 가득했다. 그러나 그 말은 분명 학생들에게 직접 들은 것이었다.

"만약 그분이 우리를 배신하신다면 우리가 가장 믿었던 곳이 우리의 등에 제일 먼저 칼을 꽂아넣는 셈이 되겠죠."

'배신하신다면'. 학생의 말은 가정형이었으나 이미 그렇게 믿고 있다는 걸 너는 안다. 이어지는 너의 해명은 네가 듣기에도 구태의연하고 모순적이며 무성의하고 누구 못지않게 악랄하다. 프로그램이 방영된 후 여기저기서 전화가 걸려왔다. 너의 친구들은 분노했다. 그런 사악한 편집이 어디에 있느냐며, 당장 방송국에 전화해 재방송 중지를 요구해야 하는 것 아니냐고 목소리를 높였다. 대학 홈페이지에 접속하면 누구나 너의 이름을 알아낼 수 있으므로 명예를 훼손한 것과 다름없으니 절대 좌시하면 안 된다고도 했다.

상담실로 기자가 찾아왔을 때, 너는 질문에 성실하게 답변했을 뿐이었다.

학내를 뒤흔든 성폭력 사건을 너도 당연히 알고 있었다. 상담 학생들 중 몇이 바로 그 사건의 당사자라는 것도. 학생들이 너에게 가해자가 교수라는 사실까지 털어놓은 것은 아니었다. 하지만 그렇기 때문에 전부 억울하다고는 말할 수 없었다. 너는 가해자가 교수일 수도 있다는 것을 짐작조차 하지 못했다. 가해자가 부모인 경우, 가해자가 형제자매인 경우…… 그토록 가까운 인간들이 가해자가 되는 경우를 너는 모르지 않았다. 임상 사례부터 해결 방안까지 적합한 모형을 설계해 적용했으며 배우고 연구하고 가르쳤다. 그러나 너는 학생들이 울면서 이야기하던 '악마'가, 비록 가식적이었으나 언제나 친절했던 바로 그 교수이리라고는 짐작하지 못했다. 미국에서 범죄학으로 박사 학위를 받고 돌아와 사회심리학 수업을 도맡아 하던 교수였다.

"선생님께서는 학생들의 상담 내역을 절대 기밀로 관리하십니까?"

"선생님께서는 동료 교직원들과 얼마나 자주 교류하십니까?"

"선생님께서는 학생들의 피해 사실을 인지하신 후 신고를 권유하셨습니까?"

너의 대답들을 분석해 그토록 당당하게 자신의 의견을 피력하는 이수지 선생에게 묻고 싶다고, 너는 생각한다. 나는 딱 한 번 TV에 출연했을 뿐인데. 자신에 관한 오해를 풀기는커녕 의혹을 증폭시키고 말았다. 선생에게 너는 정말 묻고 싶다.

선생님, 대체 어떻게 하면 오해받지 않을 수 있죠?

선생이 너에게 준 건 마음이다. 너는 항상, 선생이 너의 마음을 만들어주었다고 생각한다. 선생의 예쁜 손가락을 떠올린다. 선생은 공을 안고 있는 커다란 곰 인형 모양의 USB를 건네줬다. 선생은 심리학과 박사과정 재학생이었다. 컨설팅 아카데미 소속 선생들의 프로필이 입구 게시판에 정리되어 있었다. 선생의 증명사진을 너는 한참이나 들여다보곤 했다. 선생의 외모는 사진보다 실물이 훨씬 나았지만 선생의 눈을 똑바로 보기란 어려운 일이었다. 선생 앞에서 너는 내내 얼굴이 달아올랐다. 이렇게 마주앉는 것만으로도 기분이 황홀해지는 여자의 애인은 어떤 사람일까 궁금했다. 선생을 만나고 돌아온 날에는 하루종일 특정한 향기가 맡아졌다. 섬유유연제 냄새에 가까운 향이었다. 어느 날에는 그 향기에 취해 선생의 말을 제대로 못 듣기도 했다. 선생을 알기 전에 너는 수재들만 간다는 그 학교 출신들은 전부 도수 높은 안경을 쓰고 옷도 잘 못 입는 줄로만 알았다. 실제로 아카데미 로비를 오가는 다른 선생들은 죄다 너의 편견에 부합하는 모습이었다. 남자고 여자고 할 것 없이 후줄근한 옷차림에 헝클어진 머리카락이 눈에 거슬렸다. 선생처럼 머리카락을 깔끔하게 틀어올린 여자도, 투피스 정장을 입고 힐을 신은 여자도 없었다. 입술이 마른 무기력한 모습으로 인스턴트커피를 들이켜는 그녀들의 몸가짐은 부주의해 보였다. 그녀들의 지저분한 운동화나 슬리퍼를 보며, 매끈한 복숭아뼈가 돋보이는 힐을 신은 여자가 너의 담당 선생이라는 사실을 내심 뿌듯해하곤 했다.

"너는 윤수지구나. 나는 이수지야. 만나서 반갑다."

선생이 네게 처음으로 건넨 말이었다. 선생은 명함을 내밀며 악수를 청했다. 낯선 이의 손을 잡는 건 네게 어려운 일이었다. 너는 쭈뼛거렸다. 어머니가 옆에 있었다면 한 대 쥐어박혔겠지만 다행히 너와 선생 둘뿐이었다.

그토록 몸가짐이 단정하고 지적인 여자를 본 건 난생처음이었다. 그런 선생이 너에게 "수지는 나와 이름이 같을 뿐만 아니라 내가 고등학생이었을 때와 참 많이 닮은 것 같아"라고 말하기까지 했을 때, 너는 몸 둘 바를 몰랐다. "나도 수지 너처럼 안경을 썼었거든." 선생은 빨간 입술을 앙다물었다. 선생의 아랫입술 위로 우윳빛 앞니 두 개가 올라탔다. 선생은 그렇게 자주 입술을 앙다물거나 볼에 바람을 넣고 고개를 갸우뚱거리곤 했는데 너에게는 그 모습이 무척이나 매력적으로 여겨졌다. 너는 오랜 시간이 흐른 후에도 선생의 그런 습관들을 잊지 못했고 방송에 출연한 선생을 보며 그 습관이 아직 남았는지 유심히 관찰하기도 했다. 카메라 앞에 선 선생은 예전의 습관들을 보이지 않았다.

선생을 처음 만난 고3 때 너는 날마다 죽으려고 결심했다. 국제고에서 너는 열등생에 가까웠다. 모의고사를 보면 전과목 1등급을 받았지만 내신 점수는 형편없었다. 입학식 날 신입생 대표로 '미래를 향한 나의 포부'라는 제목의 선서문을 낭독한 이후, 국제고에서는 아무도 너를 주목하지 않았다. '신입생 대표'가 너에게 주어진 단 한 번의 영광이었다. 국제고에서 너는 빠르게 낙오자로 분류되었다.

너는 다른 친구들처럼 날마다 CNN 뉴스를 청취하지도 않았고, 미국 드라마나 영화를 즐겨 보지도 않았다. 〈나폴레옹 다이너마이트〉나 〈프렌즈〉를 보고 낄낄대는 친구들이 이해되지 않았다. 아이들이 좋아하는 미국 소설도 재미없었다. 성적이 나쁘면 매를 맞고 비난받았기에 열심히 공부했을 뿐이다. 국내 최초이자 전국에서 유일하게 '자기주도형 학습'을 시행한다는 국제고에서 너는 내내 어안이 벙벙했다. 야간 자율학습과 기숙사 생활은 의무 사항이었다. 학교가 신도시 외곽에 위치한 탓에 평일에는 학원이나 과외 수업을 받을 수 없었다.

너는 적응을 못했다. 열심히 여러 학원을 돌다가 밤늦게 할머니 집에 돌아가는 일에 익숙해져 있었다. 한국에 혼자 남겨진 후로 너는 학원과 과외를 끊어본 적이 없었다. 용돈은 넉넉했지만 너는 편의점에서 컵라면을 먹으며 문제집을 풀거나 엘리베이터 이동중에 햄버거로 끼니를 때웠다. 초등학생 때부터 익숙한 일이었다. 생전 대중가요를 들어본 적도, 극장에 영화를 보러 간 적도 없었다. 국제고 아이들은 쉬는 시간에 모여 앉으면 영어로 토론 따위를 했다. 〈트루먼 쇼〉나 〈죽은 시인의 사회〉에 대해, 제임스 조이스나 사뮈엘 베케트의 소설에 대해, 뷔욕과 콜드플레이에 대해 방담을 주고받기를 즐겼다. 부모나 교사가 시킨 것도 아닌데 알아서 토론을 하는 아이들이 너에게는 괴물 같아 보였다.

삼학년이 되자 전부 수시 준비를 했다. 네가 중학생일 때 새로 생긴 대입 수시 전형은 외국에서 자란 아이들을 대상으로 하던 기존 특례입학과는 종류가 달랐다. 외국 체류 경험이나 어학 자격증, 전국 대회 수상 경력 같은 것은 필요 없었다. 오직 생활기록부에 기재된 교내 활동 내역과 내신 성적만이 평가의 대상이 되었다. 네가 다니던 국제고는 이러한 입시 전형의 변화와 함께 신설된 학교였다. 1기 입학생인 선배들은 '하드보일드와 미니멀리즘 연구반' '알레고리와 필름누아르 연구반' '대항문화로서의 야오이와 백합물 연구반' '민족주의 이데올로기 비판적 연구반' 등의 특별활동 부서를 만들어 신입생들에게 가입을 권유했다. 너는 바둑반에 들었다. 주 동아리와 부동아리, 각종 스터디와 소모임에 가입해 어려운 책을 읽느라 고생하는 친구들이 이해되지 않았다. 교과 공부도 따라가기 벅찼다.

삼학년이 되자마자 친구들은 그간의 활발한 활동을 토대로 자기소개서를 쓰고 면접 준비를 했다. 너는 생활기록부 희망 진로란에 아무런 생각 없이 '교수'라고 적어넣었다. '교수'나 '기자'가 되는 게 좋을 것 같았다. 부모의 꿈이었으므로. 그즈음 아버지는 결국 국내 대기업에 연구원으로 취직하기로 결정하고 귀국을 준비중이었다. 국내 대학에서 교수가 되려던 꿈을 끝내 포기한 참이었다. 너는 처음으로 아버지를 비웃어보았다. 아버지는 실패한 거였다.

아버지가 귀국한다는 건 당연히 어머니도 귀국한다는 뜻이었다. 너는 단 한 번도 어머니를 기자라고 여겨본 적 없었다. 여유 있는 교포들이 모여 만든 한인회 지역신문은 네 눈에도 우습기 짝이 없었다. 한국 연예계나 국가 대항 축구 경기에 관련한 잡다한 소식 따위를 쓰면서 스스로를 기자라고 칭하는 어머니가 우스웠다. 아버지가 아니었다면 미국에 갈 일도 없었을 거면서, 교수나 포닥 부인들과만 어울려 다니는 어머니가 부끄러웠다. 지역신문에 글을 쓴다고 해봤자 어머니는, 아버지의 타국 생활이 걱정돼 할머니가 딸려보낸 가정부일 뿐이었다.

그 말을 할 때 선생의 눈빛이 흔들렸다.

딱 한 번 선생이 집에 데려다준 적 있었다. 수업을 마친 후 선생은 자신의 차로 함께 귀가하지 않겠느냐고 너에게 물어왔다. 지하 주차장에서 앞장서 걸어가는 선생을 쫓으며 너는 할머니가 도끼눈을 뜨고 맞을 분당의 아파트가 아닌 선생이 혼자 산다는 집에 가고 싶다고 생각했다. 오늘만 재워주시면 안 돼요? 미친 척하고 그렇게 말해보고 싶었다.

"아, 그렇게 생각하니. 어머니를, 그리고 아버지를."

신호에 걸려 차를 멈춘 선생은 운전대에 얹은 손을 쥐었다 폈다 했다. 마음속의 말을 털어놓은 너는 흥분감에 젖었다. "네. 저는 할머니도 싫지만 부모님은 더 싫어요. 그냥 안 보고 살아도 될 것 같아요." 선생은 고개를 돌려 너를 봤다. "그래도 꽤 오래 떨어져 있고 아주 가끔씩만 뵙는데 그립지 않니?" 너는 고개를 저었다. 선생은 한숨을 쉬며 다시 물었다. "그래서 너만 들어온 거야? 미국에 계속 있었다면 한국에서보다는 낫지 않았을까?" 너는 선생 앞이라는걸 잊고 몹시 화가 난 듯 말했다. "아뇨. 저는 뉴저지에서 초등학교를 다닐 때 가장 불행했어요. 반에 한국 애들이 다섯 명이나 있었는데 우린 전부 멍청이들이었거든요. 당연히 말이 안 통하는데 선생은 우릴 바보 취급하면서 매일 벌점을 줬어요. 지렁이처럼 교실 바닥을 기어다니면서 껌을 떼고 걸레질을 하라고 하는데, 엄마는 딸이 그런 취급을 받는지도 모르고 잘난 척이나 하고. 미국에서 중학교까지는 나와야 한다고 말이에요."

선생은 갑자기 박장대소했다.

"수지야, 중학교까지만 나와도 된다고 하신 거겠지. 그렇지 않니?"

너는 실소를 터뜨렸다. 선생과 너는 한참을 낄낄댔다. 너는 계속 선생의 집에 놀러가고 싶다고 생각했다. 날이 어두웠고 복잡한 차선에 늘어선 차들은 성난 듯 빨간 헤드라이트를 켰다. 선생이 혼자 산다는 집은 어떨까. 독신자의 보금자리는 어떤 모양새일까. 선생의 홈드레스를 빌려 입고 그녀와 라면을 끓여 먹으며 수다를 떨면 좋겠다고 생각했다. 수서-분당 간 고속화도로는 시원하게 뚫렸다. 선생은 장난기 섞인 목소리로 말했다. "다행이다. 혹여나 길 막히면 할머니께 죄송스러워서 어쩌나 했는데. 오랜만에 뵙는 건데 조금이라도 일찍 들어가서 할머니 말동무도 해드려야지." 너는 그 말이 왠지 이상하게 느껴져 웃음을 거두고 선생을 슬쩍 봤다. 너를 놀리는 것 같았다. 선생이 나를 놀린다고 느끼다니, 불온하다고 생각했다. 이제 와 너는 그 말에는 어느 정도 비웃음이 서려 있었다고 확신한다. 할머니가 어떤 인간인지에 대해서도 너는 선생에게 꽤나 자세히 털어놓았었다. 선생과의 대화를 복기해보면 당시의 너는 짐작도 못했을 만한 의미심장한 말이 여럿 있었다. 너는 이제야 겨우, 선생도, 많이 지쳐 있었으리라고 생각한다. 그 모든 게 아르바이트의 일부였던 것이다. 그날 밤 차 안에서의 대화도.

너로서는 아직도 결코 짐작 못할 것들이 많이 남았다.

당시 선생이 얼마나 가난했는지, 얼마나 병들어 있었는지 너는 여전히 알지 못한다. 당시 선생은 스물아홉의 박사과정 재학생이었다. 가족은 진작 뿔뿔이 흩어졌고, 선생에게는 보증금 몇백과 대학생인 남동생이 있었다. 선생은 월세로 얻은 원룸에 남동생과 함께 살았다. 석사과정 때 연구 조교로 일하고 받은 장학금을 교수의 강요로 반납한 후 고리로 빌린 학자금을 갚고 있었다. 선생은 옷도 화장품도 사지 않았다. 네가 본 정장이나 힐은 전부 친구에게 받은 것들이었다. 자동차 역시 친구의 것이었다. 선생은 자신을 위해서는 학자금 외엔 한푼도 쓰지 않는데 늘 허덕여야 하는 것에 진력난 상태였다. 지도교수가 자기 논문을 표절한 사실을 학보사를 통해 폭로한 후 선생은 사실상 대학원 커뮤니티에서 아웃된 상태였다. 교수들은 물론이고 동료 학생들조차 선생을 따돌렸다. 선생에게 말을 거는 자들은 수작을 걸어보려 하는 치들뿐이었다. 선생은 자신이 교수의 총애를 받을 때는 말도 제대로 걸지 못하다가 이제 와 수작 부리는 치들을 가슴 깊이 경멸했다. 박사학위를 받는다고 해도 가망이 없었다. 유학은 단 한 번도 꿈꿔본 적 없었다. 너를 만날 즈음 선생의 스트레스는 극에 달해 있었다. 컨설팅 아카데미에 프리랜서 컨설턴트로 등록하고, 학생들을 관리하는 대가로 받는 돈은 고작 일인당 월 십만원씩이었다. 너는 선생이 받는 돈의 스무 배 이상을 아카데미에 지불했고, 그 돈을 고스란히 선생이 받는 줄 알았지만 사실은 그렇지 않았다는 것을 너는 지금도 모른다. 선생은 월 십만원에 매일같이 너에게 전화를 걸어 기분을 묻고, 일주일에 한 번씩 너를 만나 상담을 하고, 기획기사를 복사해다 주고, 심리학에 대해 강의해준 것이다. 그러나 선생은 컨설팅 일을 괴로워하지 않았다. 전공을 살릴 수 있는 아르바이트라 다행이라 여겼다. 그 시기의 선생은 다만, 수면제가 없으면 잠을 잘 수 없었고 겨우 잠든 후에는 이갈이를 심하게 해서 치아가 마모되는 지경에 이르렀고 수시로 이를 악무는 습관 때문에 못 견딜 정도로 턱이 아팠다. 네가 매력적이라고 생각했던 모습, 선생이 종종 볼에 바람을 넣고 고개를 이리저리 흔들었던 까닭은 턱이 곧 깨질 듯 아팠기 때문이다.

너는 듣거나 보지 못했겠지만, 선생은 종종 혼잣말을 했고 즐거운 상황들을 강박적으로 상상하다 히죽 웃곤 했다. 아카데미가 있는 동네를 벗어나면 선생은 고삐 풀린 것처럼 행동했다. 집 앞 카페에 앉아 공부를 할 때 증상은 심해졌다. 콧구멍에 손가락을 넣고 오랜 시간을 들여 천천히 후비는가 하면, 아이처럼 손가락을 빨아대기도 했고 머리카락을 뽑기도 했다. 선생은 어느 정도 자기 행동을 자각하고 있었다. 어린 시절 부모에게 상습적으로 구타를 당하던 때 그랬던 것처럼 일종의 틱 비슷한 증상이 시작됐다는 것도 물론 느끼고 있었다. 하지만 선생은 애써 자기 행동을 고치려 들지 않았다. 대학원생으로서, 시간강사로서, 입시 컨설턴트로서의 자신과 그 외의 자신을 구분하는 것만 잘하면 된다고 생각했다. 선생은 남들이 보지 않는 곳에서 이상한 행동을 하고 그런 자신을 들키지 않는다는 것에 일종의 쾌감을 느끼고 있었다. 가장 가까운 친구에게만 "너는 잘 모르겠지만, 내게 요즘 심각한 문제가 있어. 임상적으로"라고 가볍게 털어놓았을 뿐이다.

선생은 개천에서 용 난다는 말을 싫어했고 자신이 그런 존재가 될 수 있으리라 생각해본 적도 없었다. 선생은 교수를 꿈꾸지 않았다. 언제까지가 될는지 모르겠지만 어디서든 일을 할 수 있다면 좋겠다고 생각했다. 여러 지역의 대학을 떠돌며 강의하는 시간강사여도 좋았고 일이 잘 풀려 상담센터의 슈퍼바이저로 자리잡을 수 있다면 더 바랄 것이 없다고 생각했다. 그 역시 많은 이들이 노리고 있으며 결코 쉬운 길이 아니라는 것도 잘 알고 있었다. 선생은 네 아버지의 사례를 접한 뒤, 교수가 되고자 했던 그의 오랜 노력이란 일종의 취미생활에 가까웠으리라고 판단했다. 자신은 그런 짓을 할 수 없었다.

선생은 너를 만날 당시 박사논문 계획서를 거의 완성한 상태였다. 그러나 선생의 고발로 정직 징계를 받은 지도교수를 대신해 선생을 맡으려는 사람은 없었다. 선생은 이대로 학교를 그만두게 되는 상황을 상상했다. 뭘 하면 먹고살 수 있을까? 동네 보습학원 강사라도 하면 되는 걸까? 그렇게 되더라도 감당하리라고 각오했다. 표절 교수가 정직 처분을 받은 후 학부생들이 선생에게 몰려와 항의했다. 이번 학기에 꼭 들어야 하는 수업이었는데 선배님 때문에 다 망쳤다고, 학생들은 삿대질을 하며 선생에게 항의했다.

너의 진로를 설계하던 때도 꼭 그즈음이었다. 선생은 너 말고도 학생들을 여럿 맡고 있었다. 영문과, 철학과, 사회학과, 신문방송학과 등 다양한 학과를 추천했지만 정작 심리학과를 추천한 적은 한 번도 없었다. 선생이 가장 잘 알고 있는 세계였지만 선뜻 권할 수 없었던 터였다. 자기가 걸어온 길을 추천하지 않는 부모의 마음이 이런 걸까. 선생은 컨설팅 아카데미에서 처음으로 그런 생각을 했다.

선생은 너를 만날 때마다 다수의 기획기사를 복사해다 주었다. 그러곤 너에게 기사를 꼼꼼하게 읽고 내용을 요약한 후 낯선 어휘와 개념을 찾아 숙지하고 느낀 점을 쓰게 했다. 기사는 주로 촉법소년에 관련한 것이었다. 너는 너보다도 어린 수많은 아이들이 학교가 아닌 노동 현장에 있다는 걸 알게 되었다. 공장이든 공사장이든 성매매 집결지든 그러한 노동 현장은 곧장 범죄 현장이 되었고 어떤 아이들은 일찌감치 소년수가 되었다. 선생은 너에게 상담심리를 전공한 후 소년원에 가서 아이들을 상담하는 교정 심리학자가 되라고 말했다. 너에게 그것은 교수나 기자 같은 부모의 꿈과는 다른, 구체적이고 의미 있는 직업으로 여겨졌다. 너는 희망 진로란에 새로운 단어를 적었다. 희망 사유도 선생이 불러준 대로였다. "사람들 간의 관계에 관심이 많아 심리학이라는 학문에 흥미가 생겼고 범죄를 다룬 신문기사와 TV 프로그램들을 보면서 범죄자를 인간학적인 폭넓은 맥락에서 이해해야 한다고 생각하게 되었음. 단죄와 처벌보다는 교정을 통한 범죄자의 사회 복귀에 관심이 있음."

선생은 너에게 두 개의 소모임을 창설할 것을 지시했다. 너는 선생의 말대로 '또래 상담 모임'과 '탐사보도 연구회'를 만들었다. 담임교사는 이제야 부랴부랴 준비한다며 한심하다고 했다. 소모임 창설 조건은 연구 계획서와 네 명의 학생이었다. 담임교사는 네 흉을 입에 달고 살면서도 여러 학급을 돌며 멤버들을 모아주었다. 너와 같은 심리학과 지망 학생도 있었고, 사회학과와 신문방송학과를 지망하는 학생들도 있었다.

선생은 연구 계획서뿐만 아니라 상담 팁과 토론 주제, 방향도 만들어주었고 결과 보고서도 손봐주었다. 너는 선생과 함께 분석한 촉법소년 관련 기획기사들을 참고해서 소논문을 작성했다. 너는 불행한 아이들이 많다는 것을 그때 처음 알았다. 불행한 아이들을 불쌍하게만 여겨서는 안 된다는 것도 알게 되었다. 생활기록부와 너의 마음이 함께 만들어졌다. 너는 다른 아이들처럼 수시에 지원했고 자기소개서에서부터 면접에 이르기까지 선생의 관리를 받았다.

머지않은 과거 너는 선생이 집필한 에세이를 구입해, 떨리는 마음으로 그것을 읽었다. 제3장의 서두는 이렇게 시작되었다.

그 동네 사거리는 항상 기묘한 느낌을 주었는데, 재개발을 목전에 둔 옛날식 아파트와 신축 빌딩들이 혼재되어 있었기 때문일 것이다. 내게도 그 아파트들은 익숙한 터, 유치원 다니던 시절까지 그 동네에 살았다. 하얀 칼라가 달린 남색 원피스를 입은 여고 언니들이 금방이라도 곁을 지나갈 것 같다. 그러나 어린 시절이 아닌 지금, 내가 입장해야 하는 곳은 지하 오층에 지상 십층짜리 신축 빌딩, 한 층에 대여섯 개씩 각종 입시 학원이 들어서 있는 대형 빌딩이다. 왜 저 엄마들은 시간이 넘쳐나는 걸까. 당최 가능성이 없는 자식을 데리고 여기저기 입시 설명회를 다니느라 쓰는 주유비가 아깝다. 당시의 나는 늘 그런 생각을 했다. 흔히 볼 수 있는 '엄마'의 모습은 이렇다. 탈모가 진행되어 숱이 적은 머리카락을 질끈 묶고 푸석한 맨얼굴인데, 가방과 신발은 전부 명품이다. 그 모습이 기묘했다. 나는 엄마들의 좋은 차가 아까웠고, 그녀들의 명품 가방이 아까웠다. 그녀들이 빌딩 엘리베이터에서 나를 볼 때 어떤 생각을 하는지 대강 알 수 있었다. 손목시계며 가방이며 구두며 전부 싸구려구나. 너는 학벌 좋은 가난뱅이구나. 그래서 여기 출입하는구나.

두서없이 쏟아져나온 회한에서 너는 너에 대한 선생의 경멸을 읽었다. 선생이 어떤 마음으로 너를 만났을지 이제는 조금 알 것 같다. 모자이크 처리된 얼굴과 변조 처리된 음성, 너의 것이다. 너는 애써 생각하지 않으려 했던 대사를 곱씹는다.

"제가 어떻게 일일이 기억하겠습니까. 학생이 한둘도 아니고 업무일 뿐입니다."

그 말이야말로 학생들을 화나게 했을 것이다. 너는 결백을 주장하려 진심을 이야기했으나 학생들에게 깊은 상처를 주고 말았다.

이런 상황이 지속된다면 상담실장 자리를 잃게 될 수도 있다고 너는 생각했다. 그러나 그런 일이 실제로 벌어지리라는 생각은 쉬이 들지 않았다. 센터명과 프로그램을 수정하거나 한 학기 혹은 두 학기 정도 휴직한 후 다시 상담을 재개하거나 하면 되지 않을까. 하지만 이내 너는 최악의 경우를 상상했다. 상담실 자체가 없어질 수도 있는 걸까. 단지 학생들의 오해 때문에. 대학이라는 곳은 그것이 사실이든 오해든 소문에 민감했고 사립대 직원들은 그야말로 목구멍이 포도청이었다. 너는 온갖 잡다한 이유로, 혹은 별다른 이유도 없이 일자리를 잃은 경우를 수없이 보고 들었다. 개강을 일주일 앞두고 수업이 없어진 시간강사, 십 년간 형식상의 재계약을 이어오다 돌연 '계약 해지가 아니라 재계약을 하지 않을 뿐'이라는 이유로 해고 통보를 받은 교직원들, 이 년에 한 번씩 짐을 싸야 하는 비정년 트랙 교수들…… 너의 선배들이자 친구들이었다.

나도 그들처럼.

너는 과거 선생과 함께 불행한 아이들에 관해 공부하며 끊임없이 불행에 대해 상상했었다. 아이들을 따라다니며 그들을 가까이에서 취재한 기자들은 불편할 정도로 생생한 아이들의 목소리를 전해주었다. 선생이 준 첫번째 기사를 읽고 난 후 너는 이렇게 적었다. "가출한 아이들은 인내심이 부족합니다. 부모의 양육을 거부했다는 것은 스스로 세상의 보호를 거부한 것과 마찬가지입니다. 저 역시 부모님과 할머니의 억압 속에 살면서, 아파트 난간 앞에 서서 죽고 싶다고 생각한 적도 많았지만 참고 견뎠습니다. 꾹 참고 견뎠기에 탈선하지 않았습니다. 누구든 가정환경을 선택할 수는 없습니다. 그러나 참고 견뎌야 자유를 얻을 수 있을 것입니다. 이 아이들은 인내심이 부족하여 정글 같은 세상에 제 발로 걸어나온 것입니다."

선생이 네가 쓴 글을 읽어 내려갈 때 너는 긴장했다. 표현에 문제가 있거나 비문을 썼다고 지적받을까봐 걱정했다. 선생의 표정에 변화가 없었다. 선생은 너에게 미소를 지어 보였다.

"내용과 상관없이 문장은 좋구나."

그런데. 선생은 언성을 높였다. 선생이 덧붙이는 말은 너로서는 상상할 수도 없었던 지적이었다. 선생은 여전히 미소를 잃지 않은 채 너를 꾸짖었다. 너는 사회구조와 타인에 대한 이해도 부족할뿐더러 최소한의 아량마저 없다. 그런 생각으로는 인간학적인 맥락에서 범죄자를 이해한다는 말을 결코 이해할 수 없을 것이다. 다시 집에 가서 기사를 꼼꼼하게 읽고 그들이 왜 그래야만 했을까 생각해라. 그리고 이해하려고 노력해라. 스스로의 삶을 불행하다고 여기는 건 자유이지만 훗날 너는 네 생각을 부끄럽게 여기는 날을 맞게 될 것이다.

너는 단 하나의 문장을 씁쓸하게 떠올린다. 그러나 참고 견뎌야 자유를 얻을 수 있을 것입니다. 열아홉의 네가 스스로에게 건 일종의 주문이었다. 선생이 보기에는 가소로웠을 것이다. 너도 네가 얼마나 어리석었는지 알고 있다. 이만큼 참고 견딘다, 라는 자만과 앞으로도 참고 견디려고 애쓸 것이다, 라는 각오가 뒤섞인 문장이다. 너는 고등학교를 졸업하고 나서도 한참 동안 분당의 할머니 집을 벗어나지 못했다. 그때도 너는 과거의 어리석은 문장들을 반복해서 떠올렸다. 너는 지금 다시 생각한다.

나는 참고 견뎠나. 그래서 자유를 얻었나.

선생이 마지막으로 준 기사는 '확대된 수시 전형: 공교육 정상화인가, 현대판 음서제인가'라는 제목을 달고 있었다. 너는 그때까지만 해도 의도를 짐작하지 못했다. 수시에 지원하기 위해 관리를 받는 것은 영어, 수학 점수를 올리기 위해 과외를 받는 것과 같은 일이었다. 선생을 만나지 않았다면 너는 처지를 비관해 자살을 시도했을지도 모른다. 선생은 네가 얼마나 가진 게 많은 줄 아니, 라는 말로 너를 부끄럽게 했다. 부끄러움은 절망을 잊게 했다. 위태로웠던 고3의 너를 진단하고 처방했으므로 컨설팅 아카데미는 일종의 클리닉이었다. 선생 자신도 몸담고 있으면서 수시 제도를 '현대판 음서제'로 비유해 비아냥대는 기사를 읽히는 까닭을 너는 이해할 수 없었다.

윤수지 학생, 너는 네가 얼마나 멍청했는지 알아야 해.

선생의 얼굴로, 학생처장의 얼굴로, 2014년 1분기 A 학생의 얼굴로, 2분기 B 학생의 얼굴로, 주눅들어 학생처장의 사무실에서 쫓겨나오던 학보사 기자의 얼굴로, 너를 취재하던 기자의 얼굴로, 금수저 물고 태어났으니 공부만 열심히 하면 되지 않느냐고 다그치던 사람들의 얼굴로 집행되는 대사다. 그 말이 생각날 때마다 너는 거기서 도망치려고 했다. 언제든 선생의 얼굴이 떠오를 때면 지금 앉은 자리가 너에게 적합하지 않다는 생각이 들었다. 그 생각으로부터 자유로워지기란 어려웠다.

너는 차분하게 생각을 정리한다. 학생들은 나를 오해하고 있다, 나와 범죄학 전공 P교수가 결탁해서 사건에 대처했다고 생각하는 중이다, 내가 학생의 상담 내역을 유출했거나, 최소한 허술하게 관리해서, 그중 피해자 학생의 신경정신과 병력을 P교수가 입수하는 데 도움을 줬다고 여긴다, P교수는 학생의 병력을 이용해서 자신은 억울하게 모함을 받는 중이라고 주장하고 있다.

너는 상담실로 찾아온 기자의 질문에 성실하게 대답했다. 2014년 1분기부터 4분기까지 내내 상담을 받아온 J 학생이 털어놓은 학내 성

폭력 사건에 대해 알고 있다. 학생은 내게 가해자를 명시하지 않은 채 사건의 전말을 털어놓았다. 당연히 신고를 권유했으나 학생의 자율에 맡기는 것이 최선이라고 생각했다. P교수와는 물론 선후배 관계이지만, 비밀을 털어놓을 만큼 친분이 있는 것도 아니며 더욱이 상담 내역을 유출한다는 것은 상상할 수도 없는 일이다. 그러나 내게도 책임이 있다. 학생이 말한 가해자가 바로 그라는 것, 아니 교수라는 것을 눈치채지 못한 것이다. 나는 학생이 말한 끔찍한 인간과 선배인 P교수를 연결시킬 생각은 추호도 하지 못했다. 만약 그가 P교수라는 것을 알았다면……

너는 스스로에게 다시 묻는다. '만약 그가 P교수라는 것을 알았다면?' 기자에게는 얼버무렸지만 자신에게는 답할 수 있다. 그와 친분이 없다는 것을 증명하기 위해 노력했겠지. 네 이름으로 학보에 원고를 투고해서, 에둘러 P교수의 각성을 촉구했을 것이다. 너는 거짓 소문의 주인공이 되어본 적도, 그런 소문 때문에 인생을 걸고 노력한 것을 한순간에 잃어본 적도 없었다. 지금 너는 거짓 소문 앞에 서 있다. 자기 삶이 쉬이 불행해지진 않으리라는 확신과 세간의 오해를 뒤집어쓰고 삶에서 쫓겨날지도 모른다는 불안 사이에 서 있다. 이 확신과 저 불안이 모두 명료해서 너는 당황스럽다.

너는 재떨이로 사용하는 화분을 일별한다. 없던 것이 보인다. 담배꽁초가 섞인 배양토를 뚫고 허연 버섯들이 자라 있다. 세면대 밑에 함부로 두었더니 습기가 찬 모양이었다. 어젯밤에는 발견하지 못했던 것이다. 가장 잘 자라 둥근 머리를 내민 버섯을 들여다본다. 표면의 결이 촘촘하다. 화분을 받친 손의 미세한 떨림 때문에 버섯대가 파르르 흔들리는 것 같다. 더러운 것이 증식하고 있다는 기분이 들어 몹시 역겨워진다. 동시에 문득 강낭콩이 자라나 떡잎 사이로 본잎을 틔우던 모양이 생각난다. 출근할 때마다 오늘은 얼마나 자랐을까 기대하며 화분을 들여다보곤 했다. 내 손에서 뭔가 자라나고 있다는 생각에 들뜨고 뿌듯했던 그때를 떠올린다. 그것과 이것이 다르지 않다는 생각이 너의 머릿속을 스친다. 너는 곧 생각하기를 그만둔다.

버드아이즈 뷰

유월에는 그놈 생각이 난다. 숏대문학회 사람들이 둘러앉은 자리에서 가끔 나오던 말이었다. 그해 유월 그놈이 쓴 시는 흡사 정훈 영화의 오프닝 크레디트 같았다. 마침 신입생 전원이 현충원으로 소풍을 다녀온 지 얼마 되지 않은 때였다. 육월은 호국 보훈의 달, 우리는 당신들의 희생을 잊지 않겠습니다. 한동안 쭈뼛거리던 재혁이 읽은 자기 시의 첫 구절이었다. 현충원 곳곳에 널린 현수막의 글귀를 베껴 쓴 것이 틀림없었다. 이학년들은 허탈해서 한숨을 쉬었다. 입학 후 몇 달 동안이나 고전문학 작품을 읽게 하고 좋은 문장을 필사하게 했는데 기껏 썼다는 시가 그 모양이라니 기가 막혔다. 재혁은 유월을 '육월'이라 발음했다. 그런 바람에 그는 한결 더 멍청해 보였다. 그게 시냐? 이학년들은 화를 냈고 일학년들은 민망해했다. 선배들에게 좋은 작품을 보이고 싶어서 일학년들은 방과후 스터디도 했었다. 그들은 스터디에 재혁을 끼워주지 않은 것을 후회했다. 75기 전체의 이미지가 바보같이 굳어지는 것이 싫었다. 유월은 호국 보훈의 달, 그들은 그후로도 오랫동안 그런 문구를 보면 자연스레 재혁을 떠올렸다.

그래, 유월 하면 재혁이었다. 솟대 75기 모두 성인이 된 후에도 그들에게 유월 즈음은 순국선열이 아닌 재혁을 추모하는 시기 같았다. 모두의 머릿속에 재혁은 공부 잘하는 멍청이의 표상으로 남았다. 명문대 나온 후임 고문관 혹은 입사 성적 일등인 진상 신입을 볼 때면, 그들의 머릿속에는 자연히 재혁이 떠올랐다 사라졌다. 소풍 이후 재혁은 그들과 한결 더 멀어졌다. 재혁은 그런 놈이었다. 평소에는 하는 것도 없는데 꼴 보기 싫었고 그가 뭔가를 용기내서 하면 그렇게 마음에 안 들 수 없었다. 사내놈이 분홍빛 테의 안경을 끼고 다니는 모양새도 그랬고, 통 좁은 교복 바지도 그랬다. 두발 자유화가 시행된 지 얼마나 되었다고 볼품없이 길러 동충하초처럼 뻗친 펌도 그의 '쪼다' 같은 인상에 한몫했다. 대大 중남고 선배들이 이런 찐따가 후배로 들어왔다는 걸 알면 경을 칠 거다. 선배들은 가끔 그런 말로 재혁을 모욕 주곤 했지만 그뿐이었다. 수업시간에 잠만 잔다는 녀석이 모의고사 성적은 항상 전교 일이 등을 다투어 선생들의 입에 오르내리곤 했으므로 솟대의 일원으로서 별나게 모자랄 것도 없었다. 일학년들이나 이학년들이나 재혁을 학교 밖에서 따로 만나지 않았을 뿐 굳이 따돌린 적 없었다. 다만 그들은 한 해 가장 중요한 행사인 가을 축제 시화전에서 그를 제외했을 뿐이다. 그들은 교복을 다려입고 비니나 스냅백 등 각종 모자를 눌러쓴 채 학군 내 여고들을 돌며 사전 홍보를 했다. 재혁에게는 연락하지 않았다. 보이스카우트나 아람단 활동 때에도 무리와 자연스레 섞이지 못하는 아이가 있었고 그런 아이와는 데면데면 지내면 그뿐이었다. 본데없는 시골 학교 애들처럼 두들겨 패는 것도 아니고 욕을 하는 것도 아니었다. 전교생 오백삼십 명의 어머니 오백삼십 명 전원이 어머니회 소속인 강남 한복판 사립학교에서는 그런 일이 벌어지지 않았다.

졸업한 지 십오 년이 지났고 고등학교 시절은 별다른 추억으로 남지 않았다. 재혁을 제외한 솟대 75기 전원이 여전히 간혹 모임을 가졌지만, 그들은 더이상 고등학생이 아니었고 이제 삼십대 중반의 남자들이었다. 그들이 처음 만난 곳이 중남고 문예부 솟대문학회라는 사실은 별달리 중요하지 않았다. 간혹 재혁의 이야기가 나오면 그의 우스꽝스러운 행동거지나 옷차림, 특히 '호국 보훈'이 생각나 실소를 터뜨릴 뿐이었다. 그들이 공유하는 그 시절 추억은 이제 재혁 외에 거개 사라졌다고 볼 수 있었다. 그 시절을 반추하며 살기에는 당면한 일상이 바빴다. 대다수가 결혼을 했고 그중 아이를 키우는 친구도 있었다. 어느 날 국밥을 먹다 콧잔등에 시나브로 맺힌 땀을 문득 발견할 때, 게다가 그런 자신이 뚝배기를 두 손에 받쳐들고 처먹고 있을 때, 땀에 젖은 여름 와이셔츠가 등살에 달라붙을 때, 그들은 그토록 역겨워했던 아저씨가 되어가는 중임을 깨닫고 자기를 잠시 혐오했다 그만두곤 했다. 비니나 스냅백 같은 모자는 이제 결코 착용을 시도해볼 수도 없는 물건이었다.

열사 J가 다름아닌 재혁이라는 걸 알았을 때 솟대 75기, 그의 동기들은 모두 박장대소했다. 그러나 저간의 사정을 검색해보니 마냥 웃을 일은 아니었다. 오래 살다보니 이런 날이 오는구나. 그들은 정색하고 말했다.

그는 내처 하늘을 보며 팔을 허우적댔다. 동호대교였다. 그들은 열사라 치켜세워지는 재혁을 보았다. 찐따라 불리던 녀석이었다. 녀석은 하나도 늙지 않았고, 여전히 볼썽사나운 스타일에, 뭔가를 하고 있지만 대체 뭘 하는지 모르겠는 꼴로 팔을 허우적대고 있었다. 그들은 다 함께 재혁을 봤다. 동호대교를 빠르게 지나는 3호선 열차에서, 한강 둔치 계단에서, 동호대교 위를 지나던 헬리콥터에서, 그의 바로 옆에서 그럴 리는 없었다. 그들은 생중계되는 뉴스를 통해 녀석을 봤다. 야, 이번 육월은 유난히도 덥다. 동기 한 놈은 자신이 재혁의 발음을 따라 하고 있다는 것을 알아채지 못했다. 무더위와 열대야가 이르게 찾아온 여름이었다. 그들은 냉방중인 호프집 실내에서 연신 부채질을 해댔다. 너무 더우니까 애들이 자다가 경기를 하더라. 원래 유월이 이렇게 더웠나? 맥주를 벌컥벌컥 들이켜던 녀석이 TV 화면을 일별하다 순간 경기하듯 입안의 것을 내뿜었다.

저 새끼 저거 재혁이 아니야?

그들은 클로즈업된 남자가 오랫동안 보지 못한 재혁이 놈이라는 사실에 놀랐다. 재혁의 얼굴이 그들 앞으로 바짝 다가왔다. 마치 고등학교 시절 한 번도 모임에 참석하지 않았던 그가 이제야 합석을 청하듯. 재혁의 눈은 뭔가를 갈구하는 듯 애처로웠다. 와, 저 새끼 지금 옆에 있는 것 같네. 그들은 다시 잔을 부딪쳤다. 저 새끼 왜 저러는 건데. 뭔가 찜찜했고 이러면 안 될 듯한 기분이 드는 것이 몹시 불쾌했다. 저 새끼가 왜 우리를 불쾌하게 하는 거지. 모두의 머릿속에 그런 생각이 스쳤다. 저 새끼, 기분 나쁘다.

빨강 티셔츠 저거 붉은악마 티셔츠냐?

누군가 모두의 생각을 대변하듯 뇌까렸다. 그들 전부 이제 잔을 부딪치면서 웃을 수 있었다. 그들에게는 어쩌면 집보다, 최소한 신혼집보다는 편한 호프집이었다. 그들이 배냇저고리를 입을 때부터 6단지 아파트 중심상가 지하에서 영업해온 곳이었다. 주민등록증이 나오기 전에도 그들은 사장에게 통을 맞으며 맥주를 마셨다. 축제가 끝나면 이곳부터 들렀고, 여고 친구들을 데려오기도 했다. 간혹 어른들이나 형들을 만나도 반죽 좋게 웃으면 술을 얻어먹을 수 있는 곳이었다. 그들이 각기 취직과 결혼을 한 후 이곳에 대한 애정은 더욱 각별해졌다. 솟대 75기의 모임 장소는 언제나 고향 6단지의 이 호프집이었다. 그런데 이곳에서 저놈 때문에 기분이 나빠지다니, 안 될 일이었다. 모임이 끝나면 애가 울거나 와이프가 노려보거나 노모의 눈치가 매서운 집으로 돌아가야 하는데. 그저 기분좋게 한잔하러 왔는데.

재도 중남고니?

사장이 지나가며 물었다. '삼십대 남자 동호대교에서 예고대로 자살 소동'. 마치 마른안주나 치킨을 놓고 월드컵 경기 중계나 연예대상 시상식을 시청할 때의 기분과 비슷했다. 그들은 아직 환한 주말 하오에 동호대교에서 하늘을 향해 팔을 휘젓는 재혁이 원하는 게 뭔지 몰랐다. '한 달 전부터 SNS에 자살 예고'. 고딕체의 자막을 발견한 누군가 소리를 질렀다. 야야, 지금 죽으려고 저러나본데?

탄수화물 중독이야, 조심해야 해, 이제 우리 나이에는 더더욱. 친구들의 말을 들을 때마다 유경도 자기 건강이 걱정스러웠다. 끼니를 대충 때워버릇한 지가 오래되었다. 술 취한 아버지와 오빠가 누워 있는 집에서 제대로 된 밥을 먹어본 적 없었다. 그들을 일으켜세워 국을 떠 먹이고 찬을 집어 준다는 건 상상만으로도 끔찍하게 싫었다. 그렇다고 그들을 모른 척하고 혼자 식사할 수도 없는 노릇이었다. 유경은 손이나 입에 묻히지 않고 한끼 든든하게 때울 수 있는 음식이 좋았다. 간이의자에 앉아서 먹거나 걸어다니면서 먹을 수 있는 음식이라면 더욱 좋았다.

유경은 지금은 없어진 백화점 식품매장 한편에서 팔던 교자만두가 먹고 싶었다. 더러 생각나면 고등학교 시절이 그리워졌고 그뿐이었지만 간혹 못 견디게 그 맛이 간절했다. 작은 일회용 접시에 알맞게 담긴 교자만두는 여덟 개에 사천원이었다. 주름이 두세 개씩 접힌 만두피는 촉촉했고 그 안에 담긴 고기와 채소가 매운 간장과 어울려 달콤했다. 유경은 교자만두 코너의 간이의자에 앉아 허겁지겁 만두를 먹었다. 유경이 먹어본 어떤 만두보다 맛있었다. 편의점에서 파는 각종 브랜드 만두뿐 아니라 후미진 골목에 위치한 장인의 맛집에서 먹은 것들도 그만 못하기는 매한가지였다.

유경은 만두를 좋아했다. 특히 그 집의 교자만두를 생각하면, 여름 교복을 입고 허겁지겁 끼니를 때우던 자신이 기억나 애처롭다가도 곧장 백화점을 돌아다니며 브랜드 물건들을 구경하다 뿌듯해하던 자신이 떠올라 우스워지곤 했다. 결국 그 시절에 관한 모든 기억은 통틀어 애틋함으로 남았다.

남자의 집에서 솟대문학회 배지를 발견하고, 그가 다름아닌 중남고 졸업생이라는 걸 알아챈 후부터는 더욱 자주 그 생각이 났다. 유경은 그 시절 식품매장을 돌며 왁자지껄 시식을 하던 녀석들을 떠올렸다. 가을 축제를 일주일 앞두고 빼기고 다니던 녀석들이었다. 아직 더운 날씨에 보카시 비니를 쓴 녀석이 바퀴 달린 운동화를 신고 유경의 앞까지 쭉 미끄러져왔다. 유경은 그를 알아봤다. 아침 등굣길에 교문 앞에서 누님, 꼭 놀러오세요, 하고 웨이터같이 말하며 축제 유인물을 건네주던 녀석이었다. 멋을 내려고 통을 넓혔지만 황갈색 교복 바지는 멀리서 보면 마치 아무것도 입지 않은 양 흉측했다. 그 바지는 중남고 애들이 입던 것이었다. 유경의 중학교 동창생 중 남학생들은 대부분 중남고로 배정받았다. 중남고는 유경이 다니던 여고에서 두 정거장 떨어져 있었다. 중남고 애들은 가을 축제 때만 되면 무리지어 돌아다니며 동아리 행사를 홍보하느라 바빴다. 같은 학군이었고 두 학교 학생들 모두 사는 데가 고만고만했으므로 유경도 심심찮게 그들을 볼 수 있었다. 바퀴 달린 운동화를 신은 녀석은 착지하듯 몸을 사뿐히 꺾어 왔던 방향으로 신발을 끌며 다시 달려갔다. 지나던 아주머니들이 혀를 찼다. 유경은 배낭에 들어 있는 유인물을 생각했다. 그들의 교복 셔츠 주머니에 달린 배지 모양과 같은, 장대 끝에 용이 달린 모양의 '솟대' 로고가 유인물에 커다랗게 박혀 있었다. 솟대문학회는 시화전을 한다고 했다. 유경은 껄렁해 보이는 남자애들이 시를 쓴다는 것을 좀처럼 믿을 수 없었다. 문학이라는 것에 관심은 없었지만 유경의 생각에 시는 뭔가 아름다운 것이었다. 유경은 절節 중에 가장 아름다운 절은 바로 시, 라고 배웠던 것을 생각했다. 운동화를 끌고 다니면서 껄렁대는 아이들이 그런 아름다운 것을 만든다니 이상했다.

그건 네가 몰라서 하는 소리야. 유경의 친구는 솟대문학회에 대해 잘 알고 있었다. 거기 자부심이 얼마나 강한데. 백 년 전통의 중남고에서 가장 먼저 만들어진 동아리라고 했다. 일제강점기 중남고 학생들은 항일 시를 써서 문집을 냈고 이화학당과 함께 독립운동을 하다가 투옥된 학생들도 많다고 했다. 게다가 일제강점기 때부터 이어져 온 그 시화전은 솟대문학회가 가장 자랑하는 전통이야.

유경은 어이가 없어 친구에게 물었다. 넌 어떻게 그렇게 자세히 알아? 친구는 멋쩍어하며 말했다. 우리 오빠가 거기 출신이거든. 친구는 중남고 제일의 동아리 솟대문학회야말로 각 학급에서 가장 공부 잘하는 애, 집안 좋은 애, 하다못해 잘생겼거나 싸움이라도 잘하는 애가 들어가는 곳이라는 말을 덧붙였다. 유경이 다니는 학교에도 그런 동아리가 있었다. 성적순으로 입학한 것도 아니고 가정환경도 다른 학교 학생들과 비슷한데 신생이자 그린벨트 인근에 있어 학군 내에서 무시당하기 일쑤인 학교였다. 인물 반반하고 공부는 못하는 애들이 다닌다는 소문을 증명하기라도 하듯 교복을 바짝 줄여 입고 눈썹을 그리는 아이들이 있었다. 개중 눈썹을 제법 그리는 아이들이 차출되는 동아리가 있었다. 적십자 로고를 내세운 봉사 동아리였다. 그애들도 가을 축제 시즌만 되면 교복에 하이힐을 착용하고 온 동네를 쏘다니며 동아리 행사 홍보를 했다.

유경은 친구의 말을 듣고 코웃음을 쳤지만 곧 호기심이 생겼다. 그들이 쓰는 시라는 게 어떤 것인지 궁금했다. 유경은 친구를 졸랐다. 그냥 잠깐 들러서 구경만 하고 오자. 도수 높은 안경을 쓴 친구는 한사코 거절했다. 나는 안 돼. 우리 오빠 후배들이잖아. 오빠가 그런 데 간 걸 알면 뭐라고 할걸. 유경은 의아했다. 그게 무슨 상관이야? 유경이 캐묻자 친구는 솔직하게 털어놓았다. 나는 그애들 몇 번이나 마주쳤는데도 초대장 못 받았어. 초대장 못 받은 애는 축제 못 가.

유경은 이후로 오랫동안, 종종 아무 맥락 없이 그날을 떠올리곤 했다. 숫대문학회 녀석이 준 유인물은 한동안 배낭 한구석에 구겨져 있었다. 교과서와 문제집에 눌려 반쯤 찢어진 채였다. 초대장 못 받은 애는 축제 못 가. 친구의 말에 유경은 입을 다물었다. 친구는 무척 상심한 듯했다. 그런 걸로 뭘 그렇게 뾰로통해, 그냥 가자, 누가 초대장 검사한대? 그런 말을 내뱉었다가는 영영 친구를 잃고 눈치 없는 애로 낙인찍힐 것 같았다. 대학 진학 후 도수 높은 안경을 벗고 콧대를 세워 몰라보게 예뻐진 친구를 볼 때마다 유경은 과거의 그 말을 떠올리고 혼자 웃곤 했다. 유경은 친구를 잃고 싶지 않아 혼자 중남고 축제에 들러봤다는 사실도 털어놓지 않았다.

75기는 그들 각자의 집에서 일제히 TV를 켜고 아직 환한 하오의 자살 소동을 다시 지켜봤다. 어지간한 케이블 채널에서는 죄다 녀석의 소동을 다루고 있었다. 재혁은 다만 동호대교 위에서 하늘을 보고 있을 뿐이었다. 그러나 그의 제스처는 전부 '자살 소동'으로 해석되었다. 자신이 지정한 날짜에 동호대교에서 자살하겠노라고 SNS에 예고했기 때문이다. 경찰이 그를 설득해 집에 돌려보냈다는 후속 보도가 짤막하게 나오긴 했지만, 녀석의 모습을 끝없이 반복 재생해대는 탓에 그는 여전히 자살 소동을 벌이는 중으로 보였다.

75기들의 부모나 형제, 아내는 TV 앞으로 다가와 한마디씩 했다. 어머, 저런 미친놈. 어쩌자는 거야? 그나마 재혁을 챙겼던 주원은 아내의 말이 거슬려 그녀를 노려봤다. 여보, 걔 나랑 동창이야. 아내는 아연실색했다. 뭐? 저 사람 열사로 유명한데. 당신 몰라?

아내는 스마트폰을 두드리더니 주원의 눈앞에 들이밀었다. 이것 좀 봐. 며칠 후에 동호대교에서 떨어져 죽겠다고 트위터에 계속 도배하던 인간이야. 주원은 아내가 보여주는 화면 속 내용보다 그녀가 트위터 같은 쓸데없는 데 빠져 시간을 낭비한다는 게 더 어이없었다. 아이 보느라 힘들다고 투덜대더니 하고 싶은 건 다 하고 사는구나 싶어 짜증이 났다. 아내는 눈치도 없이 계속 떠들어댔다. 이것 좀 봐. 이것 좀 봐. 미쳤나봐. 중남고라고? 문예부였어? 웬일이야. 자기 선배들도 알아?

주원은 참다못해 에이 씨, 버럭 소리를 내며 침실로 들어갔다. 동창이라고 했는데도 계속 지껄이는 저의가 뭔지, 자기를 무시해서 저러는 건지 도통 알 수 없었다. 당최 집에서는 쉴 수가 없었다. 주원은 발을 탕탕 굴렀다. 저 멍청한 놈이 왜 다리 위에서 염병을 떨고 있는 거지. 주원은 숨을 씩씩 고르며 74기 범석에게 전화를 걸었다.

아, 형, 재혁이 새끼 TV 나오는 거 봤어요?

범석은 너 인터넷 안 하니, 되물었다. 몰라요. 인터넷은 무슨. 저희 동기들이 다 같이 봤는데 전부 처음 보는 꼴이었는데요 뭐. 범석은 낄낄거렸다. 너만 모를걸. 인터넷 하는 애들은 다 알아. 주원은 기분이 몹시 나빠졌다. 아, 예, 끊어요, 형.

야, 그 새끼 열사야. 인터넷에서 정신 빠진 새끼들이 다 열사라고 부르던데?

범석이 다급하게 덧붙인바, 재혁은 아내가 말한 대로 '열사'로 불리는 중이었다. 단어의 어감이 하도 어처구니없어 주원은 잠시 박장대소했다. 재혁은 과연 열사였고, 수많은 다른 열사들과 구별짓기 위해 '열사 J'가 되어 있었다. 이런 허접스러운 네이밍이라니, 주원은 인터넷의 가벼움이 한심스러웠다.

주원은 밤새 인터넷 창을 열고 닫으며 재혁에 관한 저간의 이야기들을 수집했다. 재혁이 법학과에 진학했다는 것까지는 주원이 이미 아는 내용이었다. 공부를 잘했던 재혁은 별 탈 없이 대학에 진학했다. 원래부터 공부를 잘하는 녀석이었는데도 그가 서울대 법대에 합격했다는 소식을 듣자 마음이 놓였었다. 주원은 삼학년이 된 이후 재혁을 본 적 없었다. 이학년을 마치자 더는 문예부 형들에게 소집될 일이 없었다. 후배들이 필사하거나 강독하는 동아리방에 가끔 들러 잘난 척만 해주면 그만이었다. 재혁은 애초에 무리에 끼지 못했으므로 내내 나타나지 않았다. 주원은 시한폭탄 같은 재혁을 다시 볼 일 없을 거라고 생각했다. 단단히 입막음해두었으니 녀석이 허튼짓을 할 리는 없었다.

이제 와 그 일을 떠올리면 당시의 자신이 미친듯이 한심스러웠다. 형들과 어울리다보면 인근 여고 학생들 정도는 너무 쉬웠다. 슬쩍 손을 잡거나 뒷덜미를 쓰다듬어도 술에 취한 누나들은 가만히 있었다. 주원은 모든 것이 그냥 그런 정도의 일이라고 생각했다. 장난일 뿐이었다. 그러나 그 일은 살아가는 동안 종종 주원의 발목을 잡았다. 내가 고작 그 정도밖에 안 되는 놈이었나. 암만 고등학생이었다고 해도. 그토록 유치하고 비열하고 조잡스러운 행동을 할 정도밖에 안 됐나. 아내에게 막말을 하고 난 후에도 그 일이 생각났고, 상사에게 욕을 먹고 난 후에도 그 일이 생각났다. 이토록 오랫동안 자신을 괴롭힐 줄 알았다면 굳이 그런 짓을 하지는 않았을 터였다.

그래서 너는, 법대 나와서, 기껏, 한다는 짓이, 아직도, 이딴 거냐?

주원은 선명한 화질의 TV 화면을 통해 본 재혁의 모습을 떠올렸다. 어쩐지 하나도 늙지 않은 녀석의 모습이 주원을 불쾌하게 했다. 너도 아직 여기 그대로 있어, 라고 그가 말하는 것 같았다. 하수구에서 딸려 나오는 머리카락 뭉치처럼 지저분한 장면들이 몰려왔다. 주원은 습관대로 조용히 자신에게 질문했다. 사과하지 않았잖아? 용서받지 못했잖아? 그보다, 자백하지 않았잖아.

그러나 그 일을 털어놓는다고 해서 뭐가 달라질까 싶었다. 시화전 뒤풀이에서의 일은 주원에게 다만 지긋지긋한 반성의 매개일 뿐이었다. 적어도 자신은 그 일을 잊지 않았고, 마음으로는 용서를 빌었고, 반성하며 살고 있었다. 주원은 화가 났다. 마치 자신 때문이라는 듯 울먹이던 녀석이 더한 짓거리를 하는 놈들을 위해 살아왔고, 그 덕에 열사 호칭을 얻었다니 기가 막혔다. 그렇게나 멍청하더니 자기 멍청함을 어쩌지 못해 입때껏 이렇게 살고 있다. 재혁이라는 녀석은. 재혁을 추종하는 커뮤니티에서는 벌써부터 검은 리본을 달 기세였다. 주원은 모니터를 부숴버리고 싶을 정도로 짜증이 났다. 멍청한 놈들. 원하는 게 대체 뭐냐? 문득 주원은 호들갑 떨던 아내에게도, 낄낄 웃던 범석에게도, 그보다 재혁을 함께 목격한 호프집에서의 75기들에게도 가장 중요한 것을 묻지 못했다는 사실을 깨달았다.

그런데, 왜 죽겠다는 거지?

유경은 소동을 벌이는 남자가 바로 재혁이라는 것을 알지 못했다. 이미 유명해질 대로 유명해진 재혁이었으나 SNS를 하거나 뉴스를 보지 않으면 모를 일이었다. 유경은 재혁과 커피를 마시고 악수까지 나눴지만 그의 얼굴을 얼른 떠올릴 수 없었다. 유경은 낯선 사람의 집을 임대해서 살고 있다는 짜릿함과, 혼자만의 공간이 주는 안락함에 빠져 있었다.

낯선 사람의 집. 그러나 자신에게 육 개월간 허락된 집이다. 그의 살림을 훔쳐보고 싶다는 욕구는 날로 강렬해졌다. 집주인은 외국에 사는 가족을 만나러 갔고, 따라서 불시에 들이닥칠 일도 없었다. 그가 쓰던 물건들이 그대로 있었다. 햇볕이 드는 거실에서 다른 사람의 가족사진을 보는 일은 옷장에서 모르는 옷들을 발견한 것 같은 이상한 기분이 들게 했다.

남자의 집에 들어가게 된 계기는 단순했다. 유경에게는 집이 필요했다. 대학에 가면 얻을 수 있을 거라고 생각했지만 그러지 못했다. 오랫동안 참아왔으니 직장을 구한 후엔 얻을 수 있을 거라고 생각했다. 실패했다. 보증금은 좀처럼 모아지지 않았다. 고시원이라도 얻어 볼까 생각했다. 그러나 번듯한 집에서만 살아온 자기 삶의 조건을 거스르기란 쉽지 않았다. 아니, 아예 불가능했다.

비록 쓰레기장처럼 방치해둔다고 할지언정 유경에게 집이란 곳은 너른 거실이 있고 화장실과 욕실은 각각의 용도에 맞게 분리되어 있으며 다이닝 룸과 키친 역시 그러한 공간이어야 했다. 아버지는 주로 패브릭 소파에 구겨져 있다 한 달에 한 번쯤 정신 차리고 일어났다. 흘린 술이며 침으로 범벅된 패브릭 소파에선 사시사철 쉰내가 났다.

유경이 거기 앉지 않게 된 것도 이미 오래된 일이었다. 겨우 정신 차린 아버지가 불러준 도우미 아줌마들이 집안을 정리하고 나면 당분간 그럭저럭 견딜 만했다. 내처 방에서 잠만 자던 오빠 역시 집안이 정리되면 슬슬 기어나왔다. 유경은 비 오는 날 지렁이처럼 꼬물꼬물 움직이기 시작하는 그들과 무엇도 나눠 먹고 싶지 않았다. 이렇듯 사십 평대 집조차도 사람 사는 곳 같지 않았는데 창문 하나 겨우 달린 단칸방에서는 아예 생존할 수 없을 것 같았다.

간혹 터무니없이 저렴한 값에 집을 내놓는다는 사람의 이야기를 들은 무렵이었다. 찜찜한 사연이 깃들어 있을 것 같아서 그런 방은 대개 피한다고 했다. 유경의 친구는 그것도 옛날 말이지 요즘 같은 주택난에는 해당되지 않는 이야기라고 비웃었다. 별일이 있었다 해도 임대인 쪽에서 애초에 싼값에 내놓지도 않을 거라고 했다. 집 가진 게 유세니까. 유경의 생각에도 그럴듯했다.

부동산 사이트에서 아파트 전월세 시세를 알아보는 것을 소일 삼던 유경의 눈에 마치 직전 세입자가 죽어 나가기라도 한 것처럼 싼 집이 들어왔다. 유경은 친구에게 전화를 걸어 상의했다. 그냥 육 개월만 쓰는 거래, 집주인이 외국 나가 있는 동안. 나도 독립은 처음이니까 연습 삼아 살아보면 어떨까. 보증금도 필요 없다고 하고 월 이십만 내면 된다는데. 그런데 스리 룸 아파트가 이런 조건이라니 이상하지 않니? 친구는 주인이 잠시 비우는 집이니 그런 걱정은 할 필요 없을 것 같다고 했다. 카우치 서핑이니 에어비엔비가 유행하는 시대에 주인이 비워준 집에 정당한 요금을 지불하고 사는 일이니 더는 걱정 말라는 것이었다. 유경의 생각에 친구의 말은 그럴듯했다.

그에게는 수건을 둥글게 말아 접어두는 습관이 있었다. 대형마트에서 다량으로 구입한 순면 수건이었다. 유경이 그의 수건을 사용할 일은 당연히 없었다. 샤워 부스 옆 벽면에 있는 수납장은 순전히 남자 생활의 역사를 보여주는 물건들로 채워져 있었다. 혼자 산 지 십 년 넘었어요, 라고 말하던 남자에게 왜 가족을 따라가지 않았어요? 라고 묻고 싶었던 순간이 떠올랐다. 사실 딱히 궁금하진 않았다. 그런데도 묻고 싶었다. 그것과 비슷했다. 굳게 닫힌 방문 너머를 알고 싶다는 기분이 드는 것도. 남자가 그 방만은 결코 열지 말라고 지시한 것도 아니었는데 유경은 방문을 열 수 없었다. 말보다 더욱 완강한 명령처럼 문손잡이에 단단히 묶여 있는 수건 때문이었다. 꼼꼼하게 매듭지어진 채 감겨 있는 수건은 분명한 금기의 표지처럼 보였다. 유경에게 그 방은 냄새나는 오빠의 방을 떠올리게 했으므로 굳이 열어보고 싶지는 않았다. 그보다 다른 곳들에 대한 궁금증이 더해졌다. 비밀번호가 걸려 있지 않은 애인의 휴대전화가 손안에 들어 있는 기분이었다. 가령 남자의 책상 서랍이나 거실 자개장, 어머니가 쓰던 것으로 추정되는 경대 서랍 따위를 열어본다면. 고작 유통기한이 다 된 옛날 화장품과 교과서 따위가 나온다고 해도 구경해보고 싶었다.

훗날 유경은 남자의 집에서 솟대 배지를 발견하던 순간을 떠올릴 때마다 그 순간 역시 결국 자신의 쓸데없는 호기심이 촉발한 것이었고, 모든 일에 일정 부분 자기 책임이 있다는 생각을 쉽게 떨치지 못했다.

그의 데스크톱에 손대기 시작한 때는 계약 만료일을 한 달 정도 앞

둔 시점이었다. 유경은 퇴근 후 그가 다운받아놓은 영화를 봤다. 그도 호러를 좋아하는 모양이었다. 볼만한 영화들이 많았다. 자신이 구하지 못했던 작품들이 나올 때마다 유경은 마냥 즐거웠다. 유경은 영화들을 거의 다 볼 무렵 그의 자료들을 구경하기 시작했고, 이윽고 사진 폴더에 손을 댔다. 그는 수건을 정리하듯 엽렵하게 카테고리별로 폴더를 정리해두었다. 하드디스크를 바꿀 때마다 사진들을 잃어버리곤 했던 유경과 다르게 그는 오래전 사진들도 연도별로 꼼꼼하게 보관하고 있었다. 사진 폴더에서 드러나는 정리벽은 서가나 화장실, 부엌 찬장에서 본 것 이상이었다. 매년 매월의 네임 태그가 붙은 폴더들 대부분에 비밀번호가 걸려 있었다. 자물쇠 아이콘이 달려 있지 않은 폴더는 십수 년 전 것들 몇 개뿐이었다.

사진과 더불어 유경이 발견한 각종 카메라들은 전부 값비싸 보였다. 옛날식 필름카메라에서부터 최신 디지털카메라에 이르기까지 전부 고급스러웠고 새것처럼 깨끗했다. 유경은 그것까지는 차마 손대볼 생각을 못했다. 기종을 검색해보며 놀라워할 뿐이었다. 남자는 침대 밑 수납장에 그것들을 차곡차곡 보관해두었다. 유경은 카메라들을 구경하다 문득 그의 폴더에서 열어본 몇 장의 사진들을 떠올렸다. 고가의 카메라를 수집하는 사람의 사진이라고 하기에는 뭔가 허접스러웠다. 책걸상과 사물함, 잔디가 깔린 운동장과 농구 골대 등이 찍힌 사진들의 색감은 먼지가 만져질 것처럼 혼탁했다. 특히 빈 교실 등 실내 정경이 찍힌 사진들일수록 그랬다. 사진들을 하나씩 클릭하던 유경은 얼마 안 가 그만두었다. 기왕에 훔쳐보는 거였지만 CCTV 화면을 훔쳐보는 것처럼 유독 찜찜한 기분이 들었다.

그 탓에 유경은 그의 폴더 안에 담긴 학교가 그 옛날 직접 방문해본 적 있는 중남고라는 것을 알아채지 못했다. 학교의 정경은 대개 엇비슷했다. 다만 사진이 찍힌 때가 자신이 고등학교에 다니던 무렵과 비슷해 그때를 떠올려봤을 뿐이다.

사진들을 본 날 이후, 유경은 오래전 그날이 반복해서 떠올랐다. 유경은 또래와 달리 혼자 다니는 것을 꺼리지 않았다. 그날도 여름 교복을 입고 개천을 건너 혼자 중남고에 갔다. 유경은 늘 메고 다니던 캔버스 백팩을 벗어두고 핸드백을 들었다. 학교 이름이 오버로크된 하얀 양말 따위는 벗고, 피부가 훤히 비치는 성인용 스타킹을 신은 채였다. 유경은 백화점 정문 앞에서 치마의 허릿단을 두 번 접었다. 지하주차장에서 올라온 차들이 두어 대 빠져나가자 교통 안내를 하는 남자 직원들이 팔을 들어 건너가라는 신호를 했다. 백화점에 바로 면한 중남고에서 벌써부터 왁자지껄 떠드는 소리가 들렸다.

교문 앞에 진을 치고 있던 한 무리의 녀석들과 또다른 무리의 녀석들. 다트 게임을 하고 물풍선을 던지고 음악을 틀어놓고 오락실 펌프게임의 스텝을 밟는 흉내를 내던 녀석들. 그 녀석들의 이미지가 하나로 단단히 뭉쳐 유경의 머릿속에 떠올랐다 사라지곤 했다. 특별한 날이 아니었다. 은색 정장을 입은 녀석이 장미꽃 한 송이를 들고 다가왔다가 죄송합니다, 말하곤 사라졌다. 녀석의 등에는 사랑의 메신저라고 적힌 도화지가 붙어 있었다. 그걸 보자마자 유경은 시화전이고 뭐고 더는 구경하고 싶지 않아졌다. 모든 게 시시하게 여겨졌고, 허릿단을 두 번 접은 게 몹시 머쓱해졌다. 유경은 그만 집에 가야겠다고 생각했다. 그대 중남의 자랑이어라, 축제를 맞아 조회대 지붕에 써붙인 교훈이 우스꽝스러웠다. 칠층짜리 벽돌 건물을 한 번 쳐다보고, 남자애들이 흙먼지를 날리며 뛰어다니는 운동장을 둘러본 후 유경은 그곳을 나왔다.

유경은 남자의 물건을 뒤져본 것이 미안해졌다. 카메라들을 보관해둔 수납장에서 솟대의 배지를 발견한 이후였다. 남자는 유경보다 한 살 어렸으므로 그해 당연히 시화전에 참여했을 터였다. 그날 운동장 한가운데에서 돌아나오지 않았다면 둘은 만났을 수도 있었다. 사실 오랫동안 한동네에서 살아왔으므로 어디서든 마주쳤을 수 있었다. 백화점에서 유인물을 주던 그 녀석이었을까. 그런 생각을 하고 보니 남자의 물건에 손을 댄 행위 자체가 그의 인생에 함부로 개입하려 든 것처럼 여겨져 민망했다. 유경은 자신의 생각이 짧았음을 반성했다. 적은 액수나마 요금을 지불하고 살다보니 사는 동안만큼은 내 집처럼 여기자고 생각한 게 화근 같았다. 유경도 사실 알고 있었다. 대부분 비슷한 학교를 나와 거기서 거기인 곳에서 놀고먹는 강남 한복판이었다. 문득 유경은 자기 옷차림을 살폈고, 남자의 시선이 느껴지는 양 흐트러진 옷매무새를 가다듬었다.

재혁은 일주일 후 동호대교에 다시 나타났다. 하늘을 향해 왼손을 뻗어 허우적대는 녀석의 오른손에는 태블릿만한 물건이 들려 있었다. 지난번에도 저런 거 들고 있었나? 범석이 과자를 잘근잘근 씹으며 물었다. 저게 뭐냐?

형도 느리시네, 세상 물정에. 저거 드론 리모컨이잖아요.

그게 뭔데?

리모컨으로 조종해서 하늘을 날게 하는 휴대용 비행기.

범석은 씹던 과자를 뱉으며 웃었고, 주원은 그런 그를 노려봤다.

아니, 애도 아니고 그런 걸 왜 하는데?

그러게. 튀어 보이려고 저러나. 지금까지 한 게 아예 다 관심받으려고 안달하는 짓이던데. 저 나쁜 방송국 놈들, 지금 뭐하는 거야?

화면에는 익숙한 자막이 깔려 있었다. '삼십대 남자 동호대교에서 예고대로 자살 소동'. 재혁은 마치 행위예술을 하는 것 같았다. 진짜 죽으려는 건 아니겠지? 중계만 하는 것 보니까. 자살 소동만 한다는 거지? 누군가 말했고 주원은 욕지거리가 치미는 것을 꾹 눌러 참았다.

방송국 놈들. 게을러 빠져서 지난주에 썼던 자막 그대로 쓰는 거잖아. 그럼 저 화면이라고 지난주에 찍어둔 게 아니라는 증거 있어? 주원은 그의 말을 정정해줬다. 아냐. 지난번에는 드론 안 띄웠잖아. 이것도 생방송일 거야.

주원은 들고 있던 맥주잔을 갑자기 깨버리고 싶은 충동을 느꼈다. 생방송이면 어떻고 아니면 어떻고. 저 새끼는 대체 왜 죽겠다는 거야. 주원은 혼잣말처럼 말했다. 그 새끼들은 뭐하는데? 열사니 뭐니 하며 시끄럽게 굴던 놈들. 열사가 저 지경인데 내버려둔다는 거야?

범석이 주원의 옆구리를 쿡 찔렀다.

그래도 옛날부터 우리 중에 저 자식 걱정해주는 사람은 너밖에 없다. 야, 근데 너무 걱정 마라. 재혁이 너보다 잘살아. 성희롱으로 고소당한 새끼들 인터넷에서 법률 자문해주고, 그 병신들 중 추첨해서 합의금 턱턱 지원해주고. 그래서 열사라고까지 하는데. 넌 그럴 여유 그럴 돈 있어? 그리고 저렇게 장난감 좋아하는 놈들치고 쉽게 죽고 이러는 놈 없어.

주원은 어이가 없어서 웃었다.

형, 지금 그걸 논리라고 펼치는 거예요?

논리는 무슨. 하는 소리지. 그냥 술이나 마셔.

주원은 동호대교에 올라 있는 재혁을 안주 삼아 농을 지껄이는 남자들이 역겹게 느껴졌고, 자신이 그들 중 일부라는 사실이 소름 끼쳤지만 오래전 일을 떠올리지 않을 수 없었다. 만약 재혁을 괴물로 만든 탓이 솟대에 있다면, 그중 가장 지대한 책임을 갖고 있는 사람은 다름 아닌 자신일 터였다. 솟대뿐만 아니라 다른 동아리들도 가을 축제 시즌만 되면 머리가 돌아버린 것처럼 으레 여자 문제를 일으키곤 했다. 그래도 학교나 부모 귀에 들어갈 만큼 심각한 문제들은 아니었고, 그들 생각에는 그것도 자랑거리였다. 한 번 논 걸로 깽값 요구하는 애는 없으니까. 형들 말은 그랬다. 형들이 그랬듯 우리도 그랬다. 술 취한 여자애들이 비틀거리면 그녀들을 만져보고 자세히 들여다봤지만 그 이상은 하지 않았다. 그게 그냥 같이 노는 거였으니까.

당시 유행하던 커다란 배낭과 통이 넓은 바지는 술병을 숨기는 데 적합했고 취하면 그것을 숨기지도 않았다. 학교 뒷골목 구멍가게 아저씨는 그들이 원하는 만큼 술을 내주었고, 노래방 아줌마는 그들이 뭘 하든 상관하지 않았다. 솟대 열 명에 여기저기서 주워온 여자애들 열 명이 만원 엘리베이터 안에서처럼 몸을 붙이고 모여 앉았다. 노래방 아줌마는 묻지도 않고 계속 시간을 넣어주었다. 더러 노래를 부르는 녀석도 있었지만 대부분 술을 마셨다. 그날 여자애들은 죄다 심하게 취했다. 집에 가겠다고 우는 애들 몇을 골목 끝으로 데려다주던 주원의 눈에 재혁이 들어왔다. 재혁은 찐따처럼 문제집을 보면서 걷고 있었다. 야, 이 한밤에 그게 보이냐? 주원은 재혁을 잡아끌었다. 같이 놀자. 재혁은 주원의 손에 이끌려 노래방에 들어왔다. 여자애들 몇이 빠져나가자 김이 샜는지 그새 형들이 자리를 옮긴 것 같았다. 남은 인원은 전부 엎드려 있거나 누워 있었다. 헤아려보니 숫대보다 여자애들이 더 많았다. 주원은 그 사실에 희열을 느꼈다. 주원은 배낭 어깨끈을 양손으로 붙들고 우두커니 서 있는 재혁을 힐끗 쳐다봤다.

아마 요즘 같은 때였다면. 주원은 처음으로 그런 상상을 해봤다. 요즘처럼 누구나 고화질의 사진을 찍을 수 있는 핸드폰을 갖고 있던 시절이었다면 그날 자기가 무슨 짓까지 했을지 상상만으로도 끔찍했다. 당시 핸드폰에 내장된 카메라는 카메라라고 하기에도 한참 부족했다. 그랬으니 망정이지, 라고 주원은 생각했다. 여기저기 뻗어 있는 여자애들의 치마를 들추고 속옷을 들어올려 찍은 사진들을 주원은 한참 동안이나 갖고 있었다. 잠들기 전에 보고 등교하면서 보고 공부가 안 되면 보고 하면서도 죄책감을 느끼지 못했다. 그녀들이 수줍게 인사를 건네고 웃으며 자신과 맥주를 먹던, 살아 움직이는 인간들이라는 사실은 별로 중요하지 않았다. 그것이 보고 싶을 때 봐야만 하는 마음이 훨씬 더 컸다.

주원은 재혁을 만나고 싶지 않았다. 그가 예전과 다름없는 얼굴로, 늙지도 않고 다시 나타났다는 게 불쾌할 뿐이었다.

재혁은 리모컨의 스틱을 좌우로 천천히 움직였다. 드론이 제자리에서 반시계 방향으로 돌았다. 옵션으로 장착한 카메라는 국내에서 시판되는 제품들 중 최고가였다. 수입된 물건이 워낙 적어 중고 거래 사이트에서 겨우 구한 것이었다. 재혁은 한 손으로 리모컨을 조종하며 다른 한 손을 흔드는 자신을 촬영했다. 한강 다리 위에서 드론을 날리는 것은 불법이었다. 그러나 지금은 죽기 직전, 법 같은 건 중요하지 않았다. 어차피 비행 금지 구역이라는 단어 따위는 길바닥에 담배 꽁초를 버리지 말라는 말보다 와닿지 않았다. 녀석들한테 누누이 말했듯 법감정이라는 게 중요했다. 이게 법이 이렇게 돼서 그런 거에는 이렇게 적용이 되고 저렇게는 안 된다는 걸 누가 아냐? 너희들 같은 새끼들이 아냐? 채팅창으로 그런 말을 쳐 보낼 때마다 재혁은 신이 났다. 이제는 헬리콥터에서 촬영하는 방송국 놈들의 카메라와 자신의 카메라가 다르게 느껴지지 않았다.

형님, 연락드릴게요. 헤어질 때마다 실실 웃으며 고개를 조아리던 녀석들이 약속이라도 한 듯 연락이 없다. 재혁은 분노했다. 문예부 놈들보다 못한 놈들이, 듣도 보도 못한 지방에서 올라와서 고시원 단칸방에나 사는 쓰레기 같은 놈들이. 형님, 형님 하면서 따르는 척하다 결국 단물만 빼먹고 모른 척한다. 자신을 부르는 열사라는 말이 살아 있는 인간에게 붙이는 단어가 아니라는 것도 모르는 놈들이었다. 자신들의 커뮤니티에서 주야장천 글이라고 써대지만 문맹이나 다름없는 놈들이었다.

재혁은 자신을 찍는 여러 대의 카메라를 올려다보며 자신의 모습을 상상했다. 오래전부터 꿈꿔온 풍경이었다. 자살하려는 모습을 중계하는 쓰레기 같은 뉴스 카메라. 그가 사랑하는 호러 영화에나 나올 법한 디스토피아였다. TV 뉴스 채널이 쓸데없이 많아졌을 때 재혁은 그가 꿈꾸던 장면에 다가가고 있다는 것을 직감했다. 반정부 시위 장면을 비추며 집회 참가자가 든 피켓에 쓰인 폰트가 북한에서 쓰이는 폰트라는 내용을 진지한 얼굴로 보도하던 여자를 보던 날 재혁은 자신의 날이 도래했음을 깨달았다. 미래는 항상 우리보다 먼저 도착해 있다. 엿 같은 모습으로. 재혁은 트위터에 멘트를 남겼다.

재혁은 리모컨을 발치에 내려놓았다. 발치에 이미 스마트폰이 있었다. 꽃신을 벗어두고 강물로 뛰어드는 소녀처럼. 재혁은 갑자기 이런 죽음의 장면이 진부하게 느껴져 당황했다. 술 먹고 뻗은 여자애들의 몸을 핸드폰 카메라로 몰래 찍던 녀석이 떠올랐다. 너도 찍어봐. 괜찮아. 녀석이 하도 간곡하게 애원해서 그 짓에 동참하는 흉내를 냈을 뿐이었다. 녀석은 그후로도 오랫동안 자신에게 미안한 모양이었다. 대학 시절 녀석은 굳이 메일을 보내왔다. 법대 간 소식 들었다는 둥 다행이라는 둥 보태준 것도 없이 주제넘게 지껄이는 내용이었다. 주원은 자신이 오랫동안 깊이 반성중이라고 떠들었다. 차라리 누가 나를 벌해주었으면 좋겠어. 누나들에게 너무 미안해. 왜 나를 벌해주지도 않지. 애초부터 재혁에게 솟대 녀석들은 죄다 하찮았지만, 주원은 심해도 너무 심했다. 찐따 같은 행동이 지나쳤다. 재혁은 메일함을 닫으며 한숨을 쉬었다. 그래, 그따위로 딸딸이나 치면서 살아라. 내가 뭘 그렇게 잘못했냐, 랑 내가 정말 잘못했다, 를 반복해서 뇌까리면서.

그러나 재혁은 거듭 주원의 말을 떠올리는 중이었다. 왜 나를 벌해주지도 않지. 재혁은 그저 자신이 계획한 대로 죽고 싶을 뿐이었다. 자신이 그려온 대로 죽음의 장면을 완성하고 싶을 뿐이었는데. 마치 아직 자기집에 살고 있을 멍청한 여자에게 벌을 받는 기분이 들었다.

재혁은 어찌해야 할지 몰랐다. 경찰은 아직 도착하지 않았다.

재혁의 욕실 거울 옆에는 시계가 걸려 있었다. 빨강 망토를 쓴 작은 소녀와 그 뒤를 따르는 강아지가 그려진 앙증맞은 시계였다. 유경은 집주인이 매우 꼼꼼한 성격이리라고 짐작해보았다. 시간이 가는 줄도 모르고 샤워를 하는 일이 없도록 하기 위해 달아둔 것일 터였다. 유경은 샤워를 하면서 시계를 빤히 쳐다보곤 했다. 유리알에 물방울이 가득 맺히면 빨강 망토 소녀와 강아지가 걷는 그림은 비 오는 날 창밖 풍경처럼 보였다.

유경은 샤워를 마치고 여느 날과 다름없이 거울 앞에 서서 자신의 몸을 관찰하고 있었다. 뿌옇게 김 서린 거울을 손으로 벅벅 문질러 닦았다. 유경은 자신의 맨얼굴이 여전히 봐줄 만하다고 자평했다. 문제는 몸이었다. 자꾸 끼니를 대충 때워버릇하고 변변한 운동도 하지 않아서 그런지 날이 갈수록 몸이 무너지는 것 같았다. 허리도 잘록해 보이지 않았고 여기저기 군살도 붙은 것 같았다. 한번 잘못된 건 어떻게 되돌려야 하는지 잘 몰랐다. 관리하지 않아도 내내 괜찮은 몸이었다. 친구들이 자꾸 우리 나이에는, 이라는 말을 들먹였다. 하나씩 무너지기 시작해. 친구들의 말을 떠올리며 유경은 시계를 봤다. 이제 노력해야 해. 운동도 하고. 초침이 빠르게 굴러떨어지고 있었다. 유경은 초침을 따라 눈을 굴리다 문득 고정 핀에 시선을 멈췄다. 고정 핀은 유경과 함께 한동안 멈춰 있었다. 유경은 겁에 질려 주저앉았다. 고정 핀은 유경을 따라 아래로 기울었다. 평면에 그려진 빨강 망토 소녀가 함께 기울어 유경을 내려다보는 것 같았다. 유경은 소리를 지르며 시계 유리알을 부쉈다. 고정 핀을 뽑자 카메라가 딸려 나왔다. 유경이 생전 한 번도 보지 못한 종류의 카메라였다.

아내들의
학교

아이는 결코 대답하지 않고 엄마의 지시는 마치 방백 같다.

엄마의 지시는 아이를 제외한 다른 여자들에게만 들려, 그들의 짜증을 유발할 뿐이었다. 아이가 꿈쩍하지 않는데도 엄마는 포기할 줄 몰랐다. 라텍스 매트리스에 인형처럼 앉아 있는 아이보다 그런 아이를 다루지 못하는 엄마가 더욱 안쓰러웠다. 설혜를 비롯한 대부분의 여자들도 엄마인 터였다. 내내 움직이지 않고 앉아 책을 읽는 아이는 마치 말을 모르는 듯했다. 아이의 책장은 빠르게 넘어갔다. 책을 읽고 던져버린 후 새 책을 꺼내는 순간이 잦았다. 아이가 읽는 것은 글자가 빼곡한 동화책이었다. 문고판이었지만 그림보다 글이 많았다. 글을 읽을 줄 아는 아이가 말을 알아듣지 못할 리 없었다. 글보다는 말이 먼저였다.

입이 트이기도 전에 글자를 들입다 읽히니 자폐에 걸려버린 거야.

아이는 네댓 살 정도로밖에 보이지 않았다. 급기야 아이 엄마는 아이에게서 책을 빼앗았다. 아이는 비어버린 손을 어찌할 줄 몰랐다. 아이는 눈으로만 부지런히 엄마의 동선을 좇았다. 그 모습이 눈으로 모빌을 좇는 갓난애 같다고 설혜는 생각했다.

아가방에 빼곡하게 진열된 아동 도서를 처음 보았을 때, 설혜는 샘플 도서를 몇 권씩 들고 다니며 방문판매를 하던 여자들을 떠올렸다. 곧이어 한 생각은 자신이 그런 여자를 실제로 본 적 없다는 것이었다. 그런데도 언젠가 한 번쯤은 목격한 듯 여자의 이미지는 머릿속에 박혀 있었다. 아이를 둘이나 셋쯤 낳고 퍼져버린 몸을 올인원으로 옥죈 후 투피스 정장을 입은 여자의 싸구려 가죽가방에서 동화책과 위인전과 영어 동요 테이프 따위가 마구 나온다. 메리 포핀스의 마술 가방처럼. 초인종을 누르고 대답이 없자 현관문을 두드리던 여자. 엄마가 없다는데도 잠깐만 열어보라고, 책 안 사도 되니까 물 한 잔만 달라고 했던 여자.

그러나 단미 협동조합의 책들은 그런 방식으로 들어온 것이 아니었다. 새것처럼 보이는 책과 장난감, 인형 들은 전부 조합원들이 가지고 나온 물건들이라고 했다. 여자들은 '나눔'이라는 말을 자주 썼다. 아이가 중학생이 되어 어린 시절 보던 책들을 전부 나눔 한다는 엄마는 혀를 찼다. 나는 이거 다 읽으라고 강요한 적 없었어. 꼭 책도 안 읽는 여자들이 그딴 식으로 애를 학대하더라니까. 그녀가 말하는 여자는 분명 자폐의 징후를 보이는 아이의 엄마일 터였다. 남 말 하기 좋아하는 여자들이 끊임없이 수군대는데도 여자는 꼬박꼬박 아이를 데리고 나왔다. 아이에게 아가방은 행복한 곳일지 설혜는 궁금했다. 자신의 아이에게도 또렷했던 자폐의 징후를 떠올리며. 설혜는 그런 아이들을 조금은 이해하고 있다고 생각한다. 혈기 왕성한 부모의 비속이자 피부양자로서, 가족 구성원의 말단으로서 그들이 택한 쓸쓸한 저항을.

그녀와 자신이 같은 '어떤 엄마들'의 일종으로 여겨지는 순간, 설혜는 여자의 얼굴을 똑바로 본다. 이제껏 알아보지 못한 것이 조금 놀랍게 생각된다. 언니. 자기도 모르게 설혜는 여자를 부른다. 커다란 양은 주전자를 한 손으로 들고 여학생회실로 들어오던 언니를 떠올리며. 제때제때 물 좀 받아놓으랬지. 걸걸하게 외치며 난로 위에 주전자를 내려놓던 언니. 언젠가 마주친다면 빰이라도 힘차게 갈겨주고 싶다고 생각했던 여학생회장 언니였다.

지금은 그로부터 멀리 온 미래다. 대학 시절로부터도 멀어졌고, 그 옛날 '우리가 처음 만났던 순간'으로부터도 멀어졌다.

누구나 휴대전화를 갖고 있다는 것에 감탄하며 기술의 발전을 칭송하던 시절이 있었다. 교복을 입은 선이 최신형 휴대전화를 자랑하던 모습이 눈에 삼삼하다.

소리샘으로 연결됩니다, 여자의 음성이 들린다. 설혜는 휴대전화를 내려놓는다. 선의 통화 연결음은 선이 무척 좋아하던 노래다. 선이 좋아했기 때문에 설혜도 좋아하게 된 노래다. 두 사람만의 노래, 그런 것이었다. 설혜는 아무리 들어도 질리지 않는 음악으로 설정해놓길 잘했다고 생각한다. 선은 과거 삼 년 동안이나 그 노래를 벨소리로도 설정해놓았다.

선과 설혜가 휴대전화를 처음 갖게 된 건 누구나 휴대전화를 가질 수 있게 된 때였다. 날마다 아이들은 휴대전화를 책상에 올려놓고 경탄했다. 이렇게 조그맣다니. 조그만 화면 안에서 글자가 움직이는 것이 신기해 바로 옆에 앉은 아이에게 문자메시지를 보내기도 했다. 세상에, 전화기에서 음악이 흘러나오다니. 당시에는 곧 외계인이 공습해올 것 같은 기분마저 들었다.

설혜는 터무니없는 감상에 빠진 노인처럼 차근차근 과거를 곱씹었다. 요즘은 아무도 그런 걸 신경쓰지 않는다고. 통화 연결음이니 벨소리니, 촌스럽게. 선은 핀잔을 줬다. 네가 가 있는 동안만이라도. 설혜는 거의 조르듯 말했다. 마지못한 듯 고개를 끄덕이면서도 선은 어처구니가 없다는 표정을 지었다. 선은 돌아보지 않는다. 사소한 일이든 큰일이든 지나간 것들은 결코 돌아보지 않는 타입이다. 선이 전화를 받지 않아 다행이라고 설혜는 오늘도 생각한다. 선이 휴대전화를 켜는 시간은 오직 오후 일곱시에서 일곱시 삼십분까지다. 그 시간만큼은 매니저들과 연락을 주고받아야 하기 때문이라고 했다. 일주일째 매일같이 일곱시 정각에 설혜는 전화를 걸어본다. 흘러나오는 옛 유행가를 들으며 교복을 입은 선을 추억한다. 그리고 소리샘으로 연결된다는 음성이 흘러나올 때, 설혜는 안도한다. 오늘도 무사히 넘어가주었구나. 일곱시 삼십분이면 아이가 학원에서 돌아올 시간이다. 조금 있다 도어록이 열리는 소리가 들린다. 설혜는 목에 걸린 스마트폰을 두드리며 현관에 들어서는 아이를 반갑게 맞는다. 고개를 들지 않는 아이의 정수리가 보인다. 설혜는 아이의 머리카락을 쓰다듬는다. 요즈음 덧붙이는 말은 언제나 한결같다.

엄마는 오늘도 무사통과했어.

그러나 '우리가 처음 만났던 순간'조차 그다지 먼 옛날 일은 아니다.

십오 년 전 선을 처음 봤을 때 설혜는 기겁했다. 짧게 친 머리를 레드 컬러로 염색한데다가 눈에 뜨일 만큼 키가 컸다. 촌스러운 꽁지머리와 단발머리들 사이에서 선은 누구라도 주목할 수밖에 없는 아이였다. 설혜는 손마디까지 내려온 블라우스 소매를 매만지며 주눅든 채 앉아 있었다. 중학교에 입학한 날이었다. 그 시기 여자애라면 대부분 부쩍 키가 자라고 막 초경을 시작하던 즈음이었지만 선은 커도 너무 컸다. 설혜의 눈에는 어지간한 남자 어른만큼 커 보였다. 그렇게 큰 아이가 창턱에 걸터앉아 있으니 껄렁해 보였다. 짧은 교복치마 밑으로 드러난 다리가 가늘었다. 설혜는 흘끔거리며 선을 관찰했다. 머리카락을 빨갛게 물들인 꺽다리의 얼굴은 가만 보니 무척 예뻤다. 설혜는 선을 보며 당시 TV 광고에서 토마토를 집어던지며 깔깔 웃던 소녀와 무척 닮았다고 생각했다. 붉은 커트머리는 그 모델보다 선에게 더 잘 어울리는 것 같았다.

선생님, 저희 엄마가 호주 사람이에요. 전 원래 머리색이 이래요. 독사마녀라는 별명을 가진 학생주임은 구두약같이 새카만 양귀비 염색약을 들고 와서 선의 머리카락을 휘어잡았다. 거기다 대고 하는 변명이 엄마가 호주 사람이란 거였다. 반 아이들 전부가 키득키득 웃었다. 양호실에 끌려간 선이 몇 시간 후에야 돌아왔을 때 아이들은 누구도 웃지 않았다. 공들여 모양을 낸 커트머리가 전부 밀려 까까머리가 되어 있었고, 오렌지빛이 돌던 붉은 머리카락은 대책 없이 시커멓게 변했다. 선은 책상에 엎드려 울었다. 설혜는 무척 놀랐다. 그렇게 흉한 머리 꼴을 하고서도 선은 너무나 예뻤기 때문이다. 이마에 비치는 굵고 푸른 힘줄마저 1급 청정수에 사는 희귀종 물고기처럼 특별해 보였다. 설혜는 선을 관찰하는 데 질리지 않았다. 선의 피부는 상앗빛을 띠었고, 큰 눈에 쌍꺼풀이 생겼다 풀렸다 했고, 콧대는 높았으나 살짝 휘었고, 작은 입이 웃을 땐 커졌다. 다른 애들의 반만한 작은 얼굴에 조화롭게 배치된 개성 있는 이목구비는 사람들을 깜짝 놀라게 했다. 선의 성장은 중학교 삼학년 때 비로소 멎었다. 백팔십삼 센티미터. 보기 드문 장신이었다. 그렇게 특별한 선을 감히 시기하는 아이는 없었다. 십대 시절 내내 그랬다. 설혜의 인생에서 그렇게 예쁜 아이는 이전에도 이후에도 없었다. 서울 변두리 중고등학교 대개의 아이들에게도 비슷한 경험이었을 것이다. 그런 미증유의 아름다움을 가진 아이가 대체 얼마나 더 많다는 걸까. 선의 이십대를 지켜보며 설혜는 그 사실에 기가 막혔다. 그렇게 예쁜 애가 어떤 세계에는 차고 넘친다는 걸. 시장에 나가자 선의 미모는 아무것도 아닌 게 되어버렸다. 선은 단 한 번도 그것을 내색하지 않았지만 설혜는 깊이 좌절했다.

화면 속에서 선이 말하는 '오늘'은 이 주 전 오늘이라는 걸 설혜는 안다.

오늘은 아이들에게 처음으로 요리를 해줬어요. 언니라면 이 정도는 해야 한다는 걸 저도 알아요.

선은 눈을 내리깔고 마지못해 그런다는 듯 말하고 있다. 얼굴을 비비는 손동작이 피곤해 보인다. 선의 왼손 약지에 반지가 없다. 설혜로서는 생전 처음 본 커다란 호박반지가 가운뎃손가락에 끼워져 있을 뿐이다. 선의 말투와 표정과 주렁주렁 걸친 액세서리와 신경쓰지 않은 듯 차려입은 값비싼 옷들. 그중에 설혜에게 낯익은 것이 하나도 없다. 전부 선의 것이 아니다. 선의 얼굴이 클로즈업된다. HD 화면은 선의 눈가 주름과 옅게 자리잡은 팔자 주름을 선명하게 보여준다. 더는 어린 나이가 아니라는 걸 잘 알지만 설혜는 못내 씁쓸해진다. 그 세계에서 이십대 후반은 말 그대로 퇴물 취급을 받는 모양이었다. 선은 어쩔 수 없다는 듯 활짝 웃어 보인다. 선이 밝게 웃으면 웃을수록 눈가의 주름은 깊어 보였다. 선의 귓바퀴에 붉은 머리칼이 엉켜 있다. 설혜는 그걸 쓸어넘겨주고 싶다. 관심 없다는 듯 스마트폰 게임에만 열중하던 아이도 고개를 들어 TV 가까이 다가앉는다. 아이가 좀더 어렸다면 화면을 더듬었을지도 모른다. 여기 없는 엄마가 저기 분명하게 있다는 사실을 기이하게 여기면서. 설혜는 그런 상상을 해보다 웃는다. 아이는 저기 있는 여자가 분명 제 엄마이지만 만질 수 없다는 걸 안다. 뿐만 아니라 엄마가 연기를 하고 있다는 것도 알 만한 나이다. 화면 속 제 엄마를 보는 아이의 눈빛에 쓸쓸함이 담겨 있다고 설혜는 멋대로 생각한다.

엄마는 잘하고 있으니까 걱정하지 마.

아이는 토마토주스를 벌컥벌컥 들이켠다.

엄마, 나 이건 먹기 싫은데. 정말. 먹기 싫으니까 금방 먹어버리는 거야.

설혜는 다정한 목소리로 아이를 나무란다.

먹기 싫은 것밖에 없어? 엄마가 네 몸에 안 좋은 걸 줄까, 설마.

아이는 토라진 듯 샐쭉거리며 다시 스마트폰을 본다. TV 화면에서는 선이 사라졌다. 〈톱 모델 서바이벌 코리아〉의 두번째 방송이었다.

선은 십대 중반에서 이십대 초반의 다른 모델들과 함께 합숙하며 촬영하고 있다. 일체의 연락을 끊고 파주 모처에서 지내기를 한 달째, 선은 거의 감금된 것이나 다름없었다. 선이 합숙에 들어간 지 이 주 만에 방송이 시작되었다. 화면으로나마 선을 볼 수 있어 다행이었다. 그런데 첫 방송에서 그랬듯 두번째 방송에서도 선은 모델들의 일상을 담은 에피소드에서만 등장했다. 런웨이에서 워킹을 하는 모습이나 화보 촬영을 하는 모습, 하다못해 메이크업을 받는 모습 등 정작 중요한 장면은 나오지 않았다.

선이 사라진 화면은 애국가 방송 이후의 공중파 화면이나 블루스크린과 다를 바 없으나 설혜는 계속 TV를 본다. 샐러드를 만드는 선의 뒤에서 한 무리의 여자애들이 깔깔대며 놀고 있다. 선의 등짝은 정물처럼 화면 귀퉁이를 장식하고 있다. 그런 선을 배경으로 각선미를 강조하며 포즈를 취하는 계집애들. 한여름 바다처럼 파란 민소매 티셔츠를 입은 선의 등짝은 무엇도 방어하지 못한다. 설혜는 갑자기 치미는 분노가 당혹스럽다. 저건 설정이고 연기일 뿐이다. 언니라면 그 정도는 해야 한다고 생각해요. 저희들보다 너무 언니잖아요. 언니여도 너무 언니잖아요, 선 언니는. 볼이 빨간 계집애가 지껄인다. 아이만 없다면 리모컨을 화면으로 집어던지고 싶다. 불쑥 치밀어오른 분노를 가라앉히느라 설혜는 숨을 고른다.

특별하다면 그래서 특별한 거야. 그래서 뽑힌 거고.

문득 떠오른 말이었다. 선은 그런 말을 한 적 없다. 그렇다면 이건 내 생각이란 말인가. 설혜는 머리를 감싸쥐었다. 선을 두고 내가 이런 생각을 하고 있는 건가. 한 회가 끝날 때마다 가차없이 한 명씩 제외되는 서바이벌 프로그램에서 선이 살아남은 까닭이, 단지 업계에서 보기 드물게 나이든 신인 모델이기 때문이라는 것. 선이 아직도 그곳에 있는 까닭이 그런 캐릭터이기 때문이라는 것. 단지 그런 이유라는 것. 어떻게 그런 생각을 할 수 있을까. 설혜는 이제껏 한 번도 선의 특별함을 의심해본 적 없었다.

중고등학교 시절 대부분의 아이들은 설혜를 '종년'이라고 불렀다. 누가 봐도 특별한 선과, 별다른 게 없는 설혜가 붙어다니는 걸 두고 하는 소리였다. 설혜는 종년이었고 선은 공주였다. 학교에서뿐만 아니라 어디서든 시선을 끄는 선이 중키에 평범하기 짝이 없는 설혜와 다니는 건 누구에게나 그런 구도로 보일 터였다. 그런 구도로 자신들을 바라본다는 사실에 선과 설혜는 깊이 감사했다.

코트니 러브 무대에서 옷 벗는 거 봤어?

중학교 일학년 가을이었다. 설혜는 책상에 엎드려 있었다. 자신의 귀에서 워크맨 이어폰을 빼고 속삭이는 아이가 선이라는 걸 설혜는 단번에 알 수 있었다. 설혜는 몸을 일으켰다. 오래가지 않을 가을 날씨였다. 그런 바람과 그런 볕, 마치 축복처럼 여겨지는 그런 날씨는 일 년에 몇 날 되지 않는다는 걸 설혜는 알고 있었다. 그러나 코끝이 시리고 정수리는 뜨거운 가을날에 가슴 밑바닥부터 뭉클하게 올라오는 벅찬 감정을 뭐라고 표현해야 할지 설혜는 몰랐다. 빙긋 웃는 선의 얼굴이 기적처럼 여겨졌다. 선이 너무 예뻐서 설혜는 주저앉아 울어버리고 싶었다.

설혜는 그날 밤 PC통신 검색창에 "courtney love stripped on the

stage"라는 문장을 입력하고 눈이 빠지도록 자료를 찾아보았지만 별다른 걸 얻지 못했다. 선이 본 그것을 설혜도 보고 싶었다. 선이 알고 있는 것을 자신이 모른다는 사실이 불안했고 몹시 쓸쓸했다. 같은 공간에서 온종일 붙어 있는 것만으로는 부족했다. 설혜는 아무때나 선에게 전화하고 싶었고 자신이 아닌 다른 아이와 어울리지 못하게 하고 싶었다. 무엇보다 선의 이마를 마음놓고 쓸어보고 싶었고 붉은 빛깔을 가진 입술과 손톱을 매만져보고 싶었다. 그 빛깔을 가진 곳이 더 없는지, 교복에 숨겨진 온몸 구석구석을 관찰해보고 싶었다.

설혜는 그런 마음이 욕망이라는 것도, 그런 욕망이 금기시된다는 것도 몰랐다.

기린은 태어나자마자 키가 백팔십 센티가 된다던데.

설혜가 떠올리는 건 크고 선한 눈에 고운 갈색 몸을 가진 아기 기린이었다. 선은 피식 웃으며 담배를 피웠다. 선의 다홍색 입술이 오므려질 때마다 그것은 좁고 긴 구멍처럼 보였다.

나는 백팔십 정도는 안 돼. 그렇게 크면 정말 이상한 애로 보일 것 같아.

붉고 예쁜 좁은 구멍에서 하얀 김이 퐁퐁 피어올랐다. 설혜는 담배 연기에 가려진 선의 얼굴을 가만히 들여다봤다. 선이 미간을 찌푸렸다.

더는 안 컸으면 좋겠어. 이미 너무 커버려서 충분히 이상한데.

설혜는 그 시절 선의 목소리가 기억나지 않는다. 그때부터 지금까지 선과 설혜는 서로에게 단 하나의 친구였다. 누구도 대체할 수 없는 자리를 서로가 점하고 있었다. 설혜는 의심하지 않고 선에 대한 마음을 줄곧 밀어붙여왔다. 선을 독점하며 불안했던 적도 없었다. 그런데, 문득 선이 낯설다. 고작 한 달 떨어져 있을 뿐인데.

설혜는 단 하나의 친구가 되어가던 과정을 사무치게 떠올린다. 이제 와 생각해보면 그 과정은 청소년 드라마처럼 참으로 진부하기 짝이 없었다. 선은 끊으려고 노력하는 담배를 망설이다 한 대 물 때마다 버릇처럼 피식 웃었다. 그럴 때면 설혜는 옛날 일을 주워섬겼다. 뭐, 다 지난 일을. 기억도 안 나. 선은 그렇게 말했고 간혹 덧붙였다. 진짜 평범하지, 그 과정만큼은. 운동장 스탠드에 앉아서 하이파이브 해야 할 것 같지 않냐. 우리에게는 희망찬 내일이 있다. 뭐 이딴 말이라도 해야 할 것 같지 않냐.

설혜가 처음 알게 된 선의 비밀은 붉은 머리카락에 관한 것이었다. 엄마가 호주 사람이라는 건 거짓말이었지만 타고난 머리카락이 붉은 색이라는 건 진짜였다. 독사마녀가 결딴낸 선의 머리카락은 여름방학을 맞을 때까지 좀처럼 자라지 않았다. 새카만 머리카락을 뚫고 붉은 머리카락이 스멀스멀 올라오기 시작한 건 방학하고 난 후였다. 거리에서 우연히 선을 본 설혜는 가슴이 몹시 뛰어 제 입을 틀어막았다. 선은 길쭉한 손가락을 까딱거리며 밝게 웃었다. 머리카락이 석양처럼 붉었다. 설혜는 반 아이들 중 가장 먼저 그 사실을 알게 된 셈이었다. 이학기가 시작된 후 선의 붉은 머리카락을 본 교사들은 민망한 듯 입을 다물었다.

사과해야 하는 거 아냐? 최소한 사과라도 해야 하는 거 아냐?

설혜는 주먹을 휘두르며 발을 동동 굴렀다. 그 시절에 대해 얘기할 때마다 선이 진부한 장소라고 말하는 운동장 스탠드에 앉아서. 선은 깔깔 웃으며 손으로 이마를 쓸어 올렸다.

그 여자 완전 무식해서 내가 이만큼만 염색했다고 생각하는 건 아니겠지?

설혜는 생각나는 대로 아무 말이나 내뱉었다.

그 여자, 죽여버릴까.

선의 웃음이 멎었다.

그런 악마는 죽여도 되잖아.

믿을 만한 농장과 직거래해 얻는 식재료, 조미료가 들어가지 않은 밑반찬, 그 외 생활에 필요한 수많은 물건들, 이웃들이 나눔 하는 아동 도서와 장난감들…… 모두 단미 협동조합이 제공하는 것들이었다. 출자한 조합원들은 전부 여자였다. 그리고 단 한 사람도 빠짐없이 아내였다. 설혜도 그중 하나였다. 남편이 남자든 여자든 중요하지 않았다. 교양 있는 여자들은 그런 걸 묻지 않았고 알게 되어도 놀라지 않았다. 다시는 어떤 커뮤니티에도 발을 들이지 않겠다고 다짐한 것도 벌써 오래전 일이었다. 여러모로 협동조합에서 제공하는 이득을 취하고 조합원들과 친목을 다지는 일은 나쁘지 않았다. 무엇보다 설혜는 자신의 역할을 확신할 수 있다는 점이 좋았다. 아내라는 역할. 짝을 만나면 그 자리에서 암수 역할을 정하는 달팽이처럼, 설혜와 선의 관계도 결혼 후에 정해졌다. 선이 남편이었고 설혜가 아내였다. 그러나 집을 마련하고 종종 부족한 생활비를 충당하는 것은 설혜였다. 정확히는 설혜의 부모였다. 부자인 부모 덕에 설혜는 아르바이트 한 번 하지 않고 살아갈 수 있었다. 결혼한 후에도 변하지 않았다.

아내들의 커뮤니티에서 회장 언니가 그 사실을 다시 지적한다.

여전히 잘살고 있는 것처럼 보이네.

그 말과 함께 그녀는 아이를 안아 든다. 설혜가 알기로 단미 협동조합에 드나드는 여자들 중 여유가 없는 여자는 없었다. 입성을 통해 타인의 생활수준을 판단하는 짓을 하고 싶지 않았지만, 설혜는 어쩔 수 없이 회장 언니의 입성을 관찰한다. 아버지가 준 돈으로 잘 먹고 잘사는 바보. 대학 시절 숱하게 자신을 비난한 회장 언니의 말이었다. 그러나 얼핏 관찰하기에도 회장 언니의 입성은 자신에 비해 초라하지 않았다.

회장 언니의 품안에 있는 아이는 제 엄마의 어떤 질문에도 답하지 않는다.

설혜는 자신의 아이를 생각한다.

너, 학교를 그만둬버린 거였니?

한 손으로 아이를 안은 회장 언니는 부지런히 아가방을 정리한다. 그녀는 혹여나 아이가 저지레한 흔적이 남을까봐 걱정이 되는지 종종걸음으로 오가며 청소를 한다. 아이는 맥없이 엄마 품에 매달려 있다. 설혜는 회장 언니가 아이를 놓치는 상상을 한다. 태아가 나올 때처럼 머리부터 떨어진다면 어떨까. 그러나 아가방 바닥 전체가 부드러운 라텍스로 되어 있다는 사실을 곧 깨닫는다. 떨어져도 다치지 않을 것이다. 그러나 그 모습을 상상하면 회장 언니와 내가 같은 공간에 있다는 사실을 잠시나마 잊을 수 있지 않을까. 설혜는 옛날처럼 자리를 뜨지도 못하고, 라텍스 매트리스의 탄성을 실험하듯 조심스레 발만 구른다. 어느새 과거의 어느 한 순간으로 돌아온 듯하다. 여자들과 명랑하게 어울리고, 육아 정보를 얻고, 좋은 물건들도 잘 얻어가려던 그간의 노력들을 떠올린다. 앞장서서 단미의 이런저런 세미나실을 청소하던 자신을 누가 심술궂게 등 떠민 것 같다. 가운데 양은 주전자가 있고 곰팡이 냄새 감도는 여학생회실로. 지금 거기에 있는 것 같다.

내가 부자라는 사실이 그렇게 그들을 화나게 했던 걸까.

설혜는 언젠가 언니들 중 누군가를 다시 만난다면 기필코 질문하리라고 다짐했었다. 그러나 부주의하게 한 손으로 아이를 안고 있는 회장 언니에게 설혜는 아무런 말도 하지 못한다. 그녀의 손에서 아이 엉덩이가 미끄러질 때마다 거들어 추슬러줄 뿐이다. 서로를 알아본 그날 이후 갈수록 회장 언니는 그 옛날의 회장 언니가 되어가고 자신은 이학년 설혜가 되어가고 있다. 언니들이 시키는 일이라면 뭐든 했던 이학년 설혜로. 어디론가 떠나 연락도 없는 선을 생각하느라 무엇이 부당한지 뭐가 굴욕적인 건지 생각할 겨를이 없던 당시의 자신으로.

〈톱 모델 서바이벌 코리아〉 성우의 목소리가 들려오면 설혜의 가슴이 뛴다. 아직까지 연락이 없는 선이, 집에 돌아오지 않는 선이 HD 화면을 통해 모습을 드러낼 시간이다. 선은 성우의 목소리를 흉내내며 깔깔 웃곤 했다. 그러곤 가뜩이나 긴 혀를 힘껏 빼며 뇌까렸다. 혓바닥에 뭘 처발랐는지 저 인간들 진짜. 눈을 희번덕거리며 턱밑으로 혀를 달랑거리는 선을 보고 아이는 기겁하다 설혜에게 안기곤 했다.

여섯번째 방송이다. 그간 다섯 명이 프로그램에서 제외됐고 일곱 명이 남았다. 마지막까지 남은 한 사람이 우승자로서 톱 모델이 된다. 그러니까 완전히 거짓은 아닌 셈이라고 선은 귀띔해주었다. 톱 모델.

그건 정말 아무나 되는 게 아니니까. 너는 이미 모델인데, 오래전부터 모델인데 왜 '모델의 꿈을 이뤄드립니다'라는 카피를 건 프로그램에 출연해야 하느냐는 말에 대한 대답이었다. 프로그램은 모델 지망생들에게 혹독한 트레이닝을 시켜 데뷔하게 해준다는 콘셉트를 가지고 있었지만, 대부분의 참여자들이 이미 소속사를 둔 기성 모델들이었다. 게다가 예선을 통과해 프로그램에 출연하게 된 모델들의 소속사는 국내 최대 규모의 모델 에이전시들이었다. 미국에서 인기를 끈 프로그램의 포맷을 그대로 수입해서 만든 〈톱 모델 서바이벌 코리아〉의 예산 전액을 후원한 에이전시들이기도 했다. 선은 캐리어에 짐을 넣는 설혜 옆에 앉아서 담배를 피울까 말까 전전긍긍하며 이런 이야기들을 털어놓았다. 그래도 가장 나이 많은 나까지 챙겨준 건데 콘셉트랑 좀 안 맞는 것도 같고. 선은 합숙을 시작하면 담배는 구경도 못한다는 사실을 퍼뜩 깨닫고 줄담배를 피우기 시작했다.

단미에서 배달된 채소와 과일, 간식거리를 마룻바닥에 늘어놓고 설혜는 TV를 주시했다. 아이는 인형처럼 가만히 앉아 있다. 아이가 아홉 살이 되었다. 선과 설혜의 아이다.

선과 나의 아이. 설혜는 중얼거려보았다. 아이는 선과 설혜의 아이이고, 선과 설혜는 아이의 엄마들이다. 불과 몇 년 전만 해도 꿈꿔볼 수조차 없는 일이었다. 이러한 미래가 가능하리라고는 상상도 하지 못했다. 이건 외계인이 공습하는 것보다 더 현실성이 없는 공상과학 동화이자 실현 불가능한 유토피아였다. 선과 설혜는 뭐든 할 수 있었다. 서로에게 단 하나의 친구가 될 수 있었고 애인도 될 수 있었다. 그러나 아이를 함께 키우는 부부는, 그건 그들이 탐도 내지 않는 관계였다. 모든 커플이 다 그런 것은 아니었겠지만, 선과 설혜는 그랬다. 굳이 결혼을 해야 한다고 생각하지 않았다. 목사인 선의 아버지는 오래전에 선을 버렸고, 설혜의 아버지는 모든 것을 알고 난 후에도 물질적 지원을 끊지 않았다. 돈도 있고 간섭하는 부모도 없는데 결혼, 그런 걸 왜 해야 하는가. 그건 어떻게든 정상 시민이 되고자 발악하는 헤테로들이나 하려고 하는 것이었다. 일부 언니들처럼 선도 그 비슷한 주장을 했다. 난 위장 결혼하는 애들이야말로 비겁한 종자들이라고 생각해. 선이 핏대를 올려 주장했으므로 설혜도 수긍했다. 어차피 가능한 일이 아니었다. 그렇지만 나도 아이를 키우고 싶다고, 설혜는 당당하게 말할 수 없었다.

설혜는 수천수만 번도 넘게 스스로에게 질문을 던져보았다. 왜 아이를 갖고 싶은지. 아이를 키우고 싶다는 그런 욕망이 대체 뭔지. 여학생회를 탈퇴하고 학교까지 자퇴해버린 후였다. 어떤 선배들이 이런 욕망을 분석해줄 수 있을까. 아이를 갖기 위해서 해야 하는 일과 아이를 온전히 키우기 위해서 거쳐야 하는 과정 중 자신이 할 수 있는 것은 없었다. 자신은 그쪽 세계를 기웃거려서도 안 되는 것이었다. 그래도 여자라서 모성 본능, 그따위 말을 하는 선배를 얼마나 경멸했는지 생각하면 설혜는 몹시 부끄러워졌다.

설혜의 욕망은 길을 찾지 못한 채 이상한 방식으로 과열되어갔다. 설혜는 그것이 얼마나 엄청난 실언인지도 모른 채 선의 앞에서 막말을 내뱉었다. 선아, 모르는 남자 아이를 가져볼까. 그냥 딱 하룻밤만. 그렇게 해서 우리 둘이 같이 키우면 되잖아. 네가 아이에게는 이모가 되어주고…… 부득부득 이를 갈던 선은 주먹으로 설혜의 뺨을 후

려쳤다. 선은 분을 이기지 못해 자신이 알고 있는 온갖 욕설을 동원해 설혜를 모욕하고 엎어놓은 뒤 발길질을 하고 목을 졸랐다. 이런 걸레 같은, 아, 이런 년을 내가 이날 이때까지, 선의 목소리가 점점 잦아들었다. 그러다 어느 순간 괴성을 지르며 제 머리카락을 잡아 뜯었다. 시뻘건 머리카락이 마룻바닥에 흩어졌다.

너 뭐야? 뇌까리는 선의 눈에 눈물이 가득 고여 있었다. 선은 눈물을 떨어뜨리지 않으려고 눈에 힘을 주고 설혜를 노려봤다. 그러지 않아도 맑은 눈이 더없이 맑았다. 그 와중에도 설혜는 선의 눈을 관찰했다.

역시 부잣집 년들은 어쩔 수가 없어. 정말 어쩔 수가 없는 년들이야, 하여간에.

선은 피투성이가 된 설혜를 버려두고 외투를 챙겨 집을 나섰다. 그날 설혜는 선이 걷어차버린 그대로 한나절을 미동 없이 쓰러져 있었다. 부잣집 년들은 어쩔 수가 없어. 선이 남기고 간 말이 설혜를 무겁게 짓눌렀다.

그건 언니들이 한 말이기도 했다. 설혜에게 깊은 상처를 주고 결국 학교까지 그만두게 한 말이었다. 마룻바닥에 흩어진 선의 머리카락이 불개미처럼 일어나 기어다니는 것 같았다. 설혜는 겨우 손을 뻗어 선의 머리카락을 더듬었다. 선이 아니었다면, 선이 그토록 자신을 외롭게 만들지 않았다면 언니들을 만날 일도 없었을 거라고 설혜는 쓸쓸하게 생각했다.

설혜의 엄마는 간혹 전화를 걸어와 아이의 안부를 묻는다. 말마디마다 한숨이 묻어 있고 종종 목이 메어 더 말할 수 없다는 듯 말끝을 흐리며 전화를 끊지만 설혜는 신경쓰지 않는다. 설혜의 엄마가 그렇듯 설혜도 아이의 엄마다. 누군가가 내 엄마라는 사실보다 내가 누군가의 엄마라는 사실이 더 중요하다는 걸 설혜는 안다. 부모가 끝내 자신을 지켜줬듯 자신도 아이를 지켜야 한다. 학교를 마치면 학원에 다녀오고 간식을 먹고 스마트폰으로 게임하며 인형처럼 앉아 있는 아이. 거의 군말 없이 아이의 역할을 수행하는 아이가 하는 음식 투정마저 설혜는 기특하게 여겨진다. 아이의 분명한 의사 표시를 나무라면서도 그것이 반갑다. 일단 말문이 트이자 아이는 또래에 비해 유창한 어휘를 구사했다. 아홉 살 아이가 쓰는 단어라기엔 지나치게 성숙하다 싶은 것들이었다. 아이는 또래와 다르게 책을 읽듯 완성된 문장으로 말하는 경우가 많았다. 마치 그동안 꾹 참으며 때를 기다린 것 같았다. 아이를 처음 봤을 때, 배운 지 얼마 안 된 말을 벌써 잊어가는 중일까봐 설혜는 걱정했었다. 어지간해서는 아이를 신경쓰지 않는 선도 설혜와 한마음이 되어 입술을 물어뜯으며 걱정했다.

어느 날 기적처럼, 아무런 맥락도 예고도 없이 아이는 설혜와 선에게 왔다. 황새가 아이를 물어다준다는 전설처럼. 현관문을 열었더니 바구니 안에 갓난애가 담겨 있었다는 이야기처럼. 그들에게 온 아이는 여섯 살배기였다. 갓난애는 안 된다는 것이 선의 조건이었다.

그건 정말 속임수야. 그렇게는 살고 싶지 않아.

선은 단호하게 말했다.

물론 난 아기가 싫어. 그 울어대는 물건을 키워야 하는 거라면 질색이야.

동성 간의 결혼이 합법화된 후에도 선의 입장은 달라지지 않았다. 이제 남들처럼 혼인신고도 할 수 있고 아이를 입양하는 것도 가능하다며 연일 매체가 떠들썩했다. 설혜는 그들과 같은 사람들이 화제의 중심에 오르는 것을 두근거리는 마음으로 지켜봤다. 오랜만에 집밖으로 나가는 것 같은 기분이었다. 선은 여느 때처럼 시큰둥했다. 그래서 뭐가 달라지는데. 그런 식으로 말하며 피식 웃을 때마다 설혜는 서운했다.

말을 못했던 아이는 이제 아홉 살 초등학생이 되었다. 선은 여전히 아이에게 정 없이 굴지만 그 정도라면 무뚝뚝한 가장 같은 느낌이며 나쁘지 않다고 설혜는 생각한다. 다른 집들처럼 균형 잡힌 가정이 되어가고 있다고도 생각한다. 선은 십 년 가까이 이름을 알리지 못한 중고 신인이지만 이제 몸값이 제법 올라 적지 않은 액수를 생활비에 보탠다. 선은 들어오는 일을 하나도 거절하지 않아 일주일에 두 번은 런웨이에 서기 위해 지방 출장을 가고 날마다 촬영이나 오디션으로 바쁘다. 그런 엄마는 아이에게 무심한 편이 더 낫다고 설혜는 생각한다. 가사와 육아도 자신의 몫이었고, 애정도 그랬다. 양친의 과잉된 애정보다는 이편이 더 나았다. 이런 것이야말로 평범한 가정의 모습이며 아이가 무난히 성장하는 데에 적합한 배경이라고 설혜는 믿었다. 선이 〈톱 모델 서바이벌 코리아〉 촬영을 위해 합숙에 들어간 이후 설혜는 장기 출장 간 남편을 기다리는 아내가 된 기분에 젖었다. 배우자가 TV를 통해 자신의 근황을 알려주고, 아이와 함께 그것을 시청한다. 설혜는 남들처럼 살면서도 남들보다 특별해 보이는 자신의 삶이 잠시 마음에 들었다.

엄마 나온다.

아이가 그런 말을 할 때마다 설혜는 벅차오를 정도로 뿌듯해진다. 아이는 여전히 선을 조금은 어려워하고 어색해하지만 TV에 나오는 그녀를 반가워하며 동선을 좇는다. 설혜는 삶아놓은 가제 수건을 차곡차곡 개키며 아이와 선을 번갈아 본다. 살아남았다. 살아남고 살아남아 또 살아남았다. 이제 네 명 중 하나다. 인터넷 커뮤니티에 선의 이름이 우수수 쏟아졌다. 설혜는 이제 선이 돌아와도 좋다고, 처음으로 그렇게 생각했다. 여기서 탈락해도 이름이 남을 것이다. 선을 궁금해하는 사람이 많아졌고, 이번 일을 계기로 CF와 방송 출연도 잦아질 것이다. 그렇다면 선이 그토록 원하는 톱 모델로 가는 길만 남은 것이다. 설혜는 선의 붉은 머리카락이 바람에 휘날리는 모습을 보며 눈자위가 시큰해지는 걸 느낀다. 패션쇼 객석에서 처음으로 선의 워킹을 관람했을 때의 기분과 흡사했다. 선은 모델들 중에서도 장신인데다 하이힐까지 신어 천장을 뚫을 기세였다. 주머니에 손을 넣고 당당하게 걷는 선을 바라보며 설혜는 아무 생각도 할 수 없었다. 걷다 멈춰서서 객석을 휘 돌아보며 웃음짓는 선을 사람들은 입을 벌리고 바라봤다. 객석 가장 앞줄에 앉은 중년의 바이어들과 패션잡지 포토그래퍼들이 선을 주목하고 있었다. 플래시 세례에 선의 눈이 멀어버리지는 않을까 걱정될 정도였다. 그녀의 애인이 다름아닌 자신이라는 것이 설혜는 새삼 믿기지 않았다.

매년 봄가을 선이 출연하는 대형 패션쇼에 빠짐없이 참석하는데도 그런 기분은 여전하다. 이제 방송에도 모델로서의 선이 등장하기 시작한다. 눈치 없는 언니 콘셉트는 이제 끝났다. 계집애들이 선을 따돌리는 모습도 더는 나오지 않고, 미련한 척하는 선을 보며 답답해하지 않아도 된다. 그것이 전부 연기라는 걸 설혜는 알았지만 그런 짓만 해서는 방송에 출연하는 의미가 없었다. 네 명 중 한 명. 이번 시즌의 보텀이 아니라 톱이다.

엄마. 엄마 운다.

설혜는 머리를 세차게 흔들었다. 녹화중이기는 했지만 선이 TV에 나오는 중에 다른 데 시선을 두고 있는 자신이 어이없다. 아이는 재차 말했다. 엄마 울어. 설혜는 선을 본다. 검은색 시스루 원피스를 입은 선이 눈물을 뚝뚝 흘리고 있다. 대각선으로 비추는 조명을 받은 선의 광대에 역삼각형의 빛이 내려앉았다. 선의 얼굴이 번들번들하다. 모두 한심하다는 듯 선을 노려보고 있다.

촬영 안 할 거예요, 언니?

저 주둥이. 매번 가장 얄밉게 굴었던 계집애다. 저년은 연기하는 게 아니라고 설혜는 항상 생각했다. 선이 나이가 많으니 진심으로 무시하는 거다. 열아홉 살인 자신과 스물아홉 살인 선이 같은 과정에 있으니 자신이 훨씬 앞섰다고 여기며 길길이 날뛰고 있는 거다. 선의 성격상 카메라가 없는 곳으로 끌고 가 뺨을 갈겨줬을 법도 한데 실제 어떻게 하고 있는지 궁금했다. 선이 돌아오면 이야기해주겠지. 설혜는 그런 생각을 하며 치솟는 분노를 다스렸다. 하지만 에피소드가 끝나고 본격적으로 쇼가 시작되는 마당에도 저런 모습을 봐야 한다니 어이가 없었다.

선이라면 우는 연기도 가능할까. 선은 십대 이후 결코 울지 않았다. 저따위 콘셉트를 위해서 눈물을 흘리는 것도 가능한 걸까. 설혜는 잠시 의아했다. 그것이 연기가 아니라는 걸 깨닫는 데는 오래 걸리지 않았다. 머리카락을 질끈 묶은 양아치 같은 남자가 선의 머리카락을 떡 주무르듯 주물렀다. 뱀 문신이 새겨진 징그러운 팔뚝이 보기 싫어 설혜는 눈을 질끈 감았다 떴다. 남자는 선의 머리카락에 염색약을 처덕처덕 바르고 있었다. 아이는 눈을 동그랗게 떴다. 어? 엄마? 아이는 뭔가 잘못되어가는 중임을 느끼는 듯했다. 설혜는 고개를 떨궜다.

언니, 장난해요? 모델이 염색도 못해요?

주근깨 계집애가 퉁을 준다. 선을 둘러싼 모델들 셋이 너 나 할 것 없이 전부 선을 노려보며 한숨짓고 있다. 곧바로 인터뷰 화면이 삽입된다. 외까풀 눈 위아래를 아이라이너로 온통 먹칠한 여자애는 열여섯. 턱없이 어린 애가 도통 이해가 안 된다는 표정으로 지껄인다.

저는 도저히…… 이해할 수가 없어요. 모델이 염색도 못한다는 걸. 선이 언니는 경력도 좀 있으신 걸로 아는데 지금껏 어떻게 해오신 건지. 그래서 늘 아마추어 정도로밖에 못하신 것도 같구요.

설혜는 아이가 그따위 말을 제대로 이해할 수 없기를 바란다. 리모컨을 쥔 손이 바들바들 떨린다.

선의 타고난 레드 컬러 머리는 포토그래퍼들 사이에서 반응이 좋았다고 했다. 런웨이에 서기 위해 머리색까지 바꿔야 할 필요는 없었다. 염색한 적이 없었던 것도 아니었다. 선이 붉은색 머리만 고집하는 먹통은 아니었다. 일이 없을 때는 얌전해 보이는 브라운 컬러로 염색하기도 했고, 밝은 오렌지 컬러로 염색한 적도 있었다. 전부 선을 직업의식 없는 인간으로 몰아가려는 쇼였다. 그래도 왜 눈물까지 흘리는 건지 설혜는 궁금했다. 그 눈물이 연기가 아니라는 건 자신이 가장 잘 알아야만 했다. 화면이 몇 번 바뀌고 나서야 설혜는 선이 우는 까닭을 알 수 있었다.

특별하다면 그래서 특별한 거야.

그게 자신의 생각이 아니라 선이 직접 한 말이었다는 게 떠오르자 설혜는 모종의 안도감이 들었다. 열아홉 살 선은 담배를 피우며 피식 웃는다.

내가 너무 특별해서 아이들이 괴롭히지 않는 거라고? 내가 남자와 엮이지 않기 때문이야, 단지.

설혜는 퉁퉁 부은 선의 얼굴을 쓰다듬고 싶다. 설혜는 실재와 가상을 분간하지 못하는 어린애처럼 화면을 더듬고 싶은 충동에 시달린다. 그러나 실물을 마주하는 것보다 더 선명하게 선의 얼굴을 보여주는 HD 화면 너머로 손을 뻗을 수는 없다. 시커먼 까까머리를 하고 체념한 듯 미소짓는 선의 얼굴에 다가갈 수 없다. 선은 가끔 그렇게 말했다. 넌 아무것도 몰라. 네가 패션에 대해서 뭘 안다고 그래. 아무 옷이나 걸쳐도 눈부시게 아름다운 선이었다. 선의 말대로 패션에 대해서라면 설혜는 아무것도 몰랐다. 그러나 설혜는 정말이지 이해할 수가 없다. 아름다운 선을 왜 저 모양으로 만들어놓는지. 현장에 있는 인간들의 그 잘난 감각을 도무지 이해할 수 없다. 웨딩 콘셉트로 찍는 화보였다. 반사판 빛을 머금은 선의 얼굴은 선명한 부기에도 불구하고 정신이 번쩍 들도록 아름다웠다. 그러나 아무렇게나 밀어놓은 시커먼 머리카락과 레이스가 잔뜩 달린 웨딩드레스의 조합은 흉물스러웠다. 셔터 소리에 맞춰 미소짓는 선을 당장 집에 데려오고 싶다. 아이는 멍한 눈으로 화면 속 엄마와 곁에 있는 엄마를 번갈아 본다. 머리카락을 땋아 올리고 화관을 쓴, 당장 결혼식을 올린대도 손색없을 모습으로 촬영을 하고 있는 다른 모델들과 확연히 비교되는 모습이었다. 설혜는 죄다 쭉 찢어진 눈에 주근깨를 매달고 피부가 새카만 그런 계집애들이 선보다 더 예쁘게 꾸미고 있는 걸 견딜 수 없었다.

어떤 일이 있었든지 오늘은 다시 오늘이야.

선이 그런 말을 할 때면 설혜의 마음이 넉넉해졌다. 다시 오늘이야. 그렇게 말하는 선이 든든했다. 십대 이후 선과 설혜의 성격은 화학반응을 일으킨 물질처럼 바뀌어버렸다. 선은 무던해졌고 설혜는 예민해졌다. 설혜는 과거를 곱씹으며 변화의 계기가 정확히 언제였는지 더듬었다. 둘은 같은 해에 대학에 들어갔다. 선이 일 년 다닌 후 중퇴했다. 선이 잠적한 다음 한 해 동안 설혜는 언니들을 만났다. 그 일이 있었고 곧장 선이 대형 에이전시의 전속 모델이 되어 돌아왔다. 설혜도 학교를 그만두고 둘은 다시 함께 살게 되었다. 그리고 오늘이었다.

그런 일이 있었는데도 오늘은 다시 오늘이야, 라고 말하는 것이 의미가 있을까.

여기까지 생각이 미칠 때면 설혜는 생각을 멈추려고 노력한다. 몰려오는 대사들을 몰아내기 위해 온 힘을 기울여야 한다. 저기 아이가 있다. 아이에게 이렇게 무너지는 모습을 보여줄 순 없다고 생각한다. 그러나 병든 노인의 벌어진 입에서 떨어지는 침처럼 말들은 주책없이 질질 흐른다. 우린 너 같은 애 필요 없어. 굳이 페미니스트까지 겸업할 필요는 없잖아. 야, 너는 애인 있잖아. 등록금 내주다가 때 되면 집 사줄 부모도 있고. 그런데 네가 약자냐? 우리가 약자야. 애인도 없고 물려받을 건 빚밖에 없는 부모 밑에서 빼빠지게 고생하는 우리가. 어느 날의 생활총화 이후 총여학생회에서 맡아온 일을 내팽개쳐버린 설혜에게 쏟아진 독설이었다.

여학생회실에는 앙은 주전자가 있고 줄이 하나 빠진 클래식 기타가 있고 유통기한이 언제까지인지 짐작도 되지 않는 음료 페트병들이 널려 있었다. 여학생은 모름지기 깔끔하고 단정해야 한다는 생각에 맞서 싸우듯 지저분하고 무질서했다. 언니들은 저항하듯 거친 말투를 썼고 욕지거리를 남발했다. 그 모습은 그들이 그토록 경멸하던 학생회 남자 선배들과 크게 달라 보이지 않았다.

너는 왜 여학생회에 들어왔니. 누가 물으면 설혜는 그럴싸한 대답을 궁리해야 했다. 선이 사라진 후 가장 많은 시간을 함께 보낸 사람이 하필 회장 언니라서. 그렇게 대답할 수는 없었다. 너는 왜 늘 혼자 다니니? 그렇게 물어봐준 사람은 그녀가 처음이라서. 학교에서 함께 식사하는 사람이라고는 그녀가 유일해서. 그녀와 더욱 많은 시간을 함께 보내고 싶어서.

모두 적합하지 않은 대답들이었다.

그러나 선배들은 물론, 여학생회 출신의 졸업생 선배들도 이따금 찾아와서 설혜를 포함한 신입들에게 집요하게 물었다. 왜 일학년이 아닌 이학년이 돼서야 이곳에 발을 들였냐는 게 설혜가 받는 질문의 핵심이었다. 전부 선 때문에. 그 모든 것이 전부 선 때문이라는 말은 결코 해서는 안 되었다. 안 된다는 건 설혜가 가장 잘 알고 있었다.

그러나 설혜는 몰랐다. 애초에 스스로 발 들인 곳이라 할지언정, 언제든 나올 수 있었다는 것을.

어느 날 아침 생활총화에서 회장 언니는 설혜를 노려보며 질문한다.

네가 진실을 말하지 않으니 질문을 바꿔본다. 혹시 나한테 딴마음 있니?

둘러앉은 언니들이 눈을 휘둥그레 뜨고 회장 언니와 설혜를 갈마보고 있다. 언니 지금 그거 아우팅이에요. 언니들이 웅성거렸지만 회장 언니는 아랑곳하지 않는다.

차별하려는 게 아니라 네 진심을 묻는 거다. 너의 진정성을.

그즈음 매일같이 회장 언니를 찾아오던 졸업생 선배는 설혜의 어깨를 흔들며 말한다.

부끄러운 일 아니잖아. 너는 네가 부끄럽니?

케이블 방송이니까. 공중파가 아니니까. 어찌되었든 너 스스로에게 당당해져야 하니까. 그게 네 애인을 위하는 길이기도 하니까. 그리고 그건 우리 모두를 위하는 길이니까.

졸업생 선배가 기획한 다큐멘터리의 제목은 '그녀의 선택'이었다. 설혜는 성소수자 권리를 위한 여학생 행동에 참여해서 인터뷰를 한다. 설혜는 카메라 앞에 선 자신을 부감하지 못한다. 언니들이 우우 소리를 지르고 스물한 살 설혜는 쭈뼛거리며 대오의 가장 앞에 선다. 모자이크 처리가 되지 않은 채 화면에 드러난 설혜의 얼굴은 선명하다. HD 화면도 아닌데 그보다 더 선명할 수가 없다. 설혜의 기억 속에서 그런 자신의 얼굴은 날로 더욱 분명해져간다.

결국 선의 요구를 거절하지 못하리라는 걸 설혜는 알고 있었다. 선의 부탁을 뿌리치는 일은 거절이 아니라 거역에 가까웠다. 선은 어디까지나 제안일 뿐이라고 말했다. 그러나 설혜는 그것이 반드시 관철되어야만 하는 선의 강력한 요구라는 것을 알고 있었다.

이제는 제발 집에 돌아와.

설혜가 마음속으로 말하던 순간 선이 전화를 걸어왔다. 설혜는 아이를 부르며 활짝 웃었다. 엄마 전화야. 엄마 다 끝났나보다. 설혜는 두근거리는 마음으로 전화를 받았다. 어. 나야. 선의 말이 끝나기가 무섭게 설혜는 말을 쏟아냈다. 어디야? 고생했어. 픽업하러 갈게. 자동차 열쇠를 찾던 설혜의 손길이 멈췄다.

아직이라고?

선이 말하는 오늘은 이 주 전도 아니고 과거를 털고 나아가자는 은유도 아니다. 그건 사실 그대로의 오늘을 말하는 것이다.

오늘 안에 결정해야 해. 그러니까 빨리 결정해줘. 이왕이면 지금 대답해줬으면 좋겠어.

설혜는 눈으로 아이를 좇았다. 레고블록을 조립하며 혼자 잘 노는 아이. 과일을 집어먹는 아이. 설혜는 자기도 모르게 그 모습을 사각 프레임 안에 담는다.

그러니까, 아이도 함께 나가야 한다고?

그래. 그래야 드라마가 되겠지.

드라마라니? 아이에게 너무한 거 아니야?

설혜는 버럭 소리를 질렀다.

나는 그렇다 치고, 아이가 왜 얼굴을 팔아야 하는데?

선은 한참 동안 말이 없었다.

그게 사람들이 나한테 바라는 드라마라고. 이거 안 하면 나 우승 못 해.

선아, 그냥 집에 와.

선은 대답하지 않고 전화를 끊어버렸다.

설혜는 그 어느 때보다 공들여 청소하고 결혼 기념으로 촬영한 스냅사진들을 전부 꺼내 거실장 위에 진열한다. 화면에 나가지는 않겠지만 곳곳에 향수를 뿌리고 향이 빠질세라 다시 뿌린다. 부끄러운 일 아니잖아. 너는 네가 부끄럽니? 어깨를 잡아 흔들던 졸업생 선배가 생각난다. 너의 그런 태도, 너뿐만 아니라 네 애인까지 부끄러워하고 있는 거야. 네 본심이 사실 그런 거야. 너는 네 애인을 진심으로 사랑하지 않는구나. 이제 와 생각하면 속아넘어갈 건더기도 없는 그따위 말들에 고개를 끄덕인 자신이 설혜는 아직도 원망스럽다.

그들을 떠나고 꽤 오랜 시간이 흐른 후 설혜는 한 통의 메일을 받았다. 오랫동안 나눠 낀 커플링을 처분하고 결혼반지를 알아보러 다니던 즈음이었다. 포피. 발신인의 이름이었다. 처음에 설혜는 스팸메일이라고 판단해 읽지도 않고 삭제하려 했다. 그러다 문득 기억났다. 언니들이 그런 식으로 서로를 부르던 옛날이. 설혜는 메일을 열었다.

세상이 정말 많이 좋아졌구나. 이제는 너도 많이 힘들어하지 않으리라고 생각해. 네가 바라던 그런 세상이 온 게 아니니. 네 애인은 아직도 너의 곁에 있지? 가끔은 인터넷에서 네 애인 이름을 검색해봐. 정말 예쁘더구나. 헤어지지 않았으리라고 생각해. 네 말대로 너희들은 결코 헤어질 수 없는 사이잖아. 그래, 이렇게 좋아진 세상에서 너희들이 더 당당하게 살 수 있으리라고도 생각해. 꼭 결혼해라. 네가 원했던 유토피아가 왔으니까.

욕지기가 치미는 걸 꾹 참으며 설혜는 그 순간이 지나가기를 기다렸다. 그 순간도 퇴적되리라는 예감이 머릿속을 지나쳤다. 아니나 다를까, 설혜는 그런 말을 떠올린다. 네가 원했던 유토피아가 왔으니까.

설혜는 아이의 옷매무새를 만져준다. 문득 오래전 엄마가 공들여 자신을 꾸며주던 게 생각나 왈칵 눈물이 치민다. 초등학교에 입학하는 날이었다. 아버지가 미국 출장길에 사온 양장을 차려입고 빵모자를 쓴 설혜를 보고 엄마는 뿌듯해하며 말했다. 꼬마 숙녀 같구나. 설혜는 아이의 머리카락에 헤어젤을 바르며 말한다. 꼬마 신사 같다. 아이의 눈이 휘둥그레진다. 그게 무슨 말이야, 엄마?

인터폰을 받으며 설혜는 굳이 상상하지 않아도 되는 장면을 상상한다. 주근깨 계집애의 비아냥. 부쩍 수척해진 선의 얼굴. 아마 그들은 그렇게 메이킹할 것이다. 그래도 저에게는 가장 소중한 가족이에요. 저희와 같은 가족들에게 힘이 되고 싶습니다. 부러 눈썹과 입술에 아무것도 칠하지 않은 파리한 얼굴로 선은 그렇게 말할 것이다.

ENG 카메라를 본 아이가 겁을 먹으며 설혜의 뒤로 숨는다. 선은 무릎을 꿇고 앉아 아이에게 손짓한다. 이리로 와. 아저씨가 예쁘게 찍어주실 거야. 아이가 쭈뼛거리며 발걸음을 옮긴다. 설혜는 그 모습을 지켜보며 생각한다. 잊지 마. 이것이 내가 원한 유토피아였다는 걸.

천사는
마리아를
떠나갔다

자꾸 실족사, 라는 단어가 혀끝을 맴돌아 곤란하다. 산소호흡기에 차오르는 저것은 아이의 숨이다. 아이는 여전히 살아 있다. 아직까지 아이는 다만 실족한 것이다. 산소호흡기에 의지해 겨우 연명하고 있지만 아이는 죽지 않았다. 그러나 기도하는 내내 얄궂게도 아이의 불운을 실족사, 라는 단어로 요약하고 있는 나 자신 때문에 당황스러웠다. 아이의 맥없이 늘어진 손가락과 아이 엄마의 맞잡은 두 손을 번갈아 본다.

어제까지 아이는 다른 아이들처럼 굴었을 것이다. 한 수저만 더 뜨고 가라는 걸 성질을 부리며 거절하고, 깎아놓은 과일 한 쪽만 먹고 가라는 말에 대답도 하지 않고 나가버렸을지도 모른다. 들으란 듯이 발을 탕탕 굴러대고 현관문을 힘껏 닫으며. 그렇게 나간 아이는 언제고 돌아와서 다시 속을 썩인다. 그것이 인생인 줄 알았는데 아이가 돌아오지 않는다면. 차라리 내 눈앞에서 없어지길 바랐는데 그렇게 갑자기 떠나버린다면.

아무도 입 밖에 꺼내지 않지만 모두 알고 있다. 352동 아이의 숨이 꺼져간다는 것을. 그러나 진심으로 기도했다. 아이가 죽지 않기를. 어떤 고약한 존재들의 농간으로, 그들 간의 협상으로, 그 과정에서 생겨나는 꼼수로 간혹 아이들이 죽어버린다. 우리는 입을 모아 아이들에게 주의를 줘야 한다고, 끊임없이 주의를 줘야 한다고 말했지만 알고 있다. 그 순간 아이가 선택할 수 있는 길은 그것뿐이었다는 걸. 아이는 그 길로 갈 수밖에 없었다. 지각하지 않아야 했으니까. 늘 드나들던 지름길 입구에 진입 금지 푯말이 세워져 있었지만 무시하고 싶었을 것이다. 공사가 시작되기 전에는 눈감고도 갈 수 있던 길이었으니까. 그 길이 아닌 다른 길로 가면 칠 분이나 더 걸리고 그러면 분명 지각생이 된다. 아이는 푯말 앞에서 잠시 망설이다 눈을 질끈 감고 그 길에 발을 들였을 것이다.

아이 엄마가 그 순간으로 달려가 아이를 돌이켜 세우는 상상을 하는 동안 우리는 우리가 3단지가 아니라 1단지와 2단지, 인근 빌라에 산다는 것을 감사했을지도 모른다. 아픈 아이를 위한 기도는 아직 아프지 않은 내 아이를 위한 기도였을지도 모른다.

330동부터 360동에 걸친 3단지 재건축 현장은 어마어마했다. 공사 현장에서 조금 떨어진 학교는 3단지 아이 대부분이 다니는 곳이었다. 공사가 시작되기 전에 아이들을 전부 전출시켜야 했지만 학교는 그러지 않았고 모두들 그 사실을 당연하게 생각했다. 전학이 보통 성가신 일은 아니니까 이번 학기까지만 하는 마음으로. 아이들이 다니던 지름길이 허술한 베니어판으로 뒤덮이고, 평지가 낭떠러지가 되고, 분진이 피어오르고, 사방에 타워크레인과 지게차 천지였지만 큰 걱정을 하지 않았다.

3단지 재건축 사업은 일대의 오랜 소망이었다. 3단지 주민 대부분은 1970년대에서 80년대 사이에 입성한 원주민들이었다. 3단지 입구에는 1978년 부녀회장 명의로 올린 석수와 1991년 동대표 회동을 기념하며 세운 전신 거울이 있었다. 비닐하우스와 논밭이 즐비하던 강남이 어떻게 서울의 중심으로 변해가는지 지켜본 사람들이었다. 동네에서도 성당에서도 터줏대감 노릇을 하는 유리 엄마가 산증인이었다. 3단지 주민들 중에 갑자기 자기집 가진 사람 없다고. 1980년대 후반부터 일대의 집값은 미친듯이 뛰었고 3단지가 그 중심이었다. 이제 브랜드 아파트가 들어서고 나면 서울 안에서 이보다 비싼 단지는 없을 것이었다. 1980년대 후반부터는 '아무나' 들어올 수 없었다고. 그렇게 말하는 유리 엄마는 유리 아빠와 고등학교 동창이었다. 부부는 중학교에 다닐 때 부모와 함께 3단지에 입성했고 같은 고등학교에 배정받았다. 내가 원래 공부를 잘했는데 그때 평준화되는 바람에 그 인간이랑 같은 동네 공립학교에 입학한 거 아니에요. 시내에 있는 여고 갈 수 있었는데. 대통령 아들이 돌대가리라서 피해 본 게 한둘이 아니야. 서울 출신이 아닌 사람들은 잘 모르는 이야기였다. 강남 토박이라고 자랑하는 여자들의 입에서 나오는 '시내'라는 단어가 강남을 말하는 것이 아니라는 게 아이러니할 뿐이었다. 그들의 부모는 자식에게 아파트를 물려주고 귀농했다. 다른 부동산 재미도 본 부모들은 아파트를 고스란히 물려주었고 다른 부동산이 없는 부모들은 아파트를 판 돈을 주었다. 실평수 십칠 평에서 이십팔 평 사이의 옛날식 아파트에 그들은 꾸역꾸역 살았다. 부동의 재산이었으므로. 영원히 죽지 않을, 황금알 낳는 거위였으니까.

남편도 바로 그것을 원했다.

—엄마 기도하고 이제 가. 3단지에서 사고 난 아이 중환자실.

중환자실에서 나오며 지은에게 문자를 보냈다. 답장이 오리라 기대하지 않는다. 자신의 휴대전화가 어디에 있는지 지은은 모를 것 같았다. 지은은 아무것도 하지 않고 내처 잠만 자고 있다. 겨울이 지나면 조금 나아질 줄 알았는데 5월 중순이 되도록 그대로였다. 봉사도 하고 긴 여행을 떠날 거야. 진짜 나를 찾기 위한 시간을 보낼 거야. 이학년을 마치고 휴학하면서 다부진 말투로 계획을 말하던 모습을 생각하면 억장이 무너졌지만 한편으로는 다행이었다. 그래도 집에 있어서. 내 손이 닿는 곳에 있어서. 밥도 잘 먹지 않고 죽은듯 대부분 잠만 잔다고 해도 볼 수 있는 곳에 있다는 게 그나마 다행이었다.

유리 엄마가 지은의 안부를 묻는다.

지은이 괜찮아요?

어떻게 대답해야 할까. 조금? 비교적? 전보다는?

고마워. 그래도 쉽게 나아질 수는 없겠지.

데레사, 아시겠지만 시간이 다 해결해주지는 않아요. 병원에 데려가보는 게 어때요?

글쎄, 나도 그러려고 했지만 들은 척도 안 하니까.

성당에도 안 나가겠대요? 성서 공부하면서 다른 청년들이랑 좀 어울려보고 사귀어보고 그러면.

나는 고개를 저었다.

그만 이야기해.

지은이 성당에 보낸 거 후회하는 거 아니죠?

엘리베이터가 일층에 도착하는 순간 들은 질문이 누구의 입에서 나온 건지 분간할 수 없다. 지은의 사정을 아는 사람은 유리 엄마뿐인데.

마트에 들러 지은이 그나마 입에 대는 간식거리를 샀다. 요구르트, 토핑 과자, 딸기, 바나나, 커피우유, 감자칩 등. 채소를 즐겨 먹으며 편식도 하지 않던 아이는 입에 달고 짠 것들만 겨우 찾는다. 너 언제 괜찮아질 거야? 바보 같은 질문을 아이에게 던진 적 있었다. 아이는 목도리로 입을 가리며 작은 소리로 대답했다. 겨울이 지나면. 따뜻해지면. 그러나 날이 풀리고도, 꽃이 피고도, 꽃이 지고도 그대로다.

지은아, 엄마 왔어.

방문을 열었는데 지은이 보이지 않았다. 순간 오금이 저렸다. 지은의 침대에 장 봐온 것들을 던져두고 집안을 헤맸다. 지은은 베란다에 있다. 하얀 잠옷을 입고 바닥에 주저앉아 있다. 아이에게 버럭 소리를 질렀다. 바닥 더러운데 너 거기서 뭐해? 지은은 퉁퉁 부은 얼굴로 돌아본다.

엄마, 이상하지 않아? 여기도 무너지고 나면 허방일 텐데. 우린 지금 십일층 허방에 살고 있는 거잖아.

*

1979년, 두 친구가 금치산자가 되었다. 언젠가 지영이 그들의 안부를 물었던 적 있다. 엄마는 여기 있는 이모들이랑 가장 친했나보네.

사진마다 붙어 있어. RCY 단복을 입고 웃고 있는 소녀들의 사진이었다. 너희들이 우리 RCY의 얼굴이다. 그 말과 동시에 셔터를 누르던 선생님의 모습이 선하다. 지영이 물었다. 이 이모들은 지금 뭐해? 왜 안 만나? 대학 간 다음부터 멀어진 거야?

이모들은 불행해졌어. 네가 태어나기도 전에. 잠시 불행해졌다가 다시 행복해진 것이 아니라 그때 불행이 시작되었고 현재 진행중이야.

지영에게 그런 말을 하고 싶지 않았다. 지영은 상상도 못할 것이다. 1979년부터 지금까지 불행하다는 게 어떤 것인지. 지금으로부터 사십 년 후까지 불행이 지속되리라고 생각하는 사람은 없을 것이다. 1979년의 나도 그랬다. 필남이 언니도, 주혜도 일 년 후에는 괜찮아지겠지. 오히려 너희들 때문에 상처받고 불면의 밤을 보낸 건 나야. 괜찮아진 후에 너희들이 내가 아팠던 시간만큼 내게 잘해야 해. 그렇게 생각했었다.

1979년의 봄은 어떤 것도 예고하지 않은 채 봄다운 모습으로 찾아왔다. 대학 신입생으로서 누릴 수 있는 설렘을 나도 누려보았다. 아낌없이 드는 햇살 아래에서 선배들은 교정 아무데나 주저앉아 막걸리를 마셨다. 필남이 언니가 보내준 책들과 영문학 원서들을 옆구리에 낀 내 모습이 좋았다. 아버지는 사범대에 가지 않은 나를 못마땅하게 여겼지만 그나마 지역에 있는 대학에 진학한 것에 만족했다. 형제들은 거의 아버지와 같은 사범대에 진학해 차례로 교사가 되는 중이었다. 교사가 되지 않으면 무엇을 할 수 있을지 생각해본 적 없었지만 노년까지의 인생이 이십대에 벌써 결정된다는 것이 무서웠다. 사범대를 졸업한 후 교사가 되고 아버지가 소개해주는 다른 교사와 결혼해서 함께 늙어가는 삶. 오빠와 언니들을 통해서 이미 익숙한 삶이었다. 결혼하는 걸 피할 수는 없어도 교사가 되는 것만은 거절하고 싶었다. 영문학과에 진학하고 싶다고 말했을 때 아버지는 코웃음을 쳤다. 영어 교사가 되는 것도 아니고 무슨 영문학. 문학병은 젊을 때 한때야. 그게 순전히 필남이 언니 때문이었다는 걸 그때의 나는 알지 못했다.

필남이 언니는 1959년생이었고 주혜는 1960년생이었다. 주혜는 수틀릴 때마다 언니라고 부르기를 강요했다. 빠른 61년생인 내게 친구들이 즐겨 하는 말이었다. 까불지 마, 언니한테. 내 친구들 대부분은 60년생이었다. 오뉴월 봄빛도 다른데 61년생 주제에 감히 친구 먹으려 든다, 그들의 한결같은 농담이었다. 우리는 여고 화단에 앉아 토끼풀을 뜯으며 이런 대화를 주고받곤 했다.

1960년이랑 1961년은 달라.

뭐가 달라?

1960년은 금요일로 시작하고 1961년은 일요일로 시작해.

1960년에는 2월 29일이 있고 1961년에는 없어.

1960년에는 없던 베를린장벽이 1961년에는 있지.

그게 우리랑 무슨 상관인데?

그럼 이건 어때? 1960년에는 4·19가 있고 1961년에는 5·16이 있어.

항상 그 대목에서 나는 졌다는 기분이 들어 웃고 말았다. 주혜가 까불지 마, 라고 다시 외치고 어디선가 필남이 언니가 나타나서 퉁바리를 줬다. 야, 고만고만한 것들끼리 서열 따지고 있어. 너희들 혼나볼래? 기억 속에서 갑자기 나타나는 필남이 언니는 항상 여름 교복 차림이다. 흐트러짐 없이 빳빳하게 잘 다려진 하얀 셔츠를 입은.

대학 가면 이름 바꿀 거야. 엄마도 그러길 바라셔. 아들 낳으라고 지은 이따위 전근대적 이름은 갖다 버리라고. 우리집에서 내가 공부도 가장 잘하는데. 그렇게 바라던 아들놈은 양아치 노릇이나 하고 말이야.

언니가 자주 하던 말이었다.

언니는 바라던 대로 1978년에 영문학도가 되었다. 그리고 이학년이 되자마자 이름도 바꿨다. 아들 낳기를 바라고 지은 이름 필남에서 블레이크를 사랑하는 여대생다운 이름 수경으로. 그러나 나는 그 이름을 불러본 적 없다. 아마 필남이 언니의 부모도 한 번도 불러본 적 없는 이름일 것이다. 수경. 언니의 동지들이 부르던 이름이었다. 1979년 가을 초입, 청주 버스터미널 대합실 의자에 초점 없는 눈으로 앉아 있던 언니의 이름은 수경이었다.

언니는 좀처럼 말이 없었다. 알아온 내내 지었던 봄날 분홍 꽃잎 같던 웃음도 없었다. 언니는 나를 보자마자 딱 한마디 했다. 국밥. 수경이, 아니 필남이 좀 잘 부탁한다는 남자의 전화를 받고 달려나간 내게 언니는 국밥 먹으러 가자는 말을 건넸다. 함께 떡볶이를 먹고 도넛을 먹고 솜사탕을 먹던 시절을 지나 국밥 한 그릇씩 앞에 둔 우리가 늙어버린 것 같아 조금 서글펐다. 언니는 고춧가루와 새우젓을 넣은 국밥을 허겁지겁 먹었다. 나는 언니에게 무슨 일이 일어났는지 몰랐다. 남자의 전화가 마음에 걸리기는 했지만 오랜만에 보는 나를 당연히 안아주겠거니 생각했다. 철마다 한 박스씩 보내주던 책 덕분에 나도 언니처럼 영문학과 학생이 되었다고 말하고 싶었다. 이미 편지로 말하기는 했지만. 가장 최근에 보내준 윌리엄 블레이크의 시집에는 고운 손글씨로 이렇게 적혀 있었다. "악한 진실이 내 사랑하는 자를 피해 가기를." 나는 답장하듯 그 밑에 이렇게 적었다. "사랑은 악한 자를 진실로 피해 가기를." 언니에게 보여주면 배를 잡고 웃을 것 같았다. 그러나 국밥을 먹는 내내 나는 손가방 안에 있는 시집을 까맣게 잊고 있었다.

필남이 언니를 집에 데려다준 다음날, 버스에서 주혜를 만났다. 주혜는 내게 오랜만에 알은척을 했다. 고등학교를 졸업한 후 처음이었다. 주혜는 언제나 청주 사랑운수 65번 버스에 있었다. 그러나 빨간 모자를 쓴 안내원 주혜는 마주칠 때마다 나를 모른 척했다. 돈을 건네받으면서도, 문을 열어주면서도. 툭하면 소리를 질러대는 기사 아저씨가 무서워 친구에게 알은척도 못하는 것이리라고 생각했다. 어느 날엔가 기사는 손님을 다 태운 후 재빨리 버스에 올라서지 못한 주혜에게 욕을 퍼부으며 그대로 출발해버렸다. 나는 모자를 붙들며 버스를 쫓아 달리는 주혜를 돌아보았다. 창 너머 맥없이 지켜보기만 하는 나를 보며 주혜는 무슨 생각을 했을까. 내내 나는 후회했었다. 기사에게 당장 차를 세우라고 말해주지 못했다.

남산 밑 무서운 집에 다녀온 거야.

내가 앉은 좌석 곁에 다가선 주혜가 허공을 보며 내뱉었다.

필남이 언니. 어른들이 그러던데.

김양, 지금 뭐하는 거야? 기사가 버럭 소리를 질렀다.

*

지은은 잠을 자고 있다. 죽은듯이 잠을 잔다. 아이가 이렇게 오랫동안 잠들어 있는 모습은 신생아 때 이후 처음 보는 것 같았다. 지은은 다시 태어난 것 같기도 했다. 그렇다면 다행이다.

엄마, 전부 거짓 같아.

엄마, 바보같이 무슨 기도를 매일같이 해.

엄마, 대체 주님이 뭘 해줬다고 그래.

지은이 그런 말을 할 때마다 불편했다. 지은은 청년성가대와 봉사모임과 주일학교 교사를 했고, 주말에는 꼬박꼬박 저녁미사에 참여해서 피아노를 치고 노래를 불렀다. 그러면서도 뇌까렸다. 엄마 말대로 주님이 전부라면 대체, 새벽미사 갔다가 돌아오는 길에 퍽치기 당해서 죽은 할머니는 어떻게 설명할 건데. 처음 '꽃동네도시락'에 식재료를 배달하러 갔을 때 지은은 인상을 썼다. 건물 외벽에 쓰인 말이 싫다고 했다. "얻어먹을 수 있는 힘만 있어도 그것은 주님의 은총입니다." 지은은 찌푸린 채 말했다. 그게 무슨 주님의 은총이야. 건강하게 잘 먹고 잘 살다 가야 주님의 은총이지. 안 그래, 오빠. 지은이 곁에 있던 석준을 쿡 찔렀다. 석준은 멋쩍은 듯 웃기만 했다.

지은의 말처럼 전부 거짓 같다. 석준이 죽었다는 것도. 지은의 지갑에 들어 있던, 산부인과 상호가 적힌 소염제도. 석준 엄마가 오열하는 모습을 보면서도 내겐 온통 그 생각뿐이었다. 지은과 석준이 한창 꽃동네도시락으로 배달을 다니던 무렵이었다. 약봉에 찍힌 산부인과는 꽃동네도시락 근방에 있었다. 차마 구체적으로 생각하기에는 버거운 사실이므로, 자고 있는 지은을 흔들어 깨워 묻고 싶은 충동을 누르느라 날마다 애쓰고 있다.

거긴 왜 갔었어.

묻고 싶은 마음을 참고 있다. 은혜산부인과. 겹겹이 포개진 약봉에 쓰여 있던 글자. 일주일 치는 되어 보이는 두툼한 약봉. 석준의 장례식장에서 잠든 지은을 데리고 나오다 발견한 것이었다. 그때 아이의 지갑을 열어볼 생각을 어떻게 했었는지 모른다. 초등학교에 다닐 적부터 자기 물건을 건드리면 질색팔색을 하던 지은이었다. 석준의 영정을 뒤로하고 남편이 지은을 업는데 아이 팔다리가 툭, 하고 떨어졌다. 석준을 위해 하루종일 기도를 드렸다. 그러나 얼른 내 아이를 그곳에서 빼내오고 싶었다. 통곡의 골짜기에서.

석준은 지은의 첫 애인이었다. 청소년부에서 만난 두 아이는 서로 의지하는 가장 친한 교우이자 친구였고, 지은 말로는 동지였다. 석준의 죽음을 지은이 앞으로도 오랫동안 감당해야 할지 모른다는 사실만으로도 나는 무서웠다. 본당 교우들이 전부 한동네 사람들이었고 어른들끼리 서로 붙어다닌다는 사실이 부담스러웠는지 두 아이는 엽렵하게도 비밀 연애를 했다. 아이들이 연애하고 있다는 걸 아는 사람은 나뿐이었다. 그건 지은이 나를 믿고 있다는 증거였기에 내심 뿌듯했었다.

석준이 아니었다면 지은이 나를 따라 오랫동안 성당에 다녀줬을까. 주님이 주신 이름 글라라로 살아줬을까. 유아세례를 받고, 초등학교에 입학한 후부터 지은은 두 살 터울인 지영을 데리고 쓴 약 삼키듯 성당에 나갔다. 성당 앞에 두 아이가 좋아하는 팬시점이 없었다면 매주 성당에 보내는 일이 더욱 고역이었을 것이다. 지은이 성당을 열심히 나가기 시작했던 때를 기억한다. 중학교 일학년 여름 농활을 다녀온 직후였다. 청소년 미사를 앞두고 지은은 울음을 터뜨렸다. 주는 대로 잘 입기만 하던 지은이 옷 투정을 했다. 이런 걸 어떻게 입고 가. 낡은 청바지를 수선해 치마로 만들어줬었다. 불과 며칠 전에 친구랑 놀러가면서도 입던 옷을 갑자기 못 입겠다고 난리를 쳤다. 솜씨 없는 엄마가 만들어준 옷도 잘 입어서 기특했건만 퍽 서운했다. 지은은 이건 절대 못 입는다며 소리를 지르더니 옷을 스스로 골라 입었다. 다른 아이들에 비하면 좀 늦은 편이긴 했지만 처음 있는 일이기에 당황스러웠다. 그날 청소년 미사에서 지은이 중학생 대표로 신자들의 기도문을 낭독하기로 했고, 다름아닌 석준의 앞에서 기도문을 읽어야 했다는 것은 훗날 알게 되었다. 스스로 골라 입고 간 옷이 내가 만들어준 옷보다 얼마나 더 괜찮았는지는 모르지만 지은은 그날을 기념했다. 그날부로 자신에게 성당이 어떤 의미가 되었는지. 석준을 통해 보게 된 세상이 있다고 했다. 지은은 석준과 함께 성서 공부를 하고 악기를 연주하며 노래하는 즐거움을 깨달았다. 성경이란 얼마나 아름다운 텍스트인지, 미사곡이란 얼마나 훌륭한 작품인지. 석준이 죽고 난 후 털어놓은 이야기였다.

엄마는 동의할 수 없겠지. 엄마는 맹목적으로 기도만 하니까.

지은이 나를 비난하려 드는 것 같았지만 입을 다물고 이야기를 들어줬다.

주님을 만나고 은총을 받고, 이런 건 관심 없어. 정말로 그렇다면 오빠가 이렇게 죽는 건 말이 안 되니까. 봉사하고 오는 길에 사고가

나다니. 그걸 대체 무슨 은총으로 설명해야겠어.

지은은 윤신부에 대해서도 이야기했다. 서른 살 먹은 젊은 보좌신부였다. 그가 청년들을 데리고 시내와 지방에서 열리는 크고 작은 집회와 온갖 시국미사에 참여한다는 것을 알고 있었다. 다른 엄마들에게는 이야기하지 않았다. 아무리 젊다지만 그에게는 신부다운 점잖음이 도통 없었다. 탈색한 머리카락을 길러 묶었고 귀걸이를 하고 다녔다. 청년들과 자주 술자리를 벌여 교우들은 대놓고 못마땅해했다. 동네에서 만나면 그게 신부인지 양아치인지 구분할 길이 없었다. 가을에도 민소매와 반바지, 슬리퍼 차림으로 동네를 쏘다녔다. 그런 그는 그저 철없는 젊은 신부로 회자되기 일쑤였다. 그가 청년들을 데리고 무슨 활동을 하는지 알았지만 지은과 석준까지 교우들 입에 오르내리게 하고 싶지 않았다.

지은의 책장에 난데없는 책들이 하나둘 꽂히기 시작하던 때.

미대에 간 지은이 그림을 그리는 일보다 더욱 몰두해야 하는 공부가 뭔지 나는 이해하지 못했다. Memories of May 1980. 지은이 영어 공부하는 거야, 눙치는데 기분이 나빴다. 엄마를 바보 취급하는 거니? 그 한마디에 지은은 버럭 화를 냈다. 왜, 광주의 진실을 당시 외신 기자의 리포트로 더욱 자세히 알고 싶다는데, 문제 있어? 엄마는 그때 뭐했는데? 광주에서 사람들이 죽어갈 때 엄마는 뭘 하고 놀고 있었던 거야?

그해 5월이라면 나는 죽어가는 필남이 언니 곁에서 날마다 울고 있었다. 대학 공부도 재미없었고 마음 같아서는 자퇴하고 싶은 심정이었다. 대학생의 운명이 고작 이런 거라면. 나는 눈치 없이 밀려드는 열등감으로 합리화했다. 언니는 우리나라에서 가장 좋은 대학에 갔기 때문이고, 언니는 거기서도 공부를 잘했고 인기가 많았고 그래서 학생운동까지 했으니까. 나는 고작 지방 소도시에 있는 이름 없는 대학에 다닐 뿐이고. 우리 학교에도 운동권은 있었지만 그들은 나 같은 건 절대 낄 수 없는 대단히 잘난 사람들 같아 보였다. 언니와 나는 같은 대학생이라고 할 수 없다. 그러므로 내게 이런 불행은 허락될 수조차 없는 종류의 무엇이야. 나는 그런 생각을 하며 버텼다.

엄마도 나름대로 그때 버티고 있었어. 나는 그 말을 삼켰다.

*

윤진우 신부, 지은과 석준을 데리고 정의구현사제단의 시국미사와 집회에 쏘다니던 그를 보면 얼토당토않게도 옛날 안신부가 생각났다. 그는 철없는 젊은이 윤신부와는 달랐다. 성인 김대건 안드레아의 초상처럼 단정하고 아름다운 청년의 이미지였다. 그의 나이가 정확히 몇이었는지 모른다. 사제 서품을 받은 지 얼마 되지 않았으므로 나보다는 한참 어렸을 것이다. 나는 그의 얼굴도 잘 모른다. 감히 똑바로 바라본 적 없으므로. 로만 칼라와 검은 사제복, 얌전한 구두코만 기억날 뿐이다. 사복 입은 그의 모습을 몇 번인가 본 적도 있는 것 같은데 잘 기억나지 않는다. 강남에 이사 오기 전, 지하철을 타려면 마을버스로 이십 분 가야 하는 동네에 살았을 때였다. 지은이 다섯 살, 지영이 세 살 때. 언덕배기 달동네 우리집 앞에 한창 본당을 짓는 공사가 진행중이었다. 안신부는 처음 방문했던 대로변 본당의 보좌신부였고 곧 달동네 본당으로 전근했다. 본당이라고 해봐야 터만 덩그러니 있었다. 달동네 구역 교우들은 대로변 본당과 컨테이너를 전전하며 미사를 드렸다.

대지축복예식을 겸한 달동네 본당 기공식에는 사람이 많았다. 신자가 아닌 동네 사람들도 죄다 가족들을 데리고 몰려온 것 같았다. 가족 단위로 돗자리를 펴고 앉아 나눠주는 음식도 먹고 중간중간 주임신부의 강론도 들었다. 그때 나는 국수를 말고 김밥이며 떡볶이를 만드는 활발한 봉사단 여자들을 우두커니 보고만 있었다. 남편은 옆집 남자와 함께 세례명을 무엇으로 할까 상의하며, 이왕이면 남자답게 유명한 성인으로 하자는 둥 시답잖은 말을 지껄였고, 다리를 벌리고 똑바로 선 지영은 자꾸 고개를 땅에 박고 제 다리 너머 뒤집힌 풍경을 들여다봤다. 남동생 보려고 저래, 시어머니가 항상 하던 말. 언니를 따라 뛰어다니다 지친 지영이 무릎에서 잠들었을 때, 땀에 젖은 지영의 이마를 쓸며 수태고지를 떠올렸다.

나는 본당이 번듯하게 완성되는 모습을 보지 못하고 그 동네를 떠났다. 공사장 옆 컨테이너에 임시로 마련된 소성당에서 미사를 드릴 때면 공사장 소음이 여과 없이 들렸고 화를 내거나 흥을 돋우기 위해 힘껏 고함을 치는 인부들의 음성도 생생하게 들려왔다. 주님의 말씀입니다, 신부님의 낮은 음성을 따라오던 야 이 새끼들아 똑바로 안 해, 하는 외침 같은 것. 그런 것들이 기억난다. 유산한 후 처음 지하철역 앞에 있는 대로변 본당에 무심코 들어갔을 때. 업힌 아이와 손 붙든 아이 모두 울음을 터뜨려 미사 중간에 황급히 나와야 했을 때. 마당에서 어린 개와 놀고 있던 젊은 보좌신부, 안신부. 허리를 굽혀 아이와 눈을 맞추며, 우는 지은을 달래던 안신부. 지영에게 강아지를 보여주며 미소짓던 안신부의 모습도. 결코 목격한 적 없는 장면을 그리워하듯 나는 애달프게 그런 장면을 떠올린다.

"천사는 마리아의 집으로 들어가, 은총을 가득히 받은 이여, 기뻐하여라, 주께서 너와 함께 계신다, 하고 인사하였다. 마리아는 몹시 당황하며 도대체 그 인사말이 무슨 뜻일까 하고 곰곰이 생각하였다. 그러자 천사는 다시, 두려워하지 마라, 마리아, 너는 하느님의 은총을 받았다…… 이 말을 들은 마리아는 이 몸은 주님의 종입니다, 지금 말씀대로 저에게 이루어지기를 바랍니다, 하고 대답하였다. 그러자 천사는 마리아에게서 떠나갔다."

루가복음 1장, 주님의 말씀입니다…… 그날, 난생처음 들은 성경 말씀이었다. 그것이 천사 가브리엘이 처녀 마리아를 찾아가 성령에 의해 예수를 잉태했음을 안내한 '수태고지'라는 것은 후에 알았다. 당황한 처녀 마리아가 "이 몸은 처녀입니다. 어떻게 그런 일이 있을 수 있겠습니까?" 했다는 부분을 수백 번이고 읽었다. 처녀 마리아의 당혹스러움, 그 불행이 내게 고스란히 전해지는 듯했다. 나는 처녀가 아니었지만 수태란 끔찍한 일이었다.

내겐 다섯 살 난 지은과 세 살 먹은 지영이 있었지만 아들이 없었다. 남편은 어디서건 딸딸이 아빠로 불렸고 그 사실을 농담삼아 이야기하곤 했지만 당시 나는 죄스러웠다. 셋째 아이를 갖기 위해 부단히 노력했지만 두 딸처럼 어려움 없이 와주지 않았다. 시어머니는 소 불알을 내게 먹였고, 굿도 하러 다녔다. 구운 고기도 질색하는 나였지만 시어머니가 건네는 것들을 거부할 수 없었다. 이미 늦은 나이에 두 딸을 낳았지만 너무 늦어버린 모양이었다.

그 아이가 아들이었을 것이라고 나도 남편도 굳게 믿었다. 그 아이는 우리의 셋째 아이이자 맏아들이었다. 두 달 만에 흘려보낸 아이. 그 아이를 보내고서 나는 다시는 임신할 수 없으리라는 것을 직감했다.

칭얼대는 아이들을 데리고 처음 성당에 들어섰을 때 들은 루가복음 1장의 이야기를 나는 어떤 운명처럼 생각하곤 했다. 아이들과 놀아주던 안신부가 나의 입교에 얼마나 영향을 끼쳤는지, 내 솔직한 감정이 무엇이었는지는 지금도 모호하다.

*

대통령이 죽었다.

시내 양장점에 옷을 하러 가기로 오래전부터 점찍어둔 날이었다. 핸드백을 챙겨드는 나를 엄마가 쥐어박았다. 대통령님이 돌아가셨어. 얌전히 집에 붙어앉아 추모해야지. 지금 비상시국이야. 전쟁 날지도 모르는데 어딜 쏘다니러 가니? 방문을 쾅 닫고 들어가 나는 믿기지 않는 소식을 가만히 곱씹어보았다.

대통령이 죽었다. 그렇다면 대통령이 바뀔 수도 있다는 건가. 그 사람이 아닌 다른 사람이 대통령이 되는 것을 당시 나로선 상상할 수 없었다. 내가 아는 한 그해 1979년까지 대통령은 그 사람뿐이었다. 대통령은 일반명사가 아니라 고유명사였다. 바로 그 사람을 의미하는 고유명사. 나는 경대 앞에 앉아서 찌푸린 채 생각에 잠겨 있다 뛰어나갔다.

얼마 전 고향에 돌아온 필남이 언니는 내내 방에만 있었다. 언니가 만나고 싶어하는 사람도, 언니를 보러 가는 사람도 없었다. 이따금 내가 찾아갔지만 언니는 반기지 않았다. 이런저런 이야기를 들려주어도 미동도 하지 않았다. 두 눈에 총기는커녕 초점도 없었고 말도 없이 방구석에 앉아만 있어 사람 같지 않았다. 동네에서 가장 공부 잘하던 필남이 언니는 그렇게 '버린 사람'이 되어가고 있었다. 그러니까 계집애를 공부시켜서 뭘 하냐고 어른들은 날마다 모여앉아 필남이 언니의 부모를 욕했다. 남산 밑에서 고문받다가 몸까지 버렸다지 뭐야. 곰방대를 물고 지껄이는 할아버지를 두들겨 패주고 싶었다. 언니의 불행을 안줏거리 삼는 사람들을 때려눕히고 싶었다.

나는 언니에게 달려갔다. 내겐 세상에서 가장 아름다운 사람, 필남이 언니에게. 대통령이 죽었다고 말해주면 입을 열지 않을까. 미소짓지 않을까. 자리를 털고 다시 세상 밖으로 걸어나와 살아갈 수 있지 않을까. 두 달도 지나지 않았으므로. 고향에 내려온 김에 좀더 쉬다가 복학하면 그만일 것이다. 내년, 1980년에는 봄이 오겠지. 언니의 동지들이 말하는 진짜 봄. 서울의 봄이. 언니와 이야기를 나눌 생각에 들떴다.

그러나 언니는 그날도 아무 말 하지 않았다. 언니, 대통령이 죽었대. 필남이 언니 집에는 언니 말고 아무도 없었다. 언니네 집 옆 가게 주인 말을 들어보니 노부부는 폐인이 된 딸을 팽개쳐두고 시내로 추모 행사를 나간 모양이었다. 자기 딸이 이렇게 된 게 바로 그 사람 때문인지도 모르고 어가행렬 구경 나간 백성들마냥 길바닥에 머리를 찧어댈 모양이었다. 쌍욕이 나왔다. 언니가 어릴 적부터 좋아하던 웨하스와 우유를 샀다.

우리집에도 있었던 대청마루.

우리집에도 있었던 하얀 레이스 커튼.

우리집에도 있었던 작은 텔레비전.

늘 보던 것들인데 언니가 있던 풍경을 떠올리면 몹시 낯설어지는 사물들이 있다. 마루 천장에 매달아놓은 레이스 커튼이 바람에 날리며 언니의 얼굴을 툭툭 치는데 언니는 그걸 막을 힘도 없는 것처럼 가만히 앉아만 있다. 꼬여드는 날파리를 방어할 힘이 없는 무른 사과 조각처럼. 개미떼에게 점령당한 비스킷 조각처럼. 시체처럼. 언니 뒤에 켜진 흑백텔레비전 화면. 생물의 더듬이처럼 야무지게 세워진 안테나. 어찌하오리까, 어찌하오리까. 흐느끼던 여자 앵커의 음성. 언니는 웃지도 화내지도 않고 정물처럼 있었다. 나는 얼른 마루로 올라가 텔레비전 채널을 바꿨다. 무대에서 일부러 넘어지고 찧고 까부는 슬랩스틱 코미디언이 나왔다. 짧은 광고일 뿐이었지만 나는 순간 울음바다 한가운데서 물색없이 웃고 있는 코미디언의 운명을 걱정했다. 내가 사간 주전부리들이 언니 옆에 뒹굴고 있었다. 언니가 그걸 집어 들며 돈도 없는 게 뭘 자꾸 사와, 핀잔을 주고 부엌에 가서 접시에 과자를 옹기종기 담고 우유를 컵에 부어 쟁반에 받쳐 내오고. 그럴 수 있다면 정말 얼마나 좋을까. 옛날처럼. 나는 잠시 동안 진심으로 그것만을 바랐다.

달라지지 않았다. 달라진 것은 없었다. 언니는 여전히 버린 사람이었고 동네 어른들은 필남 언니네라는 건수를 허구한 날 물고 늘어졌다. 필남이 그거 아직도 인간 아닌 채여? 걱정하는 척하면서. 남산 밑 무서운 집에서 뭔 일이 있었던 거랴? 재미난 일이라도 벌어진 양. 나는 그들을 저주했다.

이듬해 봄에 언니는 증상이 더욱 심해져, 때로 거품 물고 발작하다 실신하기도 했다. 언니의 어머니는 새삼 나에게 의지했다. 언니에게 무슨 일이 생기면 우리집에 전화했고, 나도 늘 지나는 길목에 있는 언니네 집을 모른 척할 수 없었다. 나는 날마다 언니네 집에 들렀다. 내가 있을 때면 언니는 발작하지 않았다. 말도 못하고 눈에 초점도 없었지만 허리를 꼿꼿하게 세우고 앉아 있었다. 당시 언니로선 최선을 다한 자세였을 것이다. 나는 아주 오랜 시간이 흐른 후에야 그것을 알았다.

나는 서울에 가본 적이 별로 없었다. 중학생 시절 시집간 큰언니네 집에 다니러 처음 상경했다 길을 잃을 뻔한 것, 무더위에 아스팔트 위에서 피어나는 아지랑이 너머 웬 신사의 중절모가 둥둥 떠다니는 환상을 본 것이 가장 강렬한 기억이었다. 남산. 언니가 돌아온 후 떠올리기만 해도 소름 끼쳤지만 큰언니 내외와 함께 놀러가본 적 있었다. 애국선열조상건립위원회에서 세웠다는 유관순 동상 앞에서 단발머리를 하고 어색하게 서 있는 사진이 남았다. 거기 어디쯤이란 말이지. 언젠가 언니가 내게 이야기해줄 날이 올까. 돌이켜보면 더할 수 없을 만큼 헛된 꿈이었다. 용기내서 언니의 얼굴에 손을 대본 날, 이마부터 턱까지 가만가만 쓸며 어디가 아픈 거야, 대체 왜 안 낫는 거야, 조용히 물어본 날이었다. 집에 돌아온 나를 아버지가 불렀다. 다시는 필남이를 만나러 가지 말라고 아버지는 엄하게 말했다. 네 친구들은 왜 다 그 모양이냐. 아버지의 그 말이 지금도 잊히지 않는다. 아버지 장례식장에서도 나는 그 말을 생각했다. 1979년. 대통령은 죽었고 두 친구는 삶을 잃었다. 주혜가 버스회사 앞마당에서 자기 몸에 불을 놓으려 한 해였다.

*

지은이 필남이 언니처럼 그렇게 앉아 있다.

석준이 죽은 지 반년 넘게 지났는데도.

그 겨울이 천천히 지나고 찾아온 봄. 내게는 길고 긴 시간이었다. 지은에게는 아닐 것이다. 알면서도 바라고 있다. 그만 잊어버리기를. 틈만 나면 베란다에 앉아 창밖을 보고 있는 것을 지켜보는 것도 견디기 힘든 일이다. 그 눈으로 보는 십일층 아래 저 아득히 먼 땅이 문득 가깝게 느껴지기라도 하면 어떡하나. 나에게도 몇 번이고 그런 순간이 있었다. 뛰어내리면 안아줄 것처럼 저 땅이 나를 반기는 순간이다. 상상만으로도 끔찍하다.

엄마, 3단지에서 사고 난 애는 어떻게 됐어?

지은이 치맛자락을 털고 일어선다. 손에 들린 생수를 보니 마음이 놓였다. 장 봐온 것들을 정리하며 3단지 아이가 처한 상황에 대해 설명해주었다. 매일 번갈아가며 교우들이 방문하고, 아이 엄마를 위로하고……

엄마, 그래서 그애, 살 것 같아?

말문이 막혔다. 지은은 냉장고에서 손에 잡히는 대로 꺼내 아무렇게나 먹으며 자꾸만 주워섬긴다.

그렇게 날마다 모여서 기도하는데, 살릴 수 있을 것 같아?

지은이 우물거리며 말하는데 울컥했다. 불룩한 볼을 한 대 쳐주고 싶었다. 치미는 충동을 겨우 참으며 말했다.

엄마들은 진심으로 기도하고 있고. 그애 엄마는 우리가 없으면 하루도 못 견디는 지경이야. 너도 석준 엄마 봐서 알잖아.

씰룩대던 볼이 천천히 멈추고 지은이 나를 가만히 쏘아보았다.

왜 다들 재개발한다고 환장해갖고 애들 안전은 신경도 안 썼을까? 공사장 한가운데로 등교시킨다는 게 말이 된다고 생각해? 한심해, 정말로.

무조건 기도만 하는 건 한심해.

어린 지은이 그런 말을 했을 때 나는 지은을 쥐어박았다. 성당에 가기 싫으니 어디서 주워들은 말로 생짜를 놓는다고만 생각했다. 지은이 지금 그렇게 말한 것도 아닌데, 꼭 그 말을 들은 것만 같다. 지은이 하는 말 중 나를 가장 아프게 하는 말이다.

엄마, 윤진우 바오로 신부님이 그러셨지. 여기 강남 한복판, 이곳에서 사제생활을 시작하게 된 것이 나로서는 어떤 운명같이 느껴진다고, 이 동네에서 자라난 너희들이 알고 있는 것, 또한 결코 알 수 없는 것, 그것에 대해서 똑바로 알려주고 싶다고…… 그런데 오빠는 죽었고 세상은 바뀌지도 않아. 나는 이제 다 그만둘 거야.

다 그만둘 거야. 지은이 그런 말을 하는 것은 처음이었다. 잘못 들었나 싶어 아이 얼굴을 가만히 살폈다. 지은은 열심히 다시 볼을 우물거렸다. 아이가 먹는 모습을 처음 보는 것도 아닌데 울컥하며 가슴이 아팠다. 살겠다고 그러는 건가 싶었다.

과거 지은이 며칠 집을 비웠을 때, 나는 지은의 책장을 훑어보다 그 책을 꺼내보았다. Memories of May 1980. 외신 기자의 리포트 모음집이었다. Members of the *Simingun* drive around the city urging citizens to struggle to maintain order and protect democracy…… 전진하는 시민군의 사진 밑에 달린 문구였다. 나는 사진 속 사람들과, 사진을 찍은 기자들과, 그해 죽은 사람들과, 그들을 죽인 자들과 같은 시대에 살았다. 이때 존재하지도 않은 지은에게 이러한 일들이 대체 어떤 감흥으로 다가가는 것일까. 지은은 그 마음으로 윤신부를 따라나섰을 것이다. 대체 엄마 아빠는 이때 뭘 하고 있었던 거야. 자기 앞날 걱정하며 소시민처럼 그렇게 동네에서만 놀았겠지. 그런 소시민들의 비겁한 마음이 모여 처참한 역사를 만들어낸 거야. 언젠가 훔쳐본 지은의 노트에 그런 말이 적혀 있었다. 친구들과 함께 놀러간다고 했지만 윤신부 무리와 함께 지방에서 열린 집회에 참여했다는 걸 알고 있었다. 이미 지은에게 온 문자메시지들을 훔쳐봤기 때문이었다. 알면서 모른 척했다. 지은은 우리가, 나와 필남이 언니와 주혜가 잃어버린 청춘을 살고 있다. 지은이 살고 있는 지금은 그때와 다르다고 나는 굳게 믿었다. 어딘가로 끌려가서 죽도록 얻어맞고, 그리고…… 그렇게 버린 사람으로 만들던 때와 지금은 다르다. 그리고 어쨌거나 그 아이 곁에는 석준이 있고 비록 양아치 같기는 하지만 윤신부도 있으니까, 내심 나는 그런 식의 위안을 해보고 있었다.

여보, 아무래도 우리 아이는 아직 집에 돌아오지 않은 탕아인 거야. 그렇지?

남편이 그런 말을 꺼냈을 때 나는 잘못한 것을 들킨 듯 화들짝 놀랐다.

나라고 모르겠어. 책장에 마르크스니 옥중수고니 자본주의 비판이니 꽂아대고 있는데. 그러나 걱정하지 않아. 내 친구들도 전부 그랬다고. 저렇게 반항하던 아이일수록 더욱 순순히 돌아오게 되어 있어.

징용 갔다 돌아온 뒤 가출을 일삼던 아버지를 원망하며 오직 돈을 벌기 위해서만 살아온 남편이었다. 서울로 갑시다, 한 것도 남편이었고 강남으로 가자, 고 한 것도 남편이었다. 모로 가도 서울이고 모로 가도 강남이다. 그러나 그 결과 남은 건 절망한 지은뿐인가, 그런 생각을 하려다 그만둔다. 글라라야. 불러보고 싶다. 글라라, 내 바람은 네가 행복하게 사는 것뿐이다. 네가 난데없는 절망에 빠져 시간 낭비하지 않았으면 좋겠다. 필남이 언니가 운동권이 되지 않고 아름다운 영문학도로 남았다면. RCY에서 소녀인 우리들에게 제식훈련을 시키고, 키가 크고 인물이 반반한 순으로 뽑아 의장대 깃발을 들게 했을 때, 그때 언니는 웃으며 그런 일들에 동참하지 않았었나. 그래서 우린 즐거웠고 적당히 행복한 추억들이 차곡차곡 쌓이지 않았었나. 그렇게 살아가는 것도 나쁘지 않은데. 그러길 나는 오랫동안 바랐었다.

*

나는 이 시간을 견디고 나면 절대 그들처럼 살지 않으리라고 다짐했던 것 같다. 사랑하는 사람과 좋은 시간을 보내겠다고. 상처받지 않고, 단풍놀이나 벚꽃놀이를 다니며 사진을 찍고 그렇게 살겠다고.

필남이 언니는 결국 동네를 떠났다. 아버지가 엄포를 놓은 후에도 나는 틈나는 대로 언니를 찾아가려 노력했다. 내가 곁에 있는 것만으로도 언니는 조금 괜찮아졌으므로. 준엄한 임무를 수행하듯 언니를 찾아가 곁에 머물렀다. 대답도 못하는 언니에게 말을 걸고 세상의 좋은 소식들을 전해주려 노력하면서. 그러던 어느 날 그 길목에서 문득 영화를 보고 싶어졌고, 문득 제과점에 가고 싶어졌고, 문득 친구들과 시답잖은 이야기를 하며 웃고 떠들고 싶어졌다. 미팅이란 것도 해보고 싶었고, 남자도 만나보고 싶었고…… 지금도 크게 부끄럽거나 후회되지는 않는다. 그 시기는 결코 다시 오지 않으므로. 젊음을 즐겁게 살아내보고 싶었던 건 창피한 일이 아니다. 그러나 그러면서 나는 필남이 언니를 멀리했고, 자연스레 언니네 집에 발길을 끊었다. 아버지의 그 말 한마디보다 더욱 강력한 우리의 운명이었다고도 생각한다. 약간의 죄의식을 동반하면서. 그러나 돌연 언니가 동네를 떠나버렸을 때, 나는 영영 회복될 수 없는 상처를 입었다. 필남이 언니가 어딘가로 가버렸는데, 그게 친척집인지 요양원인지 외국인지도 나는 알지 못했다. 심지어 언제 떠났는지도. 갑자기 발길을 끊은 주제에 언니 부모님에게 물어볼 수도 없었다. 대학을 졸업한 후 시내 아파트로 이사할 때까지 나는 고통스러운 심정으로 언니네 집을 지나쳐야 했다.

주혜가 어떻게 되었는지에 대해서는 더욱 모른다.

1979년. 우리가 고등학교를 졸업하던 해. 나는 대학생이 되었고 주혜는 버스회사에 취직했다. 그 단순한 사실만으로 우리가 멀어졌다는 건 도무지 인정할 수 없다. 지금까지도 나는 인정하지 못하고 있다. 전부 나의 부주의함 때문일 것이다. 주혜가 어디에 있는지 알면서. 주혜는 언제나 사랑운수 65번 버스에서 분주히 사람들을 태운다는 것을 뻔히 알면서. 늙고 괴팍한 기사들에게 사람들 있는 데서 막말을 듣고

쌍욕을 듣고 머리를 쥐어박힌다는 것을 알면서. 때론 사람들 있는 데서 손들고 벌을 서기도 하고, 그깟 동전들을 훔쳐갔다는 의심을 받으면서 아저씨들에게 몸수색을 당하기도 한다는 이야기를 들었으면서. 필남이 언니가 돌아온 다음날 버스에서 만난 주혜가 이상하다는 걸 분명 알았으면서.

그러나 주혜가 자기 몸에 불을 지르려 한 까닭을 나는 정확히 모른다. 알고 싶지 않았다. 알기에는 무서웠다. 필남이 언니의 고통이 내게 막연하게 느껴졌다면, 주혜의 고통은 어떤 면에서는 너무 현실적이라 무서웠다. 내 친언니들도 둘이나 방학중에 아르바이트를 하러 버스회사에 다녔다. 주혜의 고통에 직면하는 일은 필남이 언니의 고통을 지켜보는 일과는 사뭇 달랐다. 어쨌든 주혜도 내내 시내 병원에 입원해 있다가 말없이 동네를 떠났다.

당시에는 주혜의 고통에도 동참하고 있다고 믿었다. 주혜를 생각하면 괴로웠으니까. 주혜가 불쌍했으니까. 그녀가 입원했던 병원에는 경찰들이 들락거렸고, 주혜의 부모님은 정말로 누구에게도 딸을 보이길 원치 않았으므로, 나로선 어쩔 수 없는 일이었다. 시간이 지날수록 그게 가짜에 가까운 감정이었다는 것은 분명해졌다. 안신부와 처음 대화하던 날 주혜를 떠올릴 수밖에 없었다.

그날 고해성사를 집전하던 신부가 바로 안신부라는 것을 알고 있었다. 고해소에 들어가 인사하는 순간부터 나는 가림막 너머에 있는 사람이 그라는 것을 알았다. 세례를 받는 동안 가장 적응하기 힘들었던 절차가 고해성사였다. 미사에 불참하기만 해도 죄(그것은 '주일을 어긴다'는 관용어로 고백되어야 했다)이며 그럴 경우 고해성사를 거쳐야만 온전한 신앙인으로 복귀할 수 있다. 이 밖에 알아내지 못한 죄에 대해서도 모두 용서해주십시오. 무조건 죄인임을 자처하는 것이구나, 생각했다. 가톨릭의 절차 중 가장 거부감이 드는 대목이었다. 물론 바로 그 절차 덕에 결국 나도 치유받았지만.

안신부는 그날, 고해성사의 순서를 무시하고 내게 이런 말을 건넸다.

그것은 자매님의 죄가 아닙니다.

나를 성당으로 이끌었던 것은 루가복음 1장, 더 정확히는 유산 경험이었다. 더이상 처녀가 아닌 성모 마리아가 아기 예수를 안고 있는 성모자상을 보면 마음이 놓였다. 대로변 본당 마당에 있던 커다란 석조 성모자상. 본당 내부 곳곳에 걸린 성모자상 사진. 성물 판매소에서 파는 성모자상 물건들. 집안을 온통 성모자상으로 꾸미며 마음이 편해지긴 했으나 내가 왜 마리아의 고통에 나의 고통을 대입하는지 알 길 없었다. 나의 고통은 형벌인가 죄인가 보속인가, 헷갈리는 것이었다. 고해성사의 분위기에 압도되어 확신하지 않은 채 나는 그것을 죄라고 규정지었다. 그때 아이를 떠나보낸 것은 나의 죄였다고. 의도하지 않았지만. 그 사실을 털어놓자 안신부는 분명한 음성으로 말해주었다. 그것은 자매님의 죄가 아닙니다.

당황한 나는 평소 기도를 소홀히 했노라, 죄를 급조했지만 생각지도 못한 대목에서 나의 죄를 깨달아버리고 말았다. 이 밖에 알아내지 못한 죄에 대해서도 모두 용서해주십시오. 그때 주혜가 문득 떠올랐다. 빨간 모자를 쓴 버스 안내원 주혜가. 필남이 언니와 다르게 자기가 겪은 일을 낱낱이 알려줄 것만 같았던 주혜. 그것이 두려워서 피해 다니기만 했던 나. 그것이야말로 오랫동안, 당시로서는 이십 년 가까이 내가 모른 척해온 '알아내지 못한 죄'였다. 나는 고해소 안에서 울음을 터뜨렸고, 안신부는 아무 말도 하지 않고 들어주었다. 그와 나는 가림막을 사이에 두고 마주앉은 채 그렇게 오랫동안 머물러 있었다.

*

지은이 모자를 눌러쓰고 나갈 채비를 했다. 가끔 편의점에 간다고 나갈 때도 있었지만 잠옷 바람에 잠바를 걸치던 때와는 사뭇 달랐다. 흰색 마스크를 쓰고 운동화 끈을 단단히 묶는 지은에게 물어보았다. 어디 가니. 지은은 마스크를 빼꼼 내리며 대답했다. 선배들이 아르바이트 소개해주셨어. 피자집 벽화 그리는 거. 지영이가 좋아하는 피자집이잖아. 늦게 들어올 거예요.

얼떨결에 인사도 제대로 못하고 지은을 보내주었다. 지은이 나간 후 식탁에 앉아 가만히 생각했다. 지은이 달라지고 있었다. 변화의 계기가 뭔지 생각해봤지만 떠오르는 게 없었다. 그토록 바라던 일이 일어났는데 기분이 이상했다. 아이가 스스로 운동화 끈을 묶고 세상 밖으로 나간다는데 기분이 좋지 않았다. 뭔가 잊어버린 게 있는 것 같았다.

고등학교를 졸업한 후 청년부에 들어가고, 석준과 연애하는 사이가 되었으며 운동권인 윤신부를 만난 후 지금까지. 그것이 지은이 겪어온 청춘의 모든 것이었다. 자신의 대학 동기들은 너무 속물적이라고 지은은 욕했다. 회화과에 들어온 거 후회하는 애들이 대부분이야. 성적이 안 돼서 돈 안 되는 과에 들어왔다고 디자인과로 옮겨가겠다고들…… 다 그런 건 아니지만 대부분…… 지은은 동기들과 밤새 작품 이야기를 하고, 협동해 큰 그림을 그리는 게 로망이었다며 푸념했다. 그런 지은이 화구를 챙기며 "오늘 큰 그림 그리러 가"라고 말하는 날 대부분은 윤신부와 함께 집회에 가던 날이었다. 오늘도 그때처럼 마스크를 쓰고 운동화 끈을 단단히 묶었다. 그런데 피자집 벽화라니, 아르바이트라니. 석준이 죽고 나서 윤신부도 지방의 본당으로 옮겨갔지만, 다른 친구들도 전부 지은의 곁을 떠난 걸까.

새삼 그 사실이 쓸쓸해졌다. 그 친구들 모두 이제 지은과 멀어진 걸까. 뉴스에서 정의구현사제단에 관한 소식이 나올 때마다 남편은 혀를 찼다. 저게 신부야, 정치꾼들이야. 나는 지은이 들을까봐 눈치를 봤다. 조용히 좀 하라고 말하면 남편은 그제야 목소리를 낮추면서도 욕하기를 멈추지 않았다. 정치하려고 그 고생 해서 신부 되고 수녀 된 거 아니잖아. 각자 본가에서 주님에게 제물로 바친 자식들이나 마찬가지인데. 이런저런 현실의 시끄러운 문제들에 관여하려고 성직자가 된 게 아니잖아. 이해가 안 되네, 도무지. 남편의 말에도 일리가 있었다. 그들이 신부로, 수녀로 키워지기까지 수많은 사람들과 신앙의 힘이 협력한 것이다. 그렇게 생각하면서도 나는 남편이 지은 앞에서 그런 말을 내뱉을까봐 걱정했다. 지은이라면 불같이 화를 낼 거였다. 나는 지은이 남편 때문에 속상해지는 게 싫었고, 또다시 부모를 아무것도 모르는 인간들로 생각하게 될까봐 무서웠다.

윤신부가 예의 염색한 긴 머리를 야무지게 묶고, 하얀 사제복을 입고 목에 푯말을 건 사진을 인터넷으로 본 적 있었다. 사진에는 지은도 찍혀 있었다. 마스크를 썼지만 지은이라는 걸 못 알아볼 리는 없었다. 비장한 얼굴의 윤신부 곁에서 주먹 쥔 오른쪽 팔을 힘차게 쳐들고 있었다. 그리고 그 옆에 석준도 있었다. 같은 구호가 적힌 푯말을 건 수십 명의 할머니들과 함께였다. 지은의 그런 모습을 나는 처음 봤다. 기특하다거나 대견하다거나 그런 것도 아니고, 안쓰럽거나 한심스럽다거나 그런 것도 아닌, 도저히 그 정체를 알 수 없는 기분에 사로잡혔다. 그들이 외치는 구호가 무엇인지, 사진이 실린 기사가 이야기하는 바가 무엇인지 내 눈에는 들어오지 않았다. 오로지 하얀 마스크를 쓰고 주먹을 든 내 딸 지은이의 얼굴 반쪽만 보일 뿐이었다.

나는 인터넷 창을 열고 무작정 정의구현사제단을 검색했다. 쏟아지는 기사 어디쯤 아직 윤신부가 보일까, 석준과 지은이 아닌 다른 청년들과 함께 지금도 어딘가에서 싸우고 있을까, 생각에 잠겨 기사들을 훑어보던 내게 한 사람의 사진이 보였다. 성인 김대건 안드레아의 초상과 닮은 그 사람, 안신부, 안 베드로 신부의 초상 사진이었다. 정의구현사제단 사무국장이라는 직함과 함께 가슴에 노란 리본을 달고 있었다. 나는 안신부의 얼굴을 처음으로 똑바로 쳐다보았다. 이십 년 세월이 흘러 그도 머리가 희끗희끗한 장년이 되었지만 과거의 그 사람이라는 것을 보는 순간 알 수 있었다. 떠올려보려고 애쓸 때는 온통 공백뿐이었는데 단번에 알아봤다는 것이 놀라웠다. 오래전 달동네를 떠나온 후, 안신부의 근황에 대해서는 알 길이 없었다. 가끔 지은이 안 베드로 신부님도 인터넷 검색하면 어딘가에 나올 텐데, 찾아봐줄까? 라고 놀리듯 물었지만 나는 한사코 거절했다.

달동네 본당을 떠올리면, 번듯한 앞마당에 놓인 아름다운 석조 성모자상이나 장미넝쿨이 아닌 분주하게 오가는 지게차와 욕하고 땀 흘리는 인부들부터 생각났다. 그런 곳이 실재하긴 했었나. 성지순례를 다니며 국내외 백 개도 넘는 성당을 들러봤지만 그런 곳을 본 적 없다. 유리 엄마가 다녀왔다는 필리핀 보홀 바클레욘 성당 이야기를 들으며 그곳이라면 조금 비슷할까도 싶었다. 엄청난 지진 피해를 입고 난 후 복구 공사중이라는 곳. 유리 엄마는 그곳에서 성물을 잔뜩 사왔다. 사정이 어려운 성당이니까 더 많이 사와야죠. 나라도 그럴 것 같았다. 유리 엄마가 사온 바클레욘 성당 기념품이 거실과 주방 곳곳에 놓여 있었다. 한 번도 본 적 없는 낯선 섬의 성당을 눈을 감고 그려봤다. 바람이 지나다니는 앙상한 철골 구조물과 구석에 가득 쌓인 패널. 말총머리를 한 지은과 지영이 뛰어다니고 더러 안신부의 모습이 멀리서 보일 때마다 나는 왠지 가슴이 벅차 고개를 돌리고 말았다. 그가 지금도 나와 같은 세상에서 살고 있다. 정의구현사제단 사무국장으로.

—사제의 본분을 넘어서는 정치적 행동이라는 이야기에 대해서 어떻게 생각하시는지요.

—제게는 행동만이 사랑의 실천입니다. 실천하지 않는다면 사제의 이름은 제게 가치가 없습니다.

3단지 아이가 끝내 숨을 거두었다는 소식이 도착했다.

해설

키클롭스의 외눈과 불협화음의 형식

강지희(문학평론가)

1. 세대론을 넘어 차가운 분노로

"다시는 망하고 싶지 않다. 작게는 망해도 크게는 망하고 싶지 않다"(226쪽)는 박민정의 첫 소설집 마지막 문단의 문장으로부터 시작해보면 어떨까. '망함'이 기정사실화된 상태에서 부디 더 크게는 나빠지지 않기를 바라는 이 문장은 인력이 세다. 여기에는 외부를 향한 분노도 냉소도 없다. 그저 지켜내야만 하는 자아가 극도로 축소되어 남아 있을 뿐이다. 해설에서도 명시하고 있듯, 첫 소설집 『유령이 신체를 얻을 때』는 "1980년대 초중반 이후에 태어나 1990년대에 유년기와 청소년기를 보낸 현세대 청년"(231쪽)에 대한 이야기가 주를 이루고 있었다. 이들은 어떻게 자라났는가. 청소년기에 트라우마처럼 IMF를 겪은 이들은 십 년이 지나 사회로 진입할 무렵이 되자 '88만원 세대'로 호명되었다. 알을 깨고 나와 스스로 개별적인 두각을 나타내기 이전에, 사회가 먼저 이들을 에워싼 껍데기를 깨고 끌어다놓은 자리였다. 사회경제적 구조에 대한 안타까움과 청년들의 무기력함에 대한 탄식이 섞여 있던 이 호명이 소란스럽게 지나간 후, 응답처럼 박민정의 첫 소설집이 도착했다. 한국이라는 생태계의 불순함을 예리하게 짚고 있는 이 소설집에서 자신에게 허락된 자리가 희미하기만 한, 그러나 여전히 끈질기게 살아 있는 반존재론적 잔여물로서의 '유령' 같은 인물들은 육체적으로 현전한다.

『유령이 신체를 얻을 때』에서 단연 중요한 소설들일 「장물의 내력」과 「굿바이 플리즈 리턴」은 동세대 청년들이 놓인 사회경제적 문제들을 에두르지 않고 날을 세워 끝까지 밀고 나간 작품들이자, 두번째 소설집의 전초전이었다. 두 소설의 남녀 청년들은 빈곤을 공유하고 있다는 점에서 유사하다. 국가에서 진행하는 프로젝트들은 기성세대가 청년 세대를 착취하는 구조로 굴러가며, 비합법적일수록 더욱 정교하게 조직되어 있는 이 구조에서 자력으로 벗어날 수 있는 길은 사실상 봉쇄되어 있다. 그 분절되고 막혀 있는 곳에서 육체로 현전하는 이 유령들은 외부의 카메라에 잡혀 '가난한 이미지'(히토 슈타이얼)로 드러난다. 두 소설에서 각각 CCTV의 렌즈에, 지하철역 즉석 증명 사진기에 일그러지거나 뿌옇게 찍힌 그 얼굴들은 사회에서 그들이 겨우 좀도둑이나 실험용 쥐 정도 자리에 놓여 있음을 간접적으로 알린다. 이미지의 시대에 화질은 곧 계급과 직결된다. 잘 맞은 초점은 안락하고 특권적인 계급적 지위를 의미하는 한편, 잘 맞지 않은 초점은 떨어지는 지위를 암시한다. 박민정의 소설에서 가난한 청년들은 재현에서 밀려나가기 직전, 해상도가 떨어지는 저화질의 이미지 안에 포섭되어 있다. 풍요로움의 그림자 속에서 자라난 이 '유령'들이 '신체를 얻'는 순간은 놀라운 변전과 해방의 순간이 아니라, 예속되어 있는 답답한 자리를 거듭 확인하는 순간이다.

청년 세대의 어려움을 정치경제적 요인과 연결시키며 시작된 '세대론'은 본래 부당하게 착취당하는 이십대 청년들의 각성과 봉기를 위한 것이었다. 하지만 현실에서 분노는 무기력과 혼합된 채 자조의 형태로 웹 페이지들을 떠돌았으며 상황은 악화일로를 걸었다. 실업률이 치솟는 가운데 '속물과 잉여'에 대한 담론이 한차례 휩쓸고 지나갔고, 인터넷상에서 표출되는 모든 갈등은 원초적 형태의 혐오들로 퇴행했다. 이 과정에서 비정규직, 알바 세대로 묶이는 청년들은 젠더에 따른 불안과 불이익을 강도 높게 실감하기 시작했다. 한국문학은 이에 어떻게 응답해왔는가. 한동안 많은 소설들은 백수 청년들의 일상을 재현하는 작업에 몰두했고, 거기에는 언뜻 무기력해 보이지만 더 적극적인 저항 방식인 '무위'의 힘이 있었다. 많은 인물들이 생존의 불안이라는 짐을 지고 있었지만, '부끄러움'이라는 윤리적 감각이 여전히 우리 곁에 희미한 빛처럼 남아 있었다. 한국소설은 거대한 체제의 부당한 요구 앞에서도 자존적이고 고귀한 선택을 하는 개인을 조명함으로써 새로운 세대와 미래에 대한 막연한 기대를 지속시켜왔다.

하지만 박민정의 두번째 소설집 『아내들의 학교』는 이 기대를 잠시 중단시키고자 한다. 작가는 세대라는 공통 기반이 이미 신기루가 되어버렸음을 인지하면서, 온갖 혐오들이 중첩되어 만들어진 사태를 긴밀하게 살핀다. 그리고 자학적인 냉혹함을 끝까지 밀어붙인다. 그래서 박민정의 소설 속 젊은 주인공들은 희생양이 아니라, 피해자와 가해자 사이에 아슬아슬하게 서 있는 위선적인 방관자로 드러난다. 『아내들의 학교』는 여성들이 일상 속에서 어떻게 여성혐오를 수치스럽게 감각하는가를 수평적으로 펼쳐 보이는 것을 넘어, 인종주의와 결탁해 초국가적으로 축적되어온 여성혐오의 역사를 계보학적으로 추적해 들어간다. 여기에 더해 여성 안의 여성혐오가 생존주의와 결탁해 자기계발적 주체로 탄생하는 지점까지 가닿는다. 이런 서사들 속에서 그간 '정치적 올바름'이란 이름으로 우리가 쉽게 덮어버린 지점들, 남성과 여성, 가해자와 피해자에 대한 상투적 편견들은 모조리 뒤집힌다. 이 소설집은 이 시대에 위험하게 회귀해 돌아오는 민족주의적 애국주의와, 젊은층의 우경화, 여성혐오를 대상으로 한판 붙는 중이다. 최근에 이렇게 야심차게 세계를 대상으로 싸움을 거는 소설집이 있었던가. 박민정의 이번 소설집은 뜨거웠던 세대론이 소멸한 자리에 도착한 차가운 분노의 응답이다. 이 차가운 분노는 어떤 감정이입의 자리도 남김없이 해체해버린다는 점에서 불편하지만, 그 자리를 지적으로 채우며 현상의 기원을 탐색한다는 점에서 더없이 통쾌하다. 이 불편과 통쾌를 가로지르며 지금 한국의 극우주의와 여성혐오를 탐구하는 소설의 최전선에 박민정이 있다.

2. 그들은 자기가 하는 일을 알지 못하나이다

청년이라는 단어는 근대 이후 늘 역사의 발전을 견인하는 주체로서, 변화와 가능성을 상징해왔다. 한국에서도 청년이 곧 진보이고, 진보가 곧 청년을 의미하는 시기가 반백 년 이상 계속되어왔었다. 그러나 1997년 IMF 경제 위기 이후 신자유주의화가 가속화되고 지난 십 년 가까이 우익 정권이 집권하는 동안 청년이라는 표상은 서서히 일그러졌다. 보수와 청년이라는 단어가 서로 공모하기 시작한 것이다. 「청순한 마음」과 「버드아이즈 뷰」 속 주인공들은 앞서 이야기한 「장물의 내력」과 「굿바이 플리즈 리턴」의 주인공들과 동일한 시기에, 가장 다른 방식으로 자라난 인물들이다. 이들은 물질적 궁핍 속에서 착취당하는 대신, 부유한 환경 속에서 감정적으로 어딘가가 결여된 괴물로 자라나 성인의 시기로 진입했다. 그리고 지금 청소년기를 회고하는 중이다.

「청순한 마음」부터 살핀다. 대학 상담실에서 일하는 '윤수지'는 지금 곤혹스러운 상황에 빠져 있다. 사악하게 편집된 방송이 나간 후, 두 달째 상담 신청자가 없는 상태로 서서히 고립되어가는 중이기 때문이다. 무엇이 문제였던가. 윤수지는 학내를 뒤흔든 성폭력 사건의 가해자가 교수라는 것을 몰랐지만 그가 학생들과 상담한 내역이 유출되었고, 가해자인 P교수는 그중 한 학생의 신경정신과 병력을 이용해서 자신은 억울하게 모함을 받는 중이라고 주장중이다. 그리고 자연스럽게 학생들은 윤수지와 범죄학 전공 P교수의 결탁을 의심하고 있다. 윤수지는 자신에게 어떤 악의도 없었음을 거듭 강조한다. 그러나 소설은 이인칭 시점으로, 윤수지를 '너'라고 몰아붙이듯 부르며, 네가 알 수 있었으면서도 모르고 살아왔던 진실을 차갑게 던지는 방식으로 쓰였다. 왜 이렇게 쓰일 수밖에 없었나. 앎이란 그저 외부에서 주어지는 것을 수동적으로 쌓아가는 것만이 아니라, 매 순간 자신의 선택에 의해 구성되는 것이기도 하기 때문이다. 알고 싶지 않아서 모르는 채로 지낼 수 있었던 권력의 그 불편한 '청순함'은 "제가 어떻게 일일이 기억하겠습니까. 학생이 한둘도 아니고 업무일 뿐입니다"(176쪽)라는 무성의한 말로 표출된다.

소설은 이런 폭력적인 무지, '청순한 마음'의 기원을 주인공의 고등학교 입시 시절에서 찾는다. 수재들만 가는 국제고등학교에서 느꼈던 열등감과, '컨설팅 아카데미'에서 만난 '이수지' 선생에게 대입 수시 관련 관리를 받고, 장래희망과 희망 사유를 암기식으로 주입받은 과정이 상세히 기술된다. 서사는 주인공이 지금의 몰락한 자신을 구원해줄 존재로 떠올리는 이수지 선생을 얼마나 표피적으로 우상화했는지를 보여준다. 윤수지가 이수지 선생을 선망했던 이유는 수재들만 간다는 학교 출신인데다 깔끔하고 세련된 몸가짐 때문이었다. 이 강자에 대한 선망은 약자에 대한 경멸과 맞닿아 있다는 점에서 문제적이다. 그것은 과거 윤수지가 이수지 선생에게 받은 기획기사를 읽고 가출한 아이들의 부족한 인내심을 거침없이 지적하는 데서도 잘 나타난다. '금수저 물고' 태어나 풍요롭게만 살아온 그에게는 타인의 불행을 이해하는 데 무능한 나르시시즘이 일찌감치 배태되어 있다. 소설은 이 청순한 마음을 뒤로하고 이수지 선생이 당시 얼마나 가난하고 병들어 있었는지 기술함으로써 두 가지를 폭로한다. 하나는 주인공이 우상화했던 이수지 선생이야말로 그가 경멸했던 가난한 약자의 자리에 있었다는 것이며, 다른 하나는 주인공이야말로 이수지 선생의 경멸에 의해 만들어진 존재라는 것이다.

마지막 장면에서 윤수지는 담배 꽁초가 섞인 배양토를 뚫고 자라난 허연 버섯들을 보며 역겨움을 느끼다가, 강낭콩이 자라나 떡잎 사이로 본잎을 틔우던 모양을 생각하며 뿌듯해하던 기억을 떠올린다. 하지만 "그것과 이것이 다르지 않다는 생각"과 함께 "곧 생각하기를 그만둔다"(181쪽). 이는 윤수지가 어떤 인물인지 보여주는 핵심적인 장면이다. 그를 둘러싸고 있는 이미지들은 그에게 분명한 감정을 불러일으키지만, 그는 그 차이를 이성적으로 세심하게 분별하려 하지 않는다. 여기서 느끼게 되는 섬뜩함은 이 존재 속에 죄책감이나 억압과 싸운 어떤 흔적도 없다는 데서 온다. 그의 얼굴에는 간신히 통증을 참아내고 되찾은 무표정이 아니라, 한 번도 통증을 느껴본 적 없는 자의 서늘한 무감각이 있다. 이전의 보수가 강자인 자신이 속한 계급과 다른 계급 사이를 두꺼운 벽으로 완고하게 막아 세우고 있었다면, 새로 탄생하고 있는 보수들에게는 자신이 강자라는 인식 자체가 없다. 사유를 멈춘 채 자기 연민에 휩싸여 있는 이들을 둘러싸고 있는 투명한 벽은 이전보다 훨씬 더 침투하기 어려워 보인다.

새로운 보수 청년들에 대한 두려움은 서로가 서로를 감시하는 「버드아이즈 뷰」에서 확장된다. 소설은 '강남 한복판에 위치한 사립학교'인 '중남고'의 문예부 '솟대문학회'의 남자들이 이제 삼십대 중반이 되어 호프집에 모여 있는 장면에서 시작된다. 뉴스를 보던 그들의 눈에 들어온 건 '공부 잘하는 멍청이의 표상'이었던 '재혁'이다. 한 달 전부터 SNS에 예고했던 대로 한강 다리 위에서 자살 소동을 벌이고 있는 재혁의 모습은 과거 남성연대 대표 성재기의 투신자살 사건을 강하게 상기시킨다. 이 자학적 쇼는 정보 과잉 사회에서 타인의 관심을 끌기 위해 주목 경쟁에 몰두하는 '엔터테인먼트로서의 극우'(박권

일)가 지향하는 바의 즉물적 버전이기도 하다. 그는 이념을 위해 주목을 추구하는 것이 아니라, 주목을 위해 이념을 추구하는 자다. 우리는 재혁이라는 인물이 원하는 바가 무엇인지 끝내 알 수 없다. 그는 '죽은 자'(열사 J)로서만 살아 있으며, 렌즈를 통해서만 감각 가능하다는 점에서 비인간의 자리에 존재한다.

소설은 이 괴물의 기원을 백 년 가까운 전통의 솟대문학회에서 찾는다. 이 집단의 남근적 자부심은 표면적으로는 일제강점기 시절 항일문학과 독립운동을 했던 선배들로부터 이어져온 역사에 기대고 있지만, 이들의 내밀한 속내에는 부유한 강남 출신이라는 사실과 엘리트로서의 특권 의식이 결합해서 만들어낸 속물적인 자부심이 자리하고 있다. 실상 이들은 축제 시즌이면 여자 문제를 일으킬 뿐 아니라, 이중 '주원'이라는 인물은 축제 뒤풀이에서 술에 취해 쓰러져 있던 여학생들의 치마를 들추고 몰래 사진을 찍던 저열한 성추행범이었을 뿐이다. 소설은 과거에 이 성추행 사건을 곁에서 목격한 재혁이 구체적으로 어떤 영향을 받았는가가 아니라, 추행을 저지른 주원의 복잡한 감정에 초점을 맞춘다.

주원이 자신의 마음속에 죄책감으로 잠재되어 있다고 믿었던 감정은, 재혁이 나타나면서부터 평정을 잃고 불쾌감으로, 급기야는 "맥주잔을 갑자기 깨버리고 싶은 충동"(203쪽)의 깊은 분노로 치닫는다. 그의 히스테리는 어떻게 발동되는가. 죄책감과 수치의 차이는 외부의 시선을 의식하는가의 여부에 달려 있다. 죄책감은 자아의 내부로부터 생겨나는 것인 반면, 수치는 타자의 시선을 의식하는 데서 오는 것이다. 그래서 죄책감은 홀로 있을 때 더욱 깊어지지만, 수치는 홀로 있을 때 망각될 수 있다. 화면을 통해 보이는 재혁이 주원의 뭔가를 건드렸다면, 그것은 주원이 공공연하게 드러내온 부끄러움과 반성이 그야말로 가식적인 제스처에 불과했기 때문이다. 그 사건을 '반성의 매개'로 삼고 살아왔다는 주원의 은밀한 자부심은, 재혁이 자신의 목숨을 담보로 하는 퍼포먼스를 중계하기 위해 동원한 드론 카메라를 통해 외설적으로 폭로된다. "그따위로 딸딸이나 치면서 살아라. 내가 뭘 그렇게 잘못했냐, 랑 내가 정말 잘못했다, 를 반복해서 뇌까리면서"(207쪽)라는 재혁의 말은, 주원의 자기반성의 제스처가 자신의 과거를 미화하는 것 외에 아무것도 아님을 통렬하게 꿰뚫는다.

서사의 가장 외연에 자리한 재혁이 주목 경쟁에 몰두중이라면, 가장 안쪽에서 생존하고 있는 건 '유경'이다. 독립해서 살고 싶으면서도 번듯한 공간을 포기할 수 없어 육 개월 동안 낯선 사람의 집을 싼값에 임대한 유경이 굳게 닫힌 방문 너머를 궁금해하는 순간은 '푸른 수염의 아내'처럼 위태로워 보인다. 그 불안한 호기심은 소설 마지막 지점에 욕실에서 몰래카메라를 발견하는 소름 끼치는 방식으로 충족된다. 그런데 이 순간의 오싹함은 단지 재혁이 자신을 전시하면서도 누군가를 끊임없이 훔쳐보고 있었던 끔찍한 인간이라는 것을 알게 되었다는 사실 때문만은 아닌 듯하다. 오히려 이 장면은 재혁을 소비하며 즐겼던 대중의 관음증을 가리키고 있지 않은가. 누가 누구를 훔쳐보고 있는가를 계속 따라가던 서사 끝에서 마주하게 되는 것은 누구보다 렌즈를 탐닉하고 있던 우리의 눈이다. 이 세계에서 '버드아이즈 뷰'와 같이 높은 곳에서 바라보는 시선은 불능의 상태에 놓여 있는 반면, 일상의 모든 세부에 대해 말초적 호기심을 자극하는 시선은 극도로 활

성화되어 있다. 소설 배후의 가장 커다란 눈은 자학적 쇼를 벌이는 자와 그로부터 눈을 떼지 못하는 우리의 상동성을 물끄러미 바라본다.

보수 청년들의 기원을 보여주는 이 두 소설을 '보수 청년의 탄생' 2부작으로 묶는다. 부유하게 자라난 이들이 어쩐지 괴이하게 느껴지는 것은 단지 공감 능력이 부족하고, 기만적이며, 훔쳐보기를 즐겨서가 아니라, 이들 안에 스스로를 추동하는 욕망이 거의 보이지 않기 때문이다. 「청순한 마음」에서 윤수지는 자신에 대한 연민에 몰입하며 파고들고, 「버드아이즈 뷰」에서 재혁은 목숨을 내걸어 최대한 많은 이들에게 자신을 전시하려 한다. 한쪽은 내향적으로, 다른 한쪽은 외향적으로 보이지만 두 사람 모두 피상적인 감정 구조 속에서 움직인다는 점에서 다르지 않다. 타인을 향한 막연한 동경과 경멸의 감정 속에서 계속 길항하는 이들은 사회에 진입하기 위해 자아를 키워 인정투쟁을 하는 대신, 자아를 소거하기를 택한 자들이다. 이들은 자기가 하는 일을 알지 못한다. 세상을 욕망하는 것이 아니라 세상에 반응하며 살고 있는 이들의 미래 어느 시점에서도 사회와의 싸움은 일어나지 않을 것이다. 이 시대의 투명한 보수는 이렇게 탄생한다.

3. 다시 만난 역사

리타 펠스키는 『페미니즘 이후의 문학』(이은경 옮김, 여성문화이론연구소, 2010)에서 '플롯'이라는 장 전체를 다음의 질문에 대한 답을 찾기 위해 할애한다. '여성이 정말로 여성을 위한 새로운 플롯을 창조

할 수 있는가?' 조안나 러스는 서구문학의 거의 모든 플롯이 남성을 위한 몫이었다고 말한다. 영웅적인 전투, 미개척지로의 여정, 세속적인 야심의 성취 등은 남성 주인공에게 필요한 이야기들이고, 이는 근본적인 지점의 문제여서 단순히 남성이 도맡았던 역할을 여성 인물로 대체한다고 해서 해결할 수 있는 게 아니라는 것이다. 여성 작가는 여자 주인공을 구속과 금기로 둘러싸여 있는 세상으로부터 벗어나도록 만들어야 하지만, 그 새로운 글쓰기를 발견하는 데 있어 이중의 어려움을 겪는다. 세계와 더 많은 방식으로 교접할수록, '여성 중심적'으로 플롯이 새로워지기란 불가능해지기 때문이다. 이 고민은 놀라운 시대 변화와 맞닿아 있다. 여성으로서 오랜 기간 담금질당해오며 자신도 모르게 체득하고 숙달해온 체념과 강박은 '페미니즘 리부트'라 불렸던 2016년을 기점으로 전환되었다.* '강남역 살인 사건'의 충격으로 시작된 사회 전반의 여성혐오 코드들에 대한 분노가 거세게 분출되었다. '메갈리안'의 활약과 함께 그들을 향한 옹호와 비난이 폭력적 형태로 난무하는 가운데, 연말에는 '#OO계_내_성폭력'이라는 해시태그를 통해 성폭력 고발이 연이어 터져나왔다. 페미니즘이라는 단

---

* 그간 어떤 일이 있었나. 지난 십 년간 한국에서 일어난 사태들은 오래된 역사의 반복을 넘어서 있는 것처럼 보인다. 온라인에서 주로 남성들이 이용하는 특정 사이트들은 어마어마하게 세를 늘렸고, 그들은 자신들의 불안과 박탈감을 여성혐오와 지역 갈등 담론을 경유해 희생양을 찾아냄으로써 해소했다. '소라넷'이나 '일베' 같은 사이트가 극성을 부리며 관음증과 집단적 피해의식, 공격성을 표출했지만 오랫동안 제재 없이 방기되었다. 그 가운데 '된장녀' '개똥녀'로 시작된 여성혐오 명칭들은 '김치녀'라는 인종적 경멸마저 내포한 명칭으로 바뀌었다. 저출산 대책이라는 명목으로 낙태가 불법으로 규정되거나, '가임기 여성 지도'가 만들어졌다가 폐기되는 등의 사건들은 여성의 신체가 국가 차원에서도 얼마나 철저하게 대상화되고 있는지 보여주었다.

어를 끼고 담론이 이렇게 많이 쏟아져나온 것은 처음 있는 일이었다. 혐오와 분노를 비롯해 너무 많은 정동의 출렁임 속에서 이제 여성 소설은 어떻게 다시 쓰일 수 있을 것인가. 이에 대한 가장 치열한 문제의식이 「행복의 과학」「A코에게 보낸 유서」「당신의 나라에서」로 이어지는 '초국가적 여성혐오' 3부작을 낳았다. 그동안의 여성 소설들이 젠더의 위계질서가 공고하게 구축되어 있는 동시대 격전지에서 싸워왔다면, 박민정은 뒤로 물러나 거시적인 역사를 들고 온다. 아시아를 가로지르는 민족주의의 양태들을 추적해 들어가는 동안, 놀랍게도 인종혐오와는 전혀 다른 지점에 있다고 생각해온 여성혐오가 문제의 근원으로 다시 잡힌다. 민족주의와 가부장제가 어떻게 공모해왔는지가 선명해진다. 작가의 손에서 역사는 여성의 자리를 드러내는 방식으로 탈구된다. 그리고 이렇게 다시 만난 역사는 본래 역사라는 것이 불투명하고 혼란스러운 과거 속에서 (남성) 역사가의 손을 거쳐서 만들어져온 '구성물'임을 상기시킨다.

그 거대한 숲으로 나아가는 야심찬 첫걸음이 「행복의 과학」이다. 초보 편집자인 '하나'는 '기노시타 류'라는 문제적 저자의 책을 맡게 된다. 사실 하나에게 류는 단순한 저자가 아니라 조카다. 하나는 버블기 일본 최고의 광고 감독이었던 '기노시타 히로무'와 그의 한국인 처 사이에서 태어난 혼혈이고, 히로무의 손자가 바로 류이기 때문이다. 오랜 불경기와 원전 폭발 사고에 절망한 일본에서 자라난 기노시타 류는 히키코모리가 될지도 모른다는 두려움 속에 지내다, 어느 날 '행복의 과학'이라는 종교를 통해 넷우익에 빠져든다. 경제적으로 호시절이 끝난 자리를 채우기 시작한 네오 내셔널리즘의 기미는 한국에서도 마찬가지이기에, '행복의 과학'에 입교했다 거기에서 도망치게 된 정황들이 담긴 『류의 이야기』는 흥미롭게 읽힌다. 하지만 류의 책은 과거 문제적이었던 자신을 반성하며 쓰였기에 일본 넷우익에 대한 비판 자체가 이 소설의 관심사는 아니다.

다소 숨가쁘게 정보를 모아 전달하는 이 소설에서 집중하는 것은 혐오와 관련한 근본적인 균열 내기다. 류는 1991년 압구정동 맥도날드 앞에서 일어난 살인 사건의 가해자가 바로 자신의 아버지였음을 알게 되고, 그렇게 죽은 피해자 '박朴양'의 성이 자신의 성 기노시타木下와 닮아 있다는 것을 깨닫는다. 그리고 "어쩌면 나 자신이, 그토록 경멸했던 자이니치일지도 모른다는 생각에"(42쪽) 두려워한다. 이는 류가 범죄자의 아들이지만, 동시에 그 피해자와 자신이 구별 불가능함을 직감함으로써 불안에 휩싸이는 순간이다. 대개 인식론적 차원에서 문화적, 사회적으로 위험한 것, 불쾌한 것, 제거되어야 할 불순물로 여겨지는 것들이 혐오의 대상이 된다. 자신에게 장착되어 있는 요소들 중에 불편한 부분을 떼어내 그것을 혐오함으로써 주체는 안정적으로 유지될 수 있다. 그러므로 강력하고 절대적인 적대가 제거된 시대에 어떤 집단적 정체성을 견고하게 유지하기 위한 수단으로서 혐오는 요긴한 정동이다. 그런데 박민정의 소설은 혐오의 대상이 되고 있는 다른 국가와 인종이라는 범주 자체가 애초에 '상상의 공동체'에 입각해 있음을 상기시킨다. 적이라고 믿었던 쪽을 향해 칼을 휘둘렀으나 결국에 추상적 개념 안에서 길을 잃고 베인 채 피를 흘리고 있는 것은 자신이다.

하지만 조금 더 나아가 말해야만 한다. 「행복의 과학」은 2016년 가을에 발표된 소설이다. 혼혈인 화자를 내세워 일본이 우경화되어가는 흐름을 짚고 있는 이 소설은 학술적인 탐색의 구조를 띠고 있다. 어찌 보면 숨겨진 혈통의 비밀을 파고드는 자극적인 과정이 될 수도 있었겠지만, 하나는 편집자라는 정체성에 충실해 객관적으로 정보를 수집해간다. 그럼에도 불구하고 이 소설이 어딘가 지금 시대의 정념을 건드린다고 느끼게 되는 것은 마지막에 기습적으로 등장하는 압구정동 맥도날드 살인 사건 때문이다. 시골에서 서울로 올라와 공장을 다니던 여공이 난생처음 압구정동에 갔다가 "한국 여성을 특정 증오한"(39쪽) 일본인에게 우발적으로 살해당하는 이 장면에서, 2016년 강남역 살인 사건을 떠올리는 건 거의 불가피한 일이다. 소설에서 죽은 박양은 '왜공주 년'으로 불리던 하나의 어머니를 대신한 희생양이지만, 한국의 불특정 다수의 여성들로 번져나간다. 인종과 여성이라는 이중의 기표가 겹쳐지는 순간 누구라도 그 살해 대상이 될 수 있었다는 사실이 자꾸만 소설 바깥으로 튀어나오는 것이다. 이는 강남역 살인 사건이 '혐오 범죄'라는 것을 부인하고 싶어했던 남성들의 욕망의 기저를 문제적으로 드러내며, 인종이라는 다른 프레임으로 보면 한국인 남성 역시 언제든 우발적인 범죄의 표적이 될 수 있음을 서늘하게 보여준다.

「A코에게 보낸 유서」는 「행복의 과학」을 이어가는, 일종의 프리퀄에 해당하는 중편이다. 이 중편은 박양을 죽인 살인자 '기노시타 미노루'와 하나가 번갈아가며 화자로 등장하는 가운데, 박양의 일기가 삽입되는 구조로 이루어져 있다. 반성 없는 미노루가 만들어내는 세계는 속악함을 더하지만, 하나와 박양을 둘러싼 노동 현장의 결은 한층 두터워짐으로써 그들을 단순한 목격자나 희생자의 자리를 넘어서서 존재하도록 한다.

이 소설의 세계는 민족을 둘러싼 이상한 인정투쟁으로 이루어져 있다. 1974년 '외인아파트 살인 사건'과 관련된 신문기사는 한국 관광의 목적이 성 유희가 되어버렸음을 각성해야 한다는 '민족적 수치심'으로 채워져 있다. 그러나 가부키초에 가서 성매매를 하는 동시대의 한국 남성들은 이제 시대가 바뀌어 일본인을 구매하는 한국인이 되었다는 '민족적 승리감'에 도취되어 있다. 이들에게 여성은 민족의 일원이라기보다 민족적 승리에 따라 교환되는 하나의 전리품일 뿐이다. 그 중간에 자리한 자이니치 후손들에게도 민족이라는 지표는 중요해 보인다. 하나가 우연히 들어서게 된 교토조선중고급학교에서 마주친 이들은 지도에 없는 '조선'을 국적으로 둔 시대착오적 존재이면서도, 조국에 대한 긍지로 가득차 있다. 그러나 지나친 자부심은 언제나 지독한 열등감의 이면이 아닌가. 민족에 대한 자이니치 후손들의 강박은, 한국 여성이라는 이유만으로 박양을 죽인 기노시타 미노루의 원체험과 연결된다. 미노루가 고교 시절 가장 가까웠던 조선인 '유타로'는 "영원히 열등할 수밖에 없는 운명"으로부터 벗어날 수 없다며, "진짜배기로 살 수 없다"(81쪽)는 것에 괴로워한다. 그리고 그 열등감은 분노와 연민에 휩싸인 채 '동일한 종족'인 조선학교 여학생을 겁탈하는 것으로 이어진다. 미노루의 유서 속에서 이 겁탈당한 '영자英子'는 '첫번째 에이코'로, 한국에서 자신이 죽인 '영희'(박양)는 '두번째 에이코'로 불린다. 남성들은 자신에게 열패감을 안기는 민족적 지표를 떼어버리기 위해 '여성'이라는 존재를 혐오함으로써 주체화의 열정을 발휘한다. 이 여성혐오 속에서 일본인 남성과 한국인 남성은 일시적으로나마 격의 없는 형제가 된다.

미노루가 자살 전에 남겨놓은 유서는 'A코'라는 기이하게 착종되고 균열된 국적 불명의 기호를 향해 있다. 유서이기에 근본적으로 수신자의 거부가 불가능한 이 폭력적 형식의 편지 속에서, 'A코'라는 기호는 블랙홀처럼 모든 여성을 빨아들인다. 그가 '에이코'라고 직접적으로 명명하는 대상은 오래전 겁탈당한 영자와 압구정에서 살해당한 영희 두 사람이지만, 자이니치라는 이유로 멸시당했던 미노루의 부인 '가오루', 영희의 동반자 '최영은', 본래 살해 대상이었을 '하나의 어머니'와 '하나', 하나의 동료 '수영'으로까지 연결되며 넓어진다. 어느 시대에 태어나든지 어떤 교육을 받고 어떤 직업을 가지든지 여성들은 여성이라는 이유로 성적 학대를 당하고 희생양이 되는 초국가적 여성 혐오의 자장에서 벗어나지 못한다. 이 세계의 모든 여성은 'A코'인 것이다. 그럼에도 남성의 세계가 승리하지는 못한다. 여성을 훼손하고 파괴하는 과정을 통해 구축되는 이 범죄의 왕국은 미노루의 자살로 무너진다.

원더우먼처럼 이 범죄의 왕국을 완전히 부수지는 못하지만, 소설 속 'A코'들은 민족과 인종이라는 개념들에 매이지 않고 조용히 연대해나간다. 「행복의 과학」에서 기사 속 희생양으로만 건조하게 등장하던 '박양'은 「A코에게 보낸 유서」에서 '박영희'라는 온전한 이름으로 등장할뿐더러, 일기를 통해 자신의 목소리를 직접 서사 안에 새겨놓는다. 어느 누구도 혼자가 아니다. 여공이었던 영희 곁에는 위장 취업한 대학생 언니 최영은이 있었고, 고통받는 수영의 곁으로 하나는 달려간다. 그들은 각기 다른 부당함에 시달리지만, 언제든 자신이 같은 일을 당할 수 있다는 걸 알기에 상대의 고통을 진심으로 연민하고, 더 적극적으로 행동하고 지켜주지 못한 자신을 자책한다. 여전히 부조리한 노동 현장 속에서 여성들은 "서로 상처 주는 순간이 있어도 친구가 되어야 하는 까닭"(107쪽)을 이해한다. 국가를 가로지르며 자행되는 여성혐오의 현장들 속에서 이들의 연대는 미약하게 이어지지만, 의미 없는 혐오의 물결 속에 휘말리지 않도록 서로의 버팀목이 되어준다.

이 연대는 「당신의 나라에서」에서 다시 한번 발견된다. 이 작품은 자이니치처럼 국가 간의 경계에서 누락된 인물에 대한 작가의 관심을 더 넓혀, 소비에트 지역의 '고려인'에 대한 이야기로 뻗어나간 소설이다. 레닌그라드 연극원으로 유학을 간 부모를 따라 '나'는 다섯 살부터 여덟 살까지 소비에트 연방에서 자랐다. 아버지가 종종 쓰는 '망국'이라는 단어의 아련함 사이로 '나'에게 지금까지 각인되어 있는 인물들은 자신을 돌봐주던 '큰엄마'와, 지금은 문화계 거물이 된 '아저씨'다. 이제는 성인이 된 '나'가 '1991년 라이너스의 악몽' 사진전 작업을 하던 막바지에, 단 한 번 마주쳤던 큰엄마의 딸인 '윤지나'로부터 메일이 도착한다. 그리고 그 메일은 잃어버린 토끼 인형 포니와 반복되는 악몽, 아저씨의 징그러웠던 가면을 연결시킨다. 자유화 이후 백배쯤 물가가 뛰어버린 끔찍한 불황 속에서 윤지나가 감내해야 했던 것은 무엇이었나. 그녀는 '반반'이라는 모욕적인 말을 들어가며 '나'의 부모에게 러시아어 수업을 해서 먹고살았고, 끔찍한 가면을 쓴 아저씨에게 강간을 당하고도 누구에게도 사과받지 못했다. '나'의 부모는 모교 학과장의 아들인 아저씨에 대해 아무것도 할 수 없다고 비겁하게 발뺌했다. 한편 윤지나는 자신의 어머니가 아동 학대범이라는 사실을 숨기고 계속해서 '나'의 보모 일을 하도록 방기했다. 그러니까 이 소설은 일방적으로 도달한 편지 속에서 자신의 복잡한 위치를 확인하며 분열하는 한 여자의 이야기다. 화자는 부모를 대신해서 속죄해야 하는 이차 가해자들의 딸이자, 본인 역시 당시 폭력에 무방비하게 노출되어 있었던 피해자다. 부유한 남한 유학생들의 딸이자, 냄새나고 더러운 암실에서 작업하다가 옛 애인의 작업실에서 쪽잠을 청하는 가난한 예술가다.

「굿바이 플리즈 리턴」에 이어 초국가적 여성혐오 3부작에서도 계속 반복되는 '1991년'은 작가에게 원년처럼 자리하고 있다. 세계사적으로는 소비에트 연방이라는 거대한 제국이 몰락한 그해는, 작가에게는 유년기의 호시절이 끝나고 악몽의 시기로 접어드는 분기점이다. 한국에서는 1987년 민주화가 이루어진 지 사 년이 지나고 아직 IMF가 오기 육 년 전, 자유 속에서 물질적 풍요로움을 만끽하기 시작했던 이 시기에는 불길하고 어두운 그림자가 드리워져 있다. 그때 새로 열린 세계 속에서 "지옥 계곡에서 온 변절자"(138쪽) 같은 비열한 작자들은 거물이 되어 승승장구하고, 주인공은 패자로 남은 아버지의 열등감과 빈곤의 여파를 견뎌야만 한다. 「굿바이 플리즈 리턴」에서 이는 생계를 위해 자궁과 관련한 위험한 시술에 몸을 내어주어야 하는 약자의 고통으로 육화되어 나타났다. 그런데 이번 초국가적 여성혐오 3부작은 '그 폭력의 세계를 어떻게 견뎌나갈 것인가'에 대한 질문에 전혀 다른 방식으로 답하고자 한다. 견뎌나가는 방법을 찾는 것이 아니라, 그때 또다른 방식으로 고통받았던 자를 문득 발견하는 것으로. 이는 「행복의 과학」과 「A코에게 보낸 유서」에서 일본인 남성으로부터 혐오 범죄의 표적이 된 한 가난한 한국 여성 박양과 겹쳐지는 자신의 자리를 확인하고 그 불안 속에 머물길 택하는 것으로 나타난다. 그리고 「당신의 나라에서」의 '나'는 고려인이라는 이유로 무시당하고 짓밟혔던 윤지나를 위해 자신이 감내해야 했던 폭력의 흔적을 망각에서 끌어올린다. 소설의 마지막에 이르러 화자는 윤지나에게 답장을 보낸다. "나는 라이너스의 악몽에서 깨어났고, 당신의 나라에서 있었던 일에 대해 알아보려고 합니다."(152쪽) '당신의 나라'는 대체 어디를 가리키는 것일까. 이제는 사라진 소비에트인가, 러시아인가, 한국인가. 이 알 수 없는 모호한 경계 위에서 희미하지만 굳건한 여성 연대의 장이 열린다. 초국가적이고 초역사적인 여성혐오는 쉽게 뿌리 뽑히지 않겠지만, 서로를 알아보고 애틋한 마음으로 서로에게 다가서는 여성들의 교감은 악몽에서 벗어나는 다른 방식을 보여주는 것 같다.

오랜 독재정치와 산업화로 만들어진 대한민국의 어두운 역사를 여성 수난사와 겹쳐서 보여주는 「천사는 마리아를 떠나갔다」에서 '나'의 고해성사와 함께 떨어지는 눈물 역시 이와 연관될 것이다. 아들에 대한 광기 어린 집착과 압박감 속에서 유산하게 된 '나'의 죄책감은 "그것은 자매님의 죄가 아닙니다"라는 말과 함께 씻겨 내려가지만, 그와 동시에 이십 년 가까이 모른 척해온 "알아내지 못한 죄"(271쪽)는 수면 위로 올라온다. 1979년 군사정권하에서 정치투쟁을 하다 어딘가로 끌려가 정신을 놓은 대학생 '필남(수경) 언니'와 버스 안내원으로서 느끼는 모멸감을 더이상 참지 못하고 분신 시도를 한 친구 '주혜'를 망각함으로써 화자는 계속 살아올 수 있었던 것이다. 미필적 고의를 지닌 방관자로서 결국 늘 자신을 보호하는 방향으로 움직여왔다는 화자의 자책감은 무겁고 무섭다. 이 세계에서 생존해온 사람들 중 이 '알아내지 못한 죄'로부터 자유로울 수 있는 사람은 없기에. 여성 작가의 시선으로 다시 쓰이는 역사 속에서 여성들은 그간 굴욕적으로 받아들이거나 회피해왔던 역사를 허약한 허구가 아닌지 의심하기 시작하고, 동시에 자신들의 과거를 이해해나간다. 국가와 민족을 단단한 기틀 삼아 쓰여왔던 기존의 역사 속에서 소거되었던 존재들은 다시 회귀하고, 이 시선으로 스스로를 다시 보는 일은 타인들과 새롭게 연결되는 데 있어 중요한 원동력이 된다.

4. 신자유주의 질서 속 맥베스 부인

이제 이 소설집의 가장 도발적인 소설에 대해 말할 차례다. 「아내들의 학교」는 레즈비언 커플에 대한 이야기다. 그러나 사회에서 금기시되는 레즈비언의 사랑을 다루었기 때문이 아니라, 여성이 다른 여성에게 느낄 수 있는 분노, 질투, 적대감을 깊이 천착함으로써 여성에 대한 가장 다면적인 초상화를 그려냈다는 점에서 도발적인 작품이다. 여성주의는 종종 남성에 비해 여성들이 더 도덕적이고 순수하며 감정이입을 잘하고 자기희생적이라고 보는 시각을 유지해왔다. 그러나 이 소설은 이런 순수함에 대한 강박을 벗어던지며, 다른 여성에 대한 감정이입과 자매애가 예상치 못한 폭력적인 방식으로 전환될 수 있음을 발가벗겨 보여준다.

「아내들의 학교」는 자신이 레즈비언이라는 사실을 숨겨야 하는 사회가 아니라, 동성 간의 결혼이 합법화된 미래 사회를 배경으로 하고 있다. 동성애를 다룬 많은 소설들이 성적 정체성을 둘러싼 외부와의 충돌과 그로 인한 상처에 집중해왔다면, 이 소설은 레즈비언 커플 내부의 폭력성에 초점을 맞춘다. 십오 년 전 중학교에서 만난 '설혜'와 '선'은 결혼한 뒤 아이를 입양해 살아가고 있는 레즈비언 커플이다. 그런데 선이 〈톱 모델 서바이벌 코리아〉에 출연하면서 그들은 각자 자신들의 폭력적인 과거와 대면하게 된다. 선에게는 중학교에 입학한 날 선생에게 끌려가 선천적인 붉은색 머리를 오해받고 까까머리가 되어 돌아온 트라우마가 있다. 설혜는 "야, 너는 애인 있잖아. 등록금 내주다가 때 되면 집 사줄 부모도 있고. 그런데 네가 약자냐?"(236쪽)라는 독설을 들으면서 여학생회를 하다가, 졸업생 선배가 기획한 다큐멘터리에 출연해 아우팅을 당한 기억이 있다. 여성들의 싸울 권리를 위해서, 설혜는 편안하게 자본을 가진 '강자'로 재단당하고 전체를 위해 '성소수자'라는 정체성을 희생하길 요구받았다. 소설은 감옥과도 같은 획일적인 훈육의 공간으로서 학교를 비판적으로 그리면서도, 여자들의 사회 내부에서 벌어지는 폭력이 더욱 가혹할 수 있음을 부인하지 않는다.

서바이벌 프로그램에서 살아남은 최후의 2인이 된 선은 이 과정에서 자신의 머리를 둘러싼 트라우마와 대면해 눈물을 흘렸음에도, 우승하기 위해 설혜에게 TV 출연을 요구한다. 아이와 설혜가 함께 TV에 나와서 사람들이 원하는 드라마를 연출해야만 우승할 수 있다는 것이다. 과거의 트라우마가 계속해서 떠오르지만 결국 설혜는 "이것이 내가 원한 유토피아였다는 걸"(241쪽) 스스로에게 주입하며 선의 요구에 따른다. 주어진 삶의 궤적에서 벗어나 소수자로서 자신의 성적 정체성을 자유롭게 표명하고 살아가고자 하는 주체의 욕망은, 개성적인 드라마를 요구하며 관음증적으로 타인의 삶을 소비하고자 하는 대중의 욕망과 손을 잡는다. 그들의 성 정체성은 자유를 꿈꾸는 주체의 자기형성의 논리를 등에 업고 가장 센세이셔널한 방식으로 '소비'된다. 선과 설혜가 자신들의 사랑을 인정받으며 자유롭게 살려고 할수록 아이러니하게도 그들은 자발적으로 스스로를 착취하는 구조 속으로 깊숙이 들어가게 되는 것이다.

이 소설은 욕망 앞에서 어떤 것도 가리거나 보호하지 않는다. 여성들 사이에서도 "이마를 마음놓고 쓸어보고 싶었고 붉은 빛깔을 가진 입술과 손톱을 매만져보고 싶"(222쪽)은 성적 욕망이 발현될 수 있음을 인정하고, 모성애가 사회적으로 학습된 것임을 배우면서도 "아이를 키우고 싶다"(228쪽)는 욕망이 일어날 수 있음을 받아들인다. 그리고 거기에서 더 나아가 성적 소수자 여성이나 여성 단체가 선량하고 올바르게 행동하는 것이 아니라, 온전히 자신의 이익을 위해 사악하게 상대방을 이용할 수 있음을 보여준다. 프로그램의 최종 우승자가 되고 싶었던 선은 잔인한가? 그럴 수도 있다. 야망에 불타올라 상대의 희생을 요구하는 선은 신자유주의에 누구보다 잘 적응한 맥베스 부인처럼 보인다. 그러나 사랑과 대의를 빌미삼아 상대를 착취하는 이 모든 반여성주의적인 선택과 행동은 역설적으로 여성의 수행성을 가장 적극적으로 인정하게 만든다. 폭력적인 여성, 배반하고 비열하게 구는 여성이 없다면 도덕적 결단을 내리는 여성의 수행성 또한 있을 수 없다. 여성들은 가정의 천사가 아니다. 그간 우리의 발목을 잡아온 것은 여성을 결함 없는 순진한 희생자이자 자본주의와 가부장제의 무기력한 꼭두각시로 간주하는 것, 그럼으로써 여성들을 왜소하게 축소시켜온 단순한 시선이었을지도 모른다.

박민정은 레즈비언 성소수자의 사랑 이야기에 신자유주의에 걸맞은 자기계발적 주체를 겹쳐놓음으로써 완전히 새로운 페미니즘 소설을 써냈다. 이들의 사랑은 진정성 있고 평등하고 아름답지 않은 대신, 절박하고 혼란스럽고 목적 중심적이며 비도덕적이다. 그러나 욕망을 길들이는 것은 불가능한 일이 아닌가. 사랑에 있어 쾌락과 고통을 구별하기 어려운 만큼이나, 욕망의 도덕성을 구별하려는 행위는 오만에 가깝다. 페미니즘 소설은 어디로 향하는가. 박민정은 남성의 환상이 빚어낸 순결한 마리아나 위험한 팜므파탈과 같은 관습적인 코드에 붙들리지 않으면서도, 여성 안의 충동과 파괴성을 부인하지 않음으로써 자기 갱신에 성공했다. 도덕적인 자기 위안을 버리고 차라리 악랄하고 파괴적인 방식으로 욕망에 충실함으로써 우리는 여성의 유토피아에 도달할 수 있을 것이다.

5. 키클롭스의 외눈과 불협화음의 형식

박민정의 두번째 소설집에 실린 소설들이 직조하는 세상은 『오디세이아』에 나오는 외눈박이 거인 키클롭스를 떠올리게 한다. 키클롭스의 외양은 총체성을 잃은 시야를, 하지만 그렇게 하나만 남아 있기에 더욱 절박하게 그 외눈에 의지하게 되는 감각의 편향을 설명해준다. 사람을 잡아먹는 거인 키클롭스와 마주했을 때 정면 대결할 수 없으리라는 것을 간파했던 오디세우스는 꾀를 냈다. 그는 자신의 이름을 '아무도 아니(nobody)'라고 소개했고, 키클롭스가 술에 취한 틈을 타서 눈을 공격한 후 빠져나갔다. 비명을 지르던 키클롭스는 자신을 돕기 위해 온 친구들에게 "힘이 아니라 꾀로써 나를 죽이려는 자는 '아무도 아니'요"라고 말함으로써 스스로를 구할 수 있었던 마지막 기회를 놓쳐버리고 만다. 이는 오디세우스의 많고 많은 영웅담 중 하나에 불과하다. 그러나 외눈의 키클롭스는 싸워야만 하는 적이나 미래에 대한 전망이 잘 보이지 않기에 오직 서로를 집요하게 훔쳐보는 데 몰두하는 관음증적인 지금 이 시대를 떠올리게 한다. 그런 그가 '아무도 아닌' 자에게 속아넘어가는 모습은 타인을 혐오함으로써 스스로를 보호하려는 욕망이 결국에는 자신을 해치는 방식으로 돌아오는 양상들과 닮아 있다.

이 시대에 외부의 현실과 적극적으로 관계 맺으며 소설을 쓴다는 건 어떤 것일까. 작가는 이전에 한 인터뷰에서 존 어빙의 화자 가아프의 말을 인용했다. "다시는 세상으로 돌아오지 못할까봐 두려움을 느끼면서도 결국 현실의 경계를 넘어 마침내 자신이 믿고 있는 세계로" 돌아왔던 그 남자 주인공. 세목은 현실과 매우 닮아 있지만 모아놓고 보면 결국 현실이란 건 아무것도 아닌 게 되어버리는 이야기를 쓰고 싶다는 말은, 원근법적인 시선이 아니라 다수의 다양한 시점으로 콜라주처럼 세계를 구성함으로써 궁극적으로 기존의 세계를 해체할 것이라는 의지의 표명으로 들린다. 실제로 우리 주변의 세상은 더 복잡하고 흥미로워지는 중이다. 하나의 대의를 위해 뭉치는 일은 점점 드

물어지고 있으며, 어떤 사안에 대해 총체적으로 설명하고 이해하는 일은 거의 불가능해 보인다. 피해자와 가해자의 중첩은 사안을 도덕적으로 판단하기 어렵게 만든다. 박민정은 이 모든 복잡함을 회피하는 대신, 불협화음을 작품 안으로 끌어들여서 소설의 유일한 윤리로 삼았다. 이 불협화음의 윤리를 통해 만나게 되는 것은 새로운 여성 소설이다. 박민정의 소설에는 가부장제의 감옥에 감금되어 있는 미친 여자의 목소리도, 엷은 자취를 남기면서 달아나는 메아리나 모호한 수수께끼도 없다. 여기 실린 소설들의 호소력은 그간 여성 소설의 특수성으로 말해져왔던 선병질적인 광기와 히스테리, 뒤틀려 있는 기괴한 영역으로의 초대와 같은 상상력과는 무관한 지점에 있다. 그와 반대로 작가는 언어와 역사 안에 확고하게 닻을 내린다. 그는 초연한 학자처럼 거리를 유지하며 시대와 역사를 학술적으로 탐구하고, 이를 통해 동시대의 광적인 존재들의 위악적인 유희와 상투적인 여성혐오 방식이 어떤 방식으로 엉켜 있는지를 드러낸다. 남성들의 오염된 역사와 뻔뻔한 광기의 형식들을 균열 내는 새로운 방식이 더없이 냉정한 학구적인 시선일 수 있다는 것, 광기에 휩쓸리지 않는 이성이야말로 이 시대 여성이 든 칼이라는 것을 박민정의 소설은 보여준다.

박민정의 독자는 그 누구든 거시적인 역사에 대한 열렬한 탐색과 해체에서 지적인 황홀감을, 파괴적으로 내달리는 인물들을 통해서 이 시대와 감응하는 깊은 호소력을 느끼게 될 것이다. 모순이 중첩된 사태들을 강력하게 환기하면서, 또 이 사태들을 어떻게든 끌어안으려는 결기를 품고서 『아내들의 학교』는 이렇게 우리 시대의 전위로 서 있다.

작가의 말

아직도, 여전히, 이런 말을 쓸 수는 없겠지만, 그러나 아직도 여전히 내게 소설은 세상을 떠들썩하게 만든 유괴 사건에서 살아남은 아이의 지금 같다. 많은 사람들이 그 사건을 잊었고, 부모와 유괴범조차 그 고통을 잊었지만 생존자의 몸에는 강제로 새겨진 문신이 있고 이따금 혼자 그걸 들여다본다. 나는 왜 거기서 돌아와야 했지? 돌아오지 않았다면, 무슨 일을 겪었는지 믿음직하게 증언할 수 있는 피해자-증인의 역할과 신뢰받지 못하는 건강한 생존자로서의 역할 중에서 택일해야만 하는 굴레에 빠지지 않아도 되는 것 아닌가, 생각하면서.

방에 감금된 순간부터 정해진 극의 등장인물이 되어 자신이 겪어야 했던 일을 토로할 때, 나는 그 일에 대한 믿음직한 증인이 될 수 있을까?

나에게는 내가 쓰는 이야기들의 한가운데 들어가 퍼포머로서 존재할 의지 혹은 용기가 있을까?

나를 살해한 사람이 되어 그 사건을 기록할 때처럼, 나는 이 이야기의 결말을 알고 있다. 열세 살 류가 당시에는 몰랐을 결말을 알고 있지만 그의 과거에 뛰어들어 그를 돌려세울 수 없는 하나처럼. 누군가 살해되었다는 게 역사에 분명히 기록되어 그 사실을 바꿀 수 없는데도, 그럼에도 그 불가피한 결말을 향해 그저 달려갈 수밖에 없는 하나처럼.

어린 시절 내겐 '백설혜'라는 친구가 있었다. 그녀의 호적상 이름은 '백선'이다. 「아내들의 학교」의 두 주인공 이름은 그녀를 기억하며 붙였다. 제목 '아내들의 학교'는 프랑스 극작가 몰리에르의 1662년 발표작 〈L'École des Femmes〉에서 빌려왔다. '행복의 과학'에 관한 주요 정보는 박규태의 논문 「〈행복의 과학〉 연구: 영계靈界 사상과 네오-내셔널리즘을 중심으로」(『종교문화비평』 27호, 2015)에서 참고했다. 「A코에게 보낸 유서」에 인용된 류탄지 유의 「마코魔子」는 신하경의 『모던걸—일본제국과 여성의 국민화』(논형, 2009)에서 가져왔다. '수영'이라는 인물을 만들며 윤정기 편집자의 부당 전보 사건을 생각하지 않을 수 없었다. 모진 계절들을 겪어낸, 동료이자 학우였던 윤정기 편집자에게 미안한 마음과 감사한 마음을 전한다. 인형을 만들고 사진을 찍는 친구 정희기에게 1990년대 초반 레닌그라드의 이야기를 들었다. 「당신의 나라에서」는 그녀의 어린 시절로부터 시작되었다. 그러나 잃어버린 소비에트 시절의 애착인형을 복원해 전시를 한다는 것 외에는 전부 만들어진 이야기다. 이 이야기를 쓸 때 그녀에게 상처가 되지 않기를 진심으로 바랐다. 잃어버린 인형을 복원하는 작업은 정희기의 '잃어버린 코코를 찾아서Finding KOKO'를 통해 계속되고 있다. 소설 속 주인공이 보는 전시는 2015년 성곡미술관에서 개최된 비비안 마이어의 '내니의 비밀전'을 참고했다. 「천사는 마리아를 떠나갔다」는 어머니의 자전소설을 대신 쓴다고 생각하고 쓴 이야기다. 각 소설을 발표할 때마다 애써주신 편집자 분들과 문학동네에 감사드린다. 해설을 쓴 강지희 평론가와 기꺼이 추천사를 보내주신 김현 시인, 이경미 감독님께 감사드린다.

얼마 전부터 수영을 배우기 시작했는데 어머니는 내게 "네가 이제야 삶에 도전하려는 마음이 생겼나보다"고 했다. 그 말을 잊지 않으려고 한다.

2017년 여름

박민정

| 수록 작품 발표 지면 |

행복의 과학 …… 『문예중앙』 2016년 가을호

A코에게 보낸 유서 …… 문학3 문학웹 2017년 1월~3월

당신의 나라에서 …… 『21세기문학』 2017년 봄호

청순한 마음 …… 문장 웹진 2015년 10월호

버드아이즈 뷰 …… 『문학들』 2015년 가을호

아내들의 학교 …… 『문예중앙』 2014년 겨울호

천사는 마리아를 떠나갔다 …… 『현대문학』 2017년 1월호

문학동네 소설집
아내들의 학교

1판 1쇄 2017년 8월 22일
1판 5쇄 2020년 6월 23일

지은이 박민정
펴낸이 염현숙
책임편집 김내리 | 편집 정은진 이성근 황예인 이상술
디자인 최윤미 유현아 | 마케팅 정민호 박보람 우상욱 안남영
홍보 김희숙 김상만 지문희 우상희 김현지
제작 강신은 김동욱 임현식 | 제작처 영신사

펴낸곳 (주)문학동네
출판등록 1993년 10월 22일 제406-2003-000045호
주소 10881 경기도 파주시 회동길 210
전자우편 editor@munhak.com | 대표전화 031) 955-8888 | 팩스 031) 955-8855
문의전화 031) 955-3576(마케팅) 031) 955-8864(편집)
문학동네카페 http://cafe.naver.com/mhdn | 트위터 @munhakdongne
북클럽문학동네 http://bookclubmunhak.com

ISBN 978-89-546-4666-6 03810

* 이 도서의 국립중앙도서관 출판예정도서목록(CIP)은 서지정보유통지원시스템 홈페이지
(http://seoji.nl.go.kr)와 국가자료종합목록 구축시스템(http://kolis-net.nl.go.kr)에서
이용하실 수 있습니다.(CIP 제어번호: 2017017966)

잘못된 책은 구입하신 서점에서 교환해드립니다.
기타 교환 문의 031) 955-2661, 3580

www.munhak.com